쓰당보난 희곡

# 쓰당보난 희곡

## 2024년 제주 극작가 단편선

강재림 • 장정인 • 강제권 • 최성연 • 송정혜 • 강용준
성미연 • 최고은 • 전혁준 • 신혜은 • 홍서해

평민사

**쓰당보난 희곡** | 2024년 제주 극작가 단편선

초판 1쇄 인쇄일    2024년  2월 13일
초판 1쇄 발행일    2024년  2월 20일

지 은 이    (작품수록순) 강재림 • 장정인 • 강제권 • 최성연 • 송정혜
           강용준 • 성미연 • 최고은 • 전혁준 • 신혜은 • 홍서해
만 든 이    이정옥
만 든 곳    평민사
           서울시 은평구 수색로 340 〈202호〉
           전화 : 02) 375-8571    팩스 : 02) 375-8573
           http://blog.naver.com/pyung1976
           이메일   pyung1976@naver.com
등록번호    25100-2015-000102호
  ISBN    978-89-7115-839-5  03800
정     가    17,000원

# 차례

# 제주극작가협회의 창립을 선언하며

    2023년 제41회 대한민국연극제가 제주에서 열리면서 제주의 관객과 연극인들은 참으로 대한민국 연극의 정수 작품들을 감상할 기회를 가졌으며 지역 연극 간 간극이 크다는 것도 알았다.

    그 기간 결국 좋은 작품을 만드는 것은 좋은 희곡이 있어야 한다는 당연한 귀결을 얻었고, 그러기에 제주 출신이거나 제주와 인연을 맺고 있는 극작가들이 정기적인 모임의 필요성을 느꼈다. 그래서 2023년에 중앙의 극작가들과 함께 제주극작심포지엄을 가졌고, 그 이후 다시 회합을 가지고 제주극작가협회 창립준비위원회를 구성했다.

    제주에서도 연극 공연은 자주 올라가지만 극작 수준은 평행선을 달리고 있다. 이것은 극단이라는 구성원의 한계, 또는 작품을 선정하는 극단 대표들의 수준이 관객들의 기대치에 못 미치기 때문에 극장에 관객이 없는 건 아닌지 심각하게 생각해 봐야 할 문제다.

    이에 제주를 희곡으로 쓰는 극작가들은 정기적인 회합을 가지고 자신들이 쓴 작품을 합평회나 심포지엄을 통하여 한 단계 업그레이

드 시키는 과정이 필요하다. 물론 여기에는 외부 전문가들의 협조가 필요하며 그런 유기적인 과정을 통하여 제주 연극이 한층 완성도가 높은 공연으로 발전할 수 있는 토대를 만들어 갈 것이다.

또한 제주극작가협회는 극작가가 되려는 문인들을 발굴하고 훈련시키는 과정도 마련할 것이며 신인 극작가 등용문인 신춘문예도 도내 언론사와 함께 준비해 나갈 것이다.

제주에는 신화, 전설, 바다, 역사 등 타 지역과는 다른 제주만의 독특한 문학적, 공연적 소재들이 많다. 이들을 어떻게 무대화 할 것인가에 대한 협의도 계속해 나갈 것이며 그 결과물들을 창작적인 작품으로 만들어 일 년에 한 권씩 발간할 계획이다.

이 작품집으로 제주극작가협회의 창립을 선언한다. 작가는 작품으로 말한다. 제주극작가들의 열정과 제주극작가협회의 활동에 끊임없는 관심과 성원을 기대한다.

2024년 1월
제주극작가협회 회장 강용준

# 15분

—

강재림

**등장인물**

윤    36세 대리운전 기사
영    36세 알 수 없는 여자
훈    63세 알 수 없는 남자

**무대**

어느 아파트 단지 앞 공원이 주 무대이다.
벤치도 있고 그네도 있고 시소도 있다. 낮에 아이들이 왁자지껄 떠들고 놀다가 지나갔을 자리에 스산한 바람이 분다.
도시 속에서 인생이 꽉 막혀버린 사람들이 조금이나마 숨을 들이킬수 있는 인공적 휴식의 공간이다.

# 1.

도시 외곽의 어느 아파트 단지 앞 공원.

자정이 다 되어가는 시각. 가로등이 켜져 있고 인적이 없다.

이곳에 한 남자가 휴대폰을 바라보면서 등장한다.


윤      이 공원을 가로질러서 30미터 앞에 버스정류장이… (앞을
        바라보는데 없다. 방향을 바꿔서 다른 쪽을 바라보며) 그럼 저쪽?
        아닌데? 뒤에는 아파트고. 어디 있다는 거지? 아, 분명 여
        기 지도에는 나와 있는데. 가만 막차 시간이… (다시 휴대폰
        을 조작해보고는) 어? 5분밖에 안 남았는데. 큰일이네.


        이때 공원으로 걸어 들어오는 한 여자가 있다. 그녀는 윤을 쳐다보지
        않고 조용히 걸어와 벤치에 앉아 앞을 바라본다. 윤은 그녀를 보고는
        망설이다가 다가간다.


윤      저… 말씀 좀 묻겠습니다.
영      (쳐다보지 않고) ….
윤      (대답이 없어 돌아설까 하다가) 저기… 저 대리운전하고 왔다가
        이제 버스 타고 다시 나가려고 하는데요. 혹시 저 앞에 버
        스정류장이 없나요?


        영은 비로소 윤을 쳐다본다. 하지만 대답하지 않고 다시 고개를 돌
        린다.

윤  혹시 모르시나요?

영  (쳐다보지 않고) 꺼져.

윤  (당황스러워서) 아… 네.

윤은 포기하고 돌아서서 다시 휴대폰으로 전화를 건다.

윤  (전화로) 아 형님, 밤늦게 죄송해요. 좀 급해서요. 예전에 형님이 대리운전하고 가셨다던 데 있잖아요. 일산 너머서. 예, 예. 제가 거길 왔거든요. 아파트 단지에 공원인데요. 여기서 막차 타고 나가려고 하는데 앞에 버스정류장이 없어요. 지도엔 분명히 나와 있는데. 예? 공원이 하나 더 있다구요? 아! 그럼 저기 반대편에… (뒤돌아보더니) 잠깐 그럼 시간이… (시계를 들여다본다) 아! 형님 감사합니다. 끊을게요!

윤은 전화를 끊고 얼른 뒤돌아 달려간다. 혼자 앉아서 여전히 앞을 바라보고 있는 영.
잠시 후 돌아오는 윤. 여전히 벤치에 앉아 있는 영을 보고는 멀찍이 거리를 두고 쪼그리고 앉는다. 그리고 다시 전화를 건다.

윤  형님. 차 놓쳤네요. 막 뛰어가는데 저 멀리서 떠나는 게 보이더라구요. 혹시 다른 버스 타려면 어디로 가야 할까요? 아, 그래요? 그럼 어쩔 수 없죠, 뭐. 예, 쉬세요.

윤이 전화를 끊고 뒤돌아본다. 여전히 영은 멍하니 앞을 보고 있다.

두 사람의 어색한 침묵이 흐르고 있는 가운데 갑자기 큰 웃음 터뜨리는 영. 의아한 마음으로 다시 돌아보는 윤.

영     막차 놓쳤어요?

윤     ….

영     막차 놓쳤나구요?

윤     (안 돌아보고) 네.

영     택시 타야겠네.

윤     아니에요.

영     택시 안 타요?

윤     택시 타면 번 거 다 까먹는데 안 되죠.

영     그럼 어떻게 해요?

윤     첫차 때까지 기다려야죠. 거기서.

영이 앉아 있는 벤치를 윤이 가리키자 영은 자신이 한가운데를 독차지하고 있다는 것을 깨닫는다. 그리고 한쪽으로 자리를 옮긴다. 하지만 윤은 섣불리 다가가지 않는다.

영     앉아요. 나 아무 짓도 안 해요.

윤     (옆으로 가서 앉으며) 아니, 이 오밤중에 여자 혼자서 왜 나와 있어요?

영     고래 숨쉬기.

윤     네?

영     고래가 숨 쉬는 시간이라구요. 난 고래거든요. 고래는 아가미가 없고 폐로 숨 쉬는데 물속에 살잖아요. 그러니까 몇 시간 참았다가 한 번씩 물 밖으로 나와서 숨을 쉬는 거죠.

윤　아, 예. (잠시 후) 혹시 집에서 숨 못 쉬어요?

영　네.

윤　아, 예. (잠시 후) 왜요?

영　….

윤　저 아파트에 사시죠?

영　아뇨.

윤　네?

영　저 뒤에 집이 하나 있어요.

윤　아, 뒤에 단독. (잠시 후) 예? 저 뒤에… 저 뒤에 있는 그 큰 담벼락으로 둘러싸인 그 집?

영　네.

윤　그 집이면… 숨이 너무 잘 쉬어질 거 같은데. 그 안에 있으면 좀 다른가? 너무 담이 높아서 좀 갇혀 있는 느낌이 드나…?

영　대리 왜 하세요?

윤　네? 대리요? 아니, 지금 집 얘기하는데 갑자기 직업 얘기로 쑥 들어오시면….

영　싫음 말고.


사이.


윤　사실 이게 본업은 아니구요.

영　본업이 따로 있어요?

윤　　대체적으로 그렇죠. 대리야 뭐 일곱 시는 넘어서 시작하니까.

영　　본업은 뭔데요?

윤　　잠깐, 저랑 대화 계속하실 건가요?

영　　싫음 말라니까. 싫으면 시집가던가. (혼자 웃는다)

윤　　저기, 혼자 사세요? 혼자 사신 지 오래 됐어요?

영　　신경 꺼요.


영이 고개를 돌려 다시 침묵한다. 일방적인 행동에 어이없어하며 역시 앞을 바라보는 윤.


영　　미안해요.

윤　　….

영　　아까 꺼지라고 욕한 거 미안하다구요.

윤　　아… 받아들이겠습니다. 근데 그게 무슨 욕인가요? 제가 대리를 하는 이유는요. 당연히 낮엔 다른 일 하구요. 그 일로 벌이가 모자라니까 하는 거죠.

영　　다른 일은 뭔데요?

윤　　이종격투기요.

영　　이종…?

윤　　이분이 참 다른 세상에서 오셨나? UFC 몰라요? 주먹질 하고, 발차기 하고, 암바 걸고….

영　　주먹질? 진짜요?

윤　　농담이요. 아침에는 학원에서 학생들 가르치고, 낮에는 식당에서 요리해요.

**영**　우와! 그렇게 많이 벌어서 뭐 해요?

**윤**　많이 벌다니요? 그렇게 큰 집에 사시면서 무슨 그런 막말을. 저 같은 서민들은 이렇게 해서 빚 갚으면서 사는 거라구요.

**영**　빚?

**윤**　(망설이다가) 그러니까 그게, 제가 진 빚이라기보다는….

**영**　(갑자기 시계를 보더니) 아! 시간 넘었다!

**윤**　….

영이 벌떡 일어나더니 뒤쪽 공원 출입구 쪽으로 달려 나간다.

**윤**　(영이 나간 쪽을 돌아보더니) 뭐야 저 여자? 내 참, 별 소릴 다 했네. 모르는 여자한테.

윤은 벤치에 앉아서 잠시 생각에 잠겼다가 가방에서 신문지를 꺼내더니 벤치에 펼쳐놓고 눕는다. 가로등만 유난히 빛난다.
무대 전환.

# 2.

다시 공원. 벤치에 신문은 모두 치워져 있으니 시간이 꽤 흐른 다음 날이다.
여전히 밤이고 가로등만 빛나고 있다. 전날과 같은 시간이 된 듯 영이 나타나 벤치 앞으로 걸어 나온다. 이번에는 벤치에 바로 앉지 않고 앞으로 죽 걸어 나와서 숨을 크게 들이마셨다가 내쉰다.

이윽고 뒤쪽에서 몸을 드러내는 윤.
그는 영을 향해 천천히 다가와 조심스럽게 그녀에게 접근한다.


윤    저….

영    (돌아보고는) 어? 어제 그….

윤    예.

영    여기 다시 온 거예요? 아니면 안 간 거예요?

윤    공교롭게도 오늘도 이쪽으로 대리를 하게 됐네요.

영    네? 진짜요?

윤    네.

영    그럼 오늘은 막차 안 놓치고 가야겠네요.

윤    놓쳤어요. 이미.

영    또요?

윤    예. 또 여기로 왔다가 다시 아차 싶어 달려갔다가 다시 멀
      리서 차 떠나는 거 보고 이리로….

영    (벤치로 가서 앉으며) 바보예요?

윤    농담이에요.

영    뭐라고요?

윤    바보 아니고, 다시 온 거라고요.

영    (뭔가 깨달은 듯) 그럼 혹시… 나 만나러?

윤    네.

영    왜요? 나한테 갑자기 관심 생겼어요?

윤    예. 아니, 그게 아니고….

**영**　나 유부녀예요. 우리 집 어딘지 말해줬죠? 우리 남편이 어떤 사람이겠어요? 직업이 뭔지는 몰라도 엄청 부자겠죠?

**윤**　그게 아니고. 오늘 아침에 첫차 타고 가면서 생각했어요. 어디서 봤지?

**영**　나를요?

**윤**　예.

**영**　어디서 봤는데요?

**윤**　그러니까요. 분명히 어디서 봤는데 그냥 스쳐 지나간 인연은 아닌데.

**영**　또 무슨 꿈속에서 봤느니 어쨌느니… ?

**윤**　아니 그런 거 아니라니까요. 저 혹시 고등학교 어디 나왔어요? 고향이 광주 아니에요?

**영**　아닌데요.

**윤**　그럼 혹시 재수할 때 노량진서 학원 안 다녔어요?

**영**　아니라고요.

**윤**　그러지 말고 좀 생각해봐요. 날 어디서 봤었는지.

**영**　나는 당신 같은 사람 본 적도 없고 또 봤다고 해도 그게 뭐?

**윤**　아 진짜 그런 거 있잖아요. 진짜 생각날 거 같은데 진짜 뭔가 중요한 사람인 거 같은데 생각 안 나서 미치겠는 거 있잖아요.

**영**　난 그런 거 없어요. 그런 식으로 나 방해하지 말고 그냥 가세요. 내 하루 중에 제일 중요한 숨쉬기 시간이니까.

**윤**　그럼 마지막으로… 혹시 광주에서 초등학교 안 다녔어요?

**영**　안 다녔다니까. 광주 근처에도 안 갔었다니까!

윤 　맞다! 그럼 제주도! 내가 4학년 때 1년 동안 제주도에서 학교 다녔을 때 그때 북초등학교 4학년 6반! 진영!

영 　….

윤 　맞지 진영? 우리 아버지가 군인이라서 1년마다 이사 다닌 적 있었거든. 거기서 딱 1년 다니고 다시 광주로 전학 갔었는데. 그때 우리 짝이었지?

영 　박윤?

윤 　응!

영 　호빵맨 박윤!

윤 　그래!

영 　세상에! 아니 네가 어떻게….

윤 　내 말이 맞지? 우리 분명히 인연이 있었다니까.

영 　너 어디 살아?

윤 　나 일산.

영 　계속 거기 살았어?

윤 　아니. 광주 있다가, 제주도 잠깐 있다가, 다시 광주 갔다가, 서울 갔다가. 넌 어떻게 여기에? 어제 들어보니 결혼은 했고, 아주 부자 남편 만나서.

영 　응.

윤 　좋겠다.

영 　좋아. 그래서 나인 거 확인하려고 이렇게 또 여기까지 온 거야? 집에 또 못 갈 텐데.

윤 　아니야. 갈 수 있어. 여기서 좀 걸어가면 심야버스 타는 데 나오더라고.

영 　아, 그래? 근데 너….

| | |
|---|---|
| 윤 | 어. |
| 영 | … 나 너 되게 찾았었는데. |
| 윤 | 나를? |
| 영 | 그래. 나 4학년 때 애들한테 무지 괴롭힘 당했었는데, 근데 네가 그때 나 괴롭히지 말라고 애들이랑 싸웠잖아. 다섯 명인가가 달려들어서 엄청 두들겨맞고. 근데 네가 그때 다 맞고서 하는 말이 '다 때렸냐? 그럼 이제 괴롭히지 마라.' 애들이 그 말 듣고 기에 눌려가지고 물러서고, 그 다음부터 애들이 날 괴롭히지 않았어. 나 사실 그때 네가 너무 달라 보였거든. 근데 너한테 고맙다는 말도 못 하고. |
| 윤 | 그래? 난 그때 애들 다 줘 팬 걸로 기억하는데. 제일 센 상진이 그 새끼부터 주먹으로 내지르고, 그 다음 성철이는 앞발로 빡! 그리고 현식이는 뒤돌려 차기로 빡! |
| 영 | (물끄러미 쳐다보며) 다 했어? |
| 윤 | 미안. 처맞았지. 상진이한테 선빵 날리다가 실패하고 그다음부터 다구리…. |
| 영 | 난 너 그렇게 맞는데도 너무 멋있었어. 근데 너 혹시 그거 억울해서 이렇게 나 찾아온 거 아냐? |
| 윤 | 아니. |
| 영 | 그때 그러고 나서 친하게 지내지도 못하고 계속 서먹했잖아. 너한테 고맙다는 말이 항상 목구멍에 걸려 있었는데 밖으로 나오지 않는 거야. 언젠가 기회 되면 꼭 해야지 하고 있는데 학년 올라가고 갑자기 네가 안 보이더라. 근데 누가 그러는데 전학을 갔다는 거야. 그래서 계속 마음속에 담아두다가 중학교 이후로 서울 가서는 옛날 친구 찾기 같 |

은 사이트가 유행이라 거기서도 찾아봤는데 도무지 못 찾고. 찾으면 꼭 물어보고 싶었어. 그때 왜 그랬어?

윤  뭘?

영  왜 혼자서 날 보호할 생각을 했냐고.

윤  그거? 나도 잘 몰라. 상진이 그 새끼 이기고 싶었나 보지.

영  에이, 난 또 그때 나 좋아해서 그랬나 했지.

윤  그럴 리가.

영  그래. 그래서 지금은 어떻게 살아? 결혼은 했어?

윤  결혼 아직 못했고, 보다시피 쓰리잡 뛰고.

영  그랬구나.

윤  사실 얘기하자면 좀 긴데… 아버지가 군인이어서 전학 자주 다녔다고 했잖아. 아버지 퇴역하고 사업하다가 쫄딱 망하고 우리 집안이 완전 꼬여버렸어. 나 대학 졸업하고 공부 계속하고 있었거든. 박사까지. 근데 아버지가 한 10억 빚더미에 올라서니까 그거 만회하고 싶으셨는지 도박을 하셨네. 거기다 빚은 더 쌓이고 맨날 술, 담배만 하시다가 결국 돌아가셨어. 엄마도 몸져누우시고, 형은 빚 떠안기 싫다고 도망가 버리고, 그거 고스란히 물려받은 난 박사고 뭐고 다 때려치우고 이 짓 하고 있는 거지. 결혼? 그런 건 생각도 없고.

영  어떡해.

윤  처음엔 지옥이다, 생각했는데, 이젠 계속 그런 생활 하다 보니 근육이 생긴 거 같아. 한 3년 죽으라고 했더니 빚도 좀 줄어들었고.

영  하….

| 윤 | 근데 너 들어갈 시간 되지 않았어? 어제 보니까 이 시간에 막 뛰어가던데. |
|---|---|
| 영 | 나? 에이, 오랜만에 친구를 만났는데 좀 더 있어야지. |
| 윤 | 고래 숨쉬기는 뭐야? 물어봐도 돼? |
| 영 | 전에 말했잖아. 숨이 막혀서 죽을 때가 됐나 싶을 때 한 번 씩 나오는 거지. |
| 윤 | 그럼 너희 집이 물속이라는 얘기야? |
| 영 | 말하자면. |
| 윤 | 거 참. |
| 영 | 더 알고 싶어? |
| 윤 | 응. |
| 영 | (시계를 들여다보더니) 시간 됐다. 미안해. 그 얘긴 못 해주겠다. 연락처도 못 주니까 우리 언제 만날 수 있을지도 모르 겠지만 언젠가 또 얘기할 날이 있기를. 안녕. |

영이 뛰어나간다. 윤은 닭 쫓던 개처럼 그 모습을 멍하니 바라본다.
무대 전환.

# 3.

다시 가로등이 켜진 공원.
이번에는 윤이 먼저 나와 공원을 서성거리고 있다. 누군가가(가상의)
지나가는데 윤은 딴청을 피우며 시선을 피한다. 잠시 후 영이 나타난
다. 영은 윤을 발견하고는 그에게 다가온다.

| 영 | 설마 했는데 또 왔네. |
|---|---|
| 윤 | 못 들은 얘기가 있는 거 같아서. |
| 영 | 너 집에 가족… 어머니 안 계셔? |
| 윤 | 계시지만 뭐 항상 가면 주무시니까. |
| 영 | 여자친구는 없어? |
| 윤 | 있지. 아니 없어. |
| 영 | 치. 나 할 얘기 이제 없는데? |
| 윤 | 그럼 됐고. 그럼 나 갈게. (걸어가다가 다시) 갈게. |
| 영 | 그래. |
| 윤 | (얼른 다가오며) 있지? |
| 영 | 참 내. 그래. 넌 그때 날 구해줬던 내 마음속 영웅이니까 조금만 더 얘기해줄게. 나 어릴 때 애들한테 맨날 놀림 받았었잖아. 우리가 그때 동네서 제일 큰 집 살고 우리 아빠가 큰 차로 맨날 데려다주고 해서 애들이 엄청 부잣집 딸인 줄 알았었거든. |
| 윤 | 그랬나? |
| 영 | 근데 사실 그 집 주인은 따로 있었고, 제주도에 가끔 내려와 지내는 부자였지. 우리 아빠는 그 집에 얹혀살면서 운전기사 노릇하다가, 주인 없을 땐 마치 우리 집인 것처럼. 누가 그걸 알게 돼서 소문이 퍼지니까 애들이 갑자기 돌변하더니 날 무시하고 괴롭히기 시작하더라. 애초에 솔직하게 말했으면 됐는데 나도 애들이 부럽다고 바라보던 시선을 그냥 즐겼던 거 같애. 그 이후부터 나도 말이 없어졌지. 근데 우리 아빠 처음부터 운전기사 그런 건 또 아니었어. 사실 우리 아빠가…. |

윤   뭔데?

영   그냥 여기까지야. 내가 해줄 수 있는 얘긴.

윤   나 알 거 같아.

영   뭘?

윤   너희 사실 잘 살았는데 사업이 망하고 가세가 기울고 그
    집에 신세 지게 된 거지.

영이 대답 없이 일어서서 들어가려고 일어나자 윤도 일어서서 그
녀를 보내주려는 듯 자세를 취한다. 영은 윤과의 거리를 좁히지 못한
상태에서 그대로 공원 밖을 향해 걸어 나간다. 그녀가 나가는 것을
보다가 체념한 듯 벤치에 앉는 윤. 가방을 열어 보지만 신문지 같은
것은 없다. 그냥 그 자리에 누워보는 윤. 이윽고 영이 다시 돌아온다.


영   윤아.

벌떡 일어나 그녀를 쳐다보는 윤.


윤   어?

영   (잠깐 뒤돌아보더니 몹시 불안해하면서 빠른 속도로) 맞아. 우리 아
    빠 사업 망하면서 가진 거 다 뺏기고 그 부잣집에 빚을 엄
    청나게 지면서 평생 갚아야 했던 거야. 하지만 다 갚지 못
    한 채 돌아가시고 그 빚을 탕감해주는 대신 내가 그 집으
    로 들어가게 된 거고.

윤   들어가다니? 시집? 그 집 아들한테?

영   아니.

윤    그럼?

영    주인한테.

윤    그럼… 나이 차가….

영    그때 우리 아빠보다 조금 어렸지. 그래도 나보다는… 그리고 그때부터 지금까지 외출은 항상 금지되어 있어. 그래서 저 2층 창밖으로 잠깐씩 바깥세상을 구경하다가 이렇게 깊은 밤이 되면 나오는 거지. 딱 15분만.

윤    고래 숨쉬기?

영    응.

윤    하필이면 왜 이런 밤에?

영    사람들 마주치지 않을 때라고 해서….


이때 뒤쪽에서 누군가 모습을 드러낸다. 중년의 남자 훈이다.
그를 먼저 발견한 영은 얼른 고개를 돌리고 아무 말도 못 한 채 얼음처럼 멈춰 서 있다. 그 모습을 보고 역시 뒤돌아보고 훈의 정체를 발견하는 윤.


훈    (윤 너머 영에게) 여기 계속 있을 거야?

영    아뇨.


영은 뒤돌아서서 얼른 뛰어간다. 훈은 윤을 바라보더니 그에게 다가온다.


훈    저 친구를 아십니까?

윤    아뇨. (사이) 예.

훈　어떻게 아십니까?

윤　초등학교 때 잠깐 같은 반이었습니다. 지나가다 우연히 만났죠.

훈　지나가다?

윤　예. 대리운전하고 돌아가려다가 여기서….

훈　오늘이요?

윤　네. 오늘.

훈　잘 알겠습니다. (돌아가려 하다가 다시 돌아보며) 그런데 혹시 이상한 얘기는 안 합니까?

윤　무슨 얘기요?

훈　뭐 제주도 살 때 얘기라던가….

윤　그때 얘기는 당연히 했죠. 우리가 같은 반이었으니까 자연스럽게.

훈　아니 뭐, 이를테면 자기 아버지가 무슨… 운전기사였다느니….

윤　운전기사 아니셨나요?

훈　했네요. 빚을 갚으려고 결혼했다는 그런 얘기도 하던가요?

윤　빚… 이라뇨?

훈　했네요.

윤　그… 그렇습니다. 했습니다.

훈　그거 믿지 마세요. 사실이 아닙니다.


훈이 돌아서서 들어가려고 한다. 그런데 윤이 그를 말로써 붙잡는다.

윤    사실이 아니라뇨? 그럼 사실은 뭘까요?

훈    남의 가정삽니다. 그 정도만 하세요.

윤    그래도 알아야 오해가 풀리니까….

훈    (가까이 다가오며) 부잣집에 빚을 갚기 위해서 시집을 갔다느
      니, 팔려갔느니 하는 말들을 믿지 말라는 거예요. 어차피
      오늘 이후로 저 사람 볼 일 없을 테니.

윤    왜요? 저는 저 친구 동창이니 또 볼 수도 있잖습니까? (사
      이) 언젠가는.

훈    또 만나시겠다?

윤    그럴 수도 있잖습니까? 언젠가는.

훈    아파요.

윤    누가요?

훈    저 친구가.

윤    어디가요?

훈    그럼 내가 저 친구가 팔려갔다던 그 집 주인이자 늙은 남
      편으로 보이나요?

윤    그럼 아니십니까?

훈    난 저 친구 아비예요.

윤    네?

훈    그 부잣집 사장이란 자가 나인 건 맞아요. 그런데 저 아이
      는 바로 내 딸이란 말이요. 그때 영이는 엄마와 거기 살았
      고, 그 집에 운전기사가 있었던 것도 맞아요. 동창이라니
      까 기억할지 모르겠지만 운전기사가 저 아이를 학교에 데
      려다주고 해서 무척 친했어요. 우린 그렇게 격의 없이 지
      냈지. 그런데 그 사람이 빨리 세상을 떠나는 바람에 저 아

이 충격이 컸던 거예요. 그때는 그런 증상을 딱히 뭐라 할 수 없었지만 요새는 그걸 조현병이라고 합디다. 언제부턴가 그 운전기사가 진 빚을 자기가 대신 갚아야 해서 이 집에 팔려온 거라고 생각하더니 남들한테까지 말을 하기 시작한 거예요. 그래서 밖엘 내보내지 못해요. 여기저기 다니면서 치료도 받아 봤지만 성과는 별로 없었고. 병원에선 급기야 그 정신병동인가 뭔가에 격리시키고 치료해보라 하던데 그걸 어떻게 하겠소. 하나밖에 없는 딸을.

윤     아… 그럼 아버님….

훈     헷갈리겠지만 사실이요. 물론 안타까워 보이겠지. 하지만 다시 여기서 만날 생각은 말아요. 일부러 사람 마주치지 않도록 이 시간에만 외출시키는 거니까.

윤     알겠습니다.

훈     (들어가려 하다가 다시 돌아오며) 딸과 동창이라 하니 내 말을 편하게 하겠네. 언젠가 멀쩡해지면 연락하라 할 수도 있으니까 이 번호로 문자를 넣어주게. (명함을 건넨다) 그리고 혹시 어려운 일 있으면 나한테 얘기하게. 그럼 도와줄 수도 있으니.

윤     도움은 괜찮습니다. 문자는 드리겠습니다.


훈이 사라지고 윤은 생각에 잠긴다. 잠시 후에 휴대폰을 꺼내어 망설이더니 명함에 적힌 번호대로 문자를 보낸다.

무대 전환.

# 4.

가느다란 빛이 공원을 비추고 영의 전화 목소리 들려온다.

**영**   (소리) 윤아, 우리 남편한테 번호 보냈지? 나 그 번호 알게 돼서 이렇게 몰래 전화하는 거야. 그때 너랑 만났을 때 약속된 시간을 넘긴 벌로 3개월 동안 독방에 감금됐었어. 독방. 그래 독방이야. 그때 남편이 자신을 내 아빠라고 소개하지 않았었니? 그 사람은 날 영원히 가둬놓고 남들에게 들키면 자기가 아빠라고 거짓말을 해. 윤아, 부탁이 있어. 내가 앞으로 열흘 이내에 전처럼 외출을 할 수 있을지도 몰라. 언제가 될지 모르니 매일 그곳에 와서 기다려줄 수 있을까? 언제라도 만나게 되면 꼭 할 얘기가 있어. 그리해줄 수 있겠니? 해줄 수 있지? 그럼 끊을게.

조명이 밝아져서 공원의 모습이 다시 드러나지만, 여전히 그곳은 가로등이 켜진 밤이다. 윤이 다시 나타나서 공원을 서성거리며 공원 입구 쪽을 힐끗힐끗 쳐다본다.
그리고 지나가는 사람(가상의)에게 말을 걸어본다.

**윤**   저기, 저기요. 저 아파트 뒤쪽에 단독주택 하나 있잖아요. 담 엄청 높고. 그 집에 누가 사는지 아세요? 네? 아무도 안 산다고요? 에이, 그럴 리가요. 그냥 모르시는 거죠? 네? 몇 달 전부터 통 안 보였….

이때 공원 입구에서 초췌한 모습의 영이 나타난다.

| 영 | 윤아. |
|---|---|
| 윤 | 어, 영아! |
| 영 | 진짜로 와줬네. 그동안 계속 왔었어? |
| 윤 | 응, 며칠 동안. |
| 영 | 고마워. 나 독방에서 나온 후에 열흘 동안 얌전히 말 잘 듣고 겨우 외출 허락받은 거야. |
| 윤 | 혹시… 감시는 없고? |
| 영 | 절대 약속 지킨다고 안심시켰지. |
| 윤 | 그래도…. |
| 영 | 윤아. |
| 윤 | 응? |
| 영 | 같이 여기 벗어나지 않을래? |
| 윤 | 벗어나? |
| 영 | 응. 너도 지옥 같은 생활 해봤다고 했지? 자기가 아닌 남이 만들어놓은 인생을 사는 거, 그게 바로 지옥이야. 너도 아버지 빚 때문에 그렇게 살고 있다고 했잖아. 나 역시도 아빠가 남긴 빚 때문에 이렇게 구속돼 버린 거야. 지금 우리 인생은 부모로부터 시작된 거라구. 그건 가난한 사람만의 문제는 아니야. 내 남편 역시 자기 부모가 물려준 저 엄청난 재산 속에 갇혀서 살고 있어. 그 재산을 지키느라 자기가 하고 싶은 그 무엇도 하지 못하고 그저 문 걸어 잠근 채 돈이 빠져나가나 안 나가나, 내가 빠져나가나 안 나가나. 그걸로 자기 인생을 온통 허비하고 있는 거야. 우린 모 |

두 이런 인생에서 탈출해야 돼. 내가 이렇게 외출해서 만난 유일한 사람이 넌데 너만 동의한다면 난 갈 수 있을 거같애.

윤　어디로?

영　어디든. 일단 배는 타야겠지? 비행기는 너무 위험하니까.

윤　잠깐… 내겐… 시간이 좀 필요한데?

영　무슨 시간?

윤　응… 그러니까… 어머니한테 전화도 해야 하고, 그리고 통장도 좀 확인해 봐야 하고.

영　그게 다 무슨 소용이야. 인생을 갈아엎어야 하는데. 저지르고 나서 하면 되지. 통장 잔고라니, 빚이 10억이라며?

윤　그거야 그렇지. 응… 그러니까….

영　(그의 주저하는 모습을 보고) 안 되겠구나. 그래 맞아. 차곡차곡 빚 잘 갚으면서 성실히 살아가는 사람이 나처럼 대책도 없는 여자랑 뭘 어떻게 한다고.

윤　영아.

영　….

윤　가자!

영　정말? 그럴 수 있겠어?

윤　할 수 있어!


이때 뒤쪽 공원 입구에서 걸어 들어오는 훈. 윤이 그를 발견하고 멈칫하자 영 역시 돌아보고 훈을 발견한다. 그리고 얼른 윤 뒤로 달려와 숨는다.

| 영 | 가까이 오지 말아요. 난 이제 당신한테서 벗어날 거예요. |
|---|---|
| 훈 | 집에 가자. |
| 영 | 난 안 갈 거야! 안 갈 거라고! 윤이랑 같이 떠나기로 했다구! |
| 훈 | 아니야. 넌 갈 수 없어. 너의 집은 저기 있어. 널 가장 잘 지켜줄 곳이 바로 거기야. |
| 영 | 당신이 뭔데 갈 수 있다, 없다, 함부로 말해! 이제부터 내 인생은 내가 다시 시작할 거라고. 이 친구와 함께! |
| 훈 | 그 친군 너한테 아무것도 해줄 수 없어. (다가가려 한다) |
| 윤 | (그를 가로막으며) 가까이 오지 마세요! 내가 이 친구와 함께 할 겁니다. |
| 훈 | 자네가? 하하. 빚이나 열심히 갚아. 대리운전 열심히 해서. |
| 윤 | 대리기사 깔보지 마! 내가 잠깐 술 취한 놈들 대신해서 운전한다고 무시하지 말란 말이야! 난 박사야! 영문학 박사라고! 내가 물려받은 빚만 아니면 지금 나도 대학교수에다 책도 수십 권씩 내고 떵떵거리면서 살 수 있었단 말이야! |
| 훈 | 오, 그래? 그럼 내가 그 빚 갚아줄게. 얼마라 했지? 한 10억쯤 된다고 했나? |
| 윤 | 뭐라고? |
| 훈 | 눈빛 흔들리는 거 봐. 빚 갚아준다니까 마음이 금방 바뀌지? 거봐. 내가 그 빚 갚아주면 네 인생 되찾을 수 있나? 그럼 네 그 인생, 나로 인해 다시 시작하게 되는 건데? 그러면 넌 나한테 다시 빚지게 되는 건가? 하하하. |
| 영 | (윤에게) 뭐야? 왜 말 못 해? 필요 없다고 해! |

**윤**    (나약해진 자신을 질책하는 듯 훈을 보지 못하고) 아니야… 아니라고!

**훈**    눈은 그렇다고 하고 있는데? 하하하. 넌 이미 졌어. 자, 내가 그 빚 갚아주고 재기하도록 도와줄 테니 어서 뒤에 있는 친구를 이리 내주게. 저 친구도 하고 싶다는 거 다 시켜줄 거니 걱정하지 말고.

**영**    (다시 윤에게) 아니야! 내가 하고 싶은 건 여기서 벗어나는 거밖에 없어!

영은 윤을 간절히 바라보지만, 윤은 이미 의지를 상실했다. 그리고 윤은 그 자리에 주저앉고 만다. 그런 윤을 지나쳐서 영은 터벅터벅 훈에게로 걸어간다.

**훈**    어서 와. 나의 귀여운 아가. (그녀를 데리고 가면서 윤에게) 양보해줘서 고맙네. 약속대로 나에게 양보해준 대가를 치르도록 하지. 내일 비서가 연락할 거야. 그럼 필요한 액수를 얘기하고 만나게. 빚 다 갚고 그 영문학 박산지 뭔지 실컷 하고 살라고. 하하하.

그 자리에 주저앉아 서럽게 울고 마는 윤. 점점 조명 어두워진다.
무대 전환.

이윽고 다시 조명이 밝아오면 벤치 위에 누워있는 윤이 드러난다.
그는 꿈을 꾸는지 잠꼬대를 하고 있다.

| 윤 | 아니야. 아니라고! 난 그 돈 필요 없어. 필요 없단 말이야! (잠에서 깬다) 어… 필요… 돈… 아! (절망하고는 스스로에게) 이런 병신 같은 새끼! 이런 쪼다 같은 새끼! 돈 앞에서 그렇게 무너져버려? 돈이 그렇게 중요… 하지. 그 돈만 있으면 (괴로워한다) 아! 내 인생…. |
|---|---|

이윽고 초췌한 모습의 영이 다시 나타난다.
예전만큼 반겨지지 않는 윤.

| 영 | 윤아. |
|---|---|
| 윤 | 어. 영아. |
| 영 | 진짜로 와줬네. |
| 윤 | 어, 마침 오늘 시간이 좀 돼 가지고. |
| 영 | 그래? 잘됐네. 나도 몇 달 지나서 처음 나온 건데. 그동안 잘 지냈어? |
| 윤 | 그럼 잘 지냈지. |
| 영 | 일도 잘되고? |
| 윤 | 그렇지 뭐. |
| 영 | 윤아. |
| 윤 | 어? |

영이 윤의 얼굴에 양손을 살포시 갖다 대더니 그의 눈을 한참 바라본다. 그리고는 살며시 그의 품에 안긴다. 윤 역시 팔을 들어 그녀를 살짝 안자 그녀는 아주 깊이 그를 껴안는다. 그리고 고개를 들어 그의 얼굴을 뚫어지게 바라본다.

영      나 어딘가로 떠나고 싶어.

윤      뭐 또? (다시 자각하고는) 아니, 아니. 뭐 여기서 탈출한다고?

영      아니, 그런 건 아니고 그냥 잠시 여행.

윤      하지만 넌 지금….

영      아니야, 괜찮아. 그 사람 나 찾아내긴 할 거야. 며칠 내로.
        하지만 삼일 정도는 자유롭게 다닐 수 있을 거야. 그렇게
        얘기했거든. '너 사라지면 바로 찾진 않을 거다. 하지만 삼
        일 뒤에는 찾아낼 거다.' 잠시만이라도 이 답답한 세상에
        서 탈출하고 싶어. 결국 모든 게 제자리로 돌아오고 말겠
        지만 그래도 삼일간은 마음껏 숨 쉴 수 있을 거잖아. 너도
        그 답답한 인생에서 잠시 탈출해서 아무 생각 없이 그저
        즐기는 거지. 어때?

윤      어… 그게….

영      뭐?

윤      삼일, 아니 일주일 정도 자리 비우려면… 음… 직장에도
        다 연락을 해놔야 되고…

영      그치? 역시 안 되겠지?

윤      아니 안 되는 게 아니고 준비를 좀….

영      난 지금 돌아가면 끝인데, 역시 안 되는구나.

윤      아니 그런 건 아닌데.

영      여행 경비도 내가 다 내려고 했는데….

윤      아니야, 가게 되면 내가 다 내지.

영      스카이라운지도 빌려서 와인 마시고, 요트도 한 대 빌리
        고, (갑자기 수줍은 듯) 우리, 바다 보이는 넓은 방에서 밤새고
        얘기 나누고….

| | |
|---|---|
| 윤 | 우… 우리? |
| 영 | 아닌가? |
| 윤 | 아니야! 나도 돈 있다고! |
| 영 | 그럼 가는 거야? |
| 윤 | 당장! |

영이 윤의 손을 잡는다. 윤, 당당하게 손을 잡고 그녀와 함께 공원 밖을 향해 뛰어간다.

무대 전환.

어느새 무대는 해변의 풍경으로 전환된다. 이것은 호텔 테라스 혹은 바닷가 모래사장 또는 요트 위일 수도 있다.

윤과 영은 해변가 라운지 의자에 앉아 와인잔을 들고 앞에 펼쳐진 바다 풍경을 즐기고 있다.

| | |
|---|---|
| 영 | 아! 너무 꿈만 같아. 저기 파란 하늘과 맞닿은 수평선 좀 봐. 어떻게 저렇게 파랄 수 있지? 구름은 꼭 붓으로 찍어놓은 그림 같고. 하마터면 이렇게 바다 냄새도 한번 못 맡고 폭삭 늙어버릴 뻔했잖아. |
| 윤 | 늙어서도 계속 보면서 즐겨야지. '늙어서 놀기를 멈추는 것이 아니고 놀기를 멈추기에 늙는 것이다.' 버나드 쇼. |
| 영 | 이야! 영문학 박사답네. |
| 윤 | 저 바다 보면 제일 먼저 떠오르는 게 뭐야? |
| 영 | 고래! 오늘 저기 바다에 고래가 짠 나타나서 숨구멍 딱 열고, 수증기 한 번 크게 뿜어주면 정말 끝내주겠다. |

| 윤 | 이거? (물을 얼른 마시고 물을 뿜는 시늉) |
|---|---|
| 영 | 으이구, 장난꾸러기 호빵맨. |
| 윤 | <u>흐흐흐</u>. 난 저 바다 보면 아버지가 생각나. 우리 아버지는 군인으로 육지를 돌아다니면서 사셨지만, 말년이 되면 꼭 바닷가 가서 살겠다고 하셨거든. 이상하게 그 말을 들어서 그런지 나도 나이 먹으면 바닷가에 집 짓고 살아야지 하는 생각이 들어. 그게 마치 내 인생 말년에 자리 잡아야 할 행복인 거 같단 말이야. |
| 영 | 그럴듯하네. 하지만 그 바닷가에서도 큰 집이든 작은 집이든 간혀 있는 신세라면…. |
| 윤 | 왜 또 거기로 돌아가. |
| 영 | 어머. 나도 모르게. |
| 윤 | 하긴 바닷가에 집 짓고 살려고만 해도 돈이…. |
| 영 | 으이구! 벗어나자 제발. |
| 윤 | 그러니까. <u>흐흐흐</u>. |
| 영 | 아, 이대로 시간이 멈췄으면. |
| 윤 | 내가 멈추게 해줄게. |
| 영 | 어떻게? |
| 윤 | (망설인다) 음…. |
| 영 | 눈 감을까? |
| 윤 | 응. |

영이 눈을 감는다. 그러자 윤은 그녀의 얼굴을 보다가 숨을 잠시 고르더니 그녀에게 다가간다. 이때 그들 위로 드리워지는 누군가의 그림자. 훈이 조용히 걸어 들어오더니 그들을 바라본다. 그림자를 느끼

고 눈을 떠보는 영, 훈을 발견한다.


**영**　　어! 이렇게 빨리…. (윤 역시 깜짝 놀라 뒤돌아본다)

**훈**　　(와인병을 들어보며) 내 이럴 줄 알았지. 기껏 돈 좀 쓴다는 게 겨우 이거야. 더 쓰지.

**영**　　내가 뭘 하든 말든.

**훈**　　실컷 즐기라고 비용을 대줬으면 그에 맞게 놀아야지.

**윤**　　뭐… 대줘?

**영**　　삼 일은 놔둔다고 했잖아요.

**훈**　　어서 이리 와. 넌 내 품 안에 있어야 돼. 그래야 안전해.

**영**　　싫다고! (윤의 뒤로 숨는다)

**윤**　　(영의 행동에 스스로 남자임을 느끼고) 이 친구 가만… 놔두십시오.

**훈**　　자네는 이왕 휴가 냈을 테니 계속 그렇게 지내도록 하게. 내가 끝까지 비용은 다 처리해줄 테니. 아, 혼자선 외롭겠나?

**윤**　　그런 거 필요 없습니다!

**훈**　　오! 용기 있네. (다시 영에게) 아가, 어서 이리 오라니까.

**영**　　싫다고! (윤에게) 어서 날 보호해줘. 옛날에, 옛날에 그랬던 것처럼!

**훈**　　(다가가며) 뭐 보호해? 아, 옛날에 철없던 시절 그 얘기?

**윤**　　더 이상 가까이 오지 마세요. 경고합니다.

**훈**　　그 녀석 용감한 척하네. 하지만 현실을 봐. 지금은 어머니도 부양해야 하지 아마? 빚도 갚아야 하고. 남의 가정사에 끼어들었다가 낭패를 보면 어떡하려고? 어서 비켜.

| | |
|---|---|
| 윤 | 가까이 오지 말라고 했다! 널 죽일 수도 있다고! |
| 훈 | 죽여? 어떻게 죽일 건데! 그 맨주먹으로! 어서 죽여 봐! 가진 건 쥐뿔도 없는 놈의 자식이 어디다 대고 큰 소리야, 큰 소리가! |

윤이 그를 막지만, 훈은 그의 팔을 꺾어서 넘어뜨린다. 그리고 영을 붙잡아 끌고 가려 하자 넘어졌던 윤이 얼른 뛰어가 와인병을 잡고는 훈의 머리를 내리친다. 그 자리에서 쓰러지고 마는 훈. 고개 숙이고 비명을 지르던 영이 쓰러진 훈에게 다가가 그의 상태를 확인한다. 그리고 윤을 쳐다본다.

| | |
|---|---|
| 영 | 숨을 안 쉬어. |
| 윤 | 뭐? |
| 영 | 죽었다고. |

윤이 얼른 다가가 그의 상태를 확인하더니 벌떡 일어선다.

| | |
|---|---|
| 영 | 어떡해? |
| 윤 | (호흡을 고르고는) 침착하자. 침착해. |
| 영 | 어? 어떡해? |
| 윤 | 가만, 영아. 너 집에 가 있어. 여긴 내가 알아서 할게. |
| 영 | 무슨 소리야. 지금 사람이 죽었어. |
| 윤 | 여기 체크인도 내 이름으로 했고, 너 본 사람 아무도 없어. 그러니까 당장 집으로 돌아가서 신고해. 남편이 들어오지 않는다고. |

영    윤아….

윤    우리 둘 중 하나라도 행복하게 살아야지. 내 인생 어차피 틀려먹었고, 오늘 하루라도 행복했으니 그걸로 됐어. 어서 가.

영    나를 위해서….

윤    어서 가.

영    ….


영이 되돌아서 가려고 한다. 하지만 윤이 다시 훈의 시체를 보더니 그 자리에서 무너지고 만다.


윤    씨발! 가란다고 진짜 가냐?

영    (되돌아서며) 뭐?

윤    너 때문이야. 너 때문에 죽은 거라고! 네가 날 부추기지 않았다면 이런 일 없었을 거라고.

영    그게 무슨 소리야? 난 그저 날 보호해 달라고만 했지 죽이라고 하지 않았잖아!

윤    애초에 날 여기까지 끌어들이지만 않았어도 이런 일 없었잖아.

영    너 지금 그걸 말이라고 해?

윤    모든 게 다 끝났어. 끝나버렸다고! 이러는 게 아니었어. 여기까지 오는 게 아니었어. (갑자기 영을 쳐다보더니) 이게 다 너 때문이야. (그녀에게 다가가며) 너만 아니었으면, 너만 아니었으면….

윤이 영에게 다가가더니 그녀의 목을 조르기 시작한다. 영, 쓰러지고 더 이상 움직이지 않을 때까지 윤의 행동은 멈춰지지 않는다.

무대 전환.


다시 공원.

다시 벤치에 누워 꿈을 꾸는 듯 허공에다 대고 손을 휘저으며 목 조르기 시늉을 하고 있는 윤.


윤    너만 아니었으면. 너만 아니었으면. 죽어! (잠에서 깬다) 죽… 뭐야 이거. 또 꿈이야? 아! 정말 죽고 싶다. 결국 난 이 못난 인생의 굴레에서 벗어날 수 없단 말이야?


이윽고 공원 입구 쪽에서 나타난 훈. 그는 윤을 바라본다.


훈    진짜로 와 있었네.

윤    ….

훈    외출은 내일로 미뤘어. 자네가 진짜로 올까 봐 한 번 나와 봤는데.

윤    ….

훈    정말로 영이를 도와주러 온 건가?

윤    ….

훈    진심으로 대답해보게나. 정말 우리 영이를 도와주고 싶은가?

윤    그렇습니다.

훈    그 짧은 시간에 정말 사랑이라는 마음이 생기기라도 한 건가? 옛날 잊혀졌던 감정이 되살아나기라도 한 건가?

**윤**  그건 모르겠습니다만… 절박해 보여서. 도움이 될 수 있다면….

**훈**  그럼 내가 자네에게 저 친구를 넘겨준다면 책임질 수 있겠나?

**윤**  아버님, 아니 선생께서 영이를 가두고 있다는 심증이 있으니까. 그렇다면 제가 도움이 되지 않을까 합니다.

**훈**  좋아. 이제부터 진실을 말해줌세. 난 영이의 아비가 아닌 남편이 맞아. 영이 아버지가 나한테 진 빚 때문에 나에게 온 것은 아니지만 말이야. 그래. 설령 팔려 왔다고 쳐보세. 하지만 지금은 부부니 팔려 왔으니 하는 그런 얘기들 다 소용이 없네. 난 저 아이에게 아내의 역할 같은 거 요구할 생각도 없네. 우린 그냥 가족일 뿐이야. 한쪽에겐 절대 보호가 필요한 가족. 저 아이가 조현병을 앓게 된 다음부터 나는 저 아이를 돌보고 지키는 일에 몰두할 수밖에 없었네. 저 아이는 숨을 쉬고 싶네 어쩌네 하지만, 막상 자유를 주면 스스로 감당이 안 되는 일을 저지르게 되곤 했지. 어떤 때는 나가서 누구에게 시비를 걸어 싸우게 되질 않나, 어떨 때는 이유 없이 남의 물건을 훔쳐서 합의를 봐야 하질 않나. 그리고 자네 같은 사람이라도 만나면 자기 머릿속에 있는 얘기들을 막 짜깁기해서 새로운 이야기를 지어내고 들은 사람을 혼란에 빠트려 버리는 거지. 그런 얘기도 수십 개가 넘어. 저 아이를 맡아줄 자신 있나? 그렇다면 내가 양보함세. 진심으로. 그리고 저 아이 맡아준다면 자네가 졌다는 그 빚 갚는 걸 내가 어느 정도 도와주겠네. 그

대신 절대로 저 아이를 버려선 안 돼. 자네만 빛이 있고 인생의 굴레가 있는 줄 착각하지 말게. 나에게도 저 아이에게도 짊어져야 할 굴레가 있는 법이라네. 자 어떡할 텐가? 데리고 갈 텐가?

윤은 대답하지 못하고 망설인다. 그런 윤의 모습을 지켜보다가 훈은 돌아서서 나가려 한다. 그때 훈의 뒤에 모습을 드러내는 영. 그녀는 훈 너머로 윤을 보고 있다.

**영**  난 숨을 쉬고 싶어서 뭔가 계속 얘기를 해 왔어. 너무 숨이 막혀서 상상을 이리저리 해왔던 거야. 그렇게 얘기를 만들고 또 만들다 보니 어떤 게 진짜인지 나도 헷갈려. 나가고 싶은 건지 돌아가고 싶은 건지도 헷갈려. 그래서 계속 시도를 하는 거야. 내가 숨 쉴 수 있는 딱 15분 동안.

윤이 천천히 그 자리를 벗어난다. 그가 떠나는 모습을 지켜보는 훈과 영.
영은 앞으로 걸어 나와 윤이 있던 자리에 서서 크게 숨을 쉰다.

막.

# 고양이 해산 _1951 평촌리

—

장정인

## 등장인물

할머니     정미소 안주인, 대가족 살림을 묵묵히 꾸려가는
             할머니(52살)
예림댁     할아버지 정미소 일꾼 강서방네 처(45살)
선자       할머니의 둘째 딸(14살)
상국       할머니의 둘째 아들(16살)
은남       할머니의 손녀(5살)
나비       할머니가 돌보는 고양이, 한겨울에 새끼를 가졌다.
고양이1
고양이2

## 무대

50년대 시골 마을 초가집.
안채와 바깥채, 마당 건너 대문께에는 정미소로 쓰는 큰 창고가 있다.
무대는 이 집의 바깥채의 부엌, 두 개의 아궁이엔 큰 가마솥이 걸려 있다.
아궁이 뒷벽은 시커먼 그을음이 앉았지만
찬장이며 물독, 살강에 얹어진 사기그릇들은 정갈하다.
멀리서 닭 우는 소리, 하늘은 캄캄하고 서쪽 하늘 하나의 별만 남아 있다.

# #1. 새벽

할머니는 머릿수건을 묶으며 조용히 방을 나선다.

하늘을 향해 후우~ 긴 숨을 내뿜고는 바쁜 걸음으로 마당을 가로지르고 정지로 내려선다. 호롱불을 켜고, 보시기에 깨끗한 물을 담아 부뚜막에 올려놓고 합장을 하며 낮은 소리로 무어라 중얼거린다. 앞치마를 찾아 두르고 똬리와 물독을 차례로 이고 정지를 나선다. 예림댁이 비슷한 차림으로 할머니를 기다리고 있다. 두 사람 함께 퇴장한다.

고양이 두 마리가 안채 툇마루로 나와 기지개를 켜며 이야기한다.

**고양이1** 부지런도 하시지. 동트려면 아직인데 벌써 일을 시작하셨네.

**고양이2** 동이 트면 식솔들 아침상을 봐야하니 서둘러야지. 이 집안에 할머니가 거둬 먹일 입이 어디 한둘이야?

**고양이1** 그러게, 이 집엔 사람들이 왜 이렇게 많아?

**고양이2** 할머니 할아버지 슬하에 자식만 여덟이다. 큰딸이야 몇 해 전에 부산으로 출가를 했지만 나머지는 아직 어리잖아. 게다가 정미소에서 일하는 김 서방, 강 서방네 식구들도 있고 멀리서 피난 오신 할아버지의 사촌인가 육촌인가? 형님네 가족들도 있어. 매 끼니 밥상머리에 앉는 사람이 스무 명도 넘을걸?

**고양이1** 사람이 그렇게 많은데 아침밥을 할머니 혼자서 준비해? 쯧쯧쯧.

**고양이2**   며느리가 지금 좀 아파서 그래. 그리고 예림댁 아줌마 같
　　　이 가셨잖아. 넌 왜 남의 집 일에 관심이 그렇게 많으냐?
　　　어여 너네 집에 가!

**고양이1**   왜 남의 집이야? 할머니가 국물 우리고 난 멸치 대가리 나
　　　주셨어. 그럼 나도 이 집 식구지! 안 그래?

**고양이2**   아유 너 또 마음 약한 우리 할머니한테 불쌍한 척했지?

**고양이1**   아니거든. 할머니가 나 예쁘다고 하셨거든!


# #2. 아침

고양이들 이야기하는 동안 하늘은 조금 밝아지고 할머니는 물독을
이고 돌아온다.
댓돌을 밟고 내려서는 할머니 기척에 부뚜막에서 단잠을 자던 나비
가 잠깐 고개를 들어 보인다.

**할머니**   아이고 나비야, 내 때문에 깼나? 미안하데이. 자라. 마 더
　　　자거라.

가마솥에 물을 붓고, 아궁이에 불을 넣는다. 타닥타닥 마른 땔감들이
타는 소리.
일어나 간밤에 시래기를 불려둔 옹기뚜껑을 살핀다. 얼음이 얼었는
지 칼자루를 단단히 쥐고 탁탁 두드려 얼음을 깬다. 그러다 시선이
나비에게 간다.

**할머니** (낮은 소리로) 휴우~ 관세음보살. 부처님예, 한 집에서 두 산모가 몸을 풀면 하나는 큰 흉을 당한다 안 합니꺼? 이 일을 우짜믄 좋겠습니꺼? 관세음보살 나무관세음보살.

할머니의 쉰 목소리에 잠에서 깨어난 나비는 등을 바짝 세워 기지개를 켜고는 조용히 퇴장. 새끼를 가졌는지 배가 불룩한 고양이가 아직 어스름한 마당을 가로질러 차분한 발걸음으로 사라진다. 곧 작은딸 선자가 까만 단발머리를 매만지며 정지로 내려선다.

**할머니** 왔나? 느그 언니 몸이 저래 무거버가 니가 고생한데이.
**선자** 은지예. (괜찮다는 듯 손을 흔들며 하품) 엄마, 이거 된장국 끓일 거지예?
**할머니** 오야. (시래기를 건지려는 딸을 만류하며) 야야 놔나라, 손 시럽다. 내가 하꾸마. 니는 도마하고 칼 가온나.

얼음물에서 건진 시래기를 꽉 짜서 건네자 선자가 적당한 크기로 썬다.

**할머니** 저 솥에 된장 풀어났데이, 팔팔 끓거들랑 그거 여코 니가 간봐라. 마늘도 쪼매이 다지가 여코. 솥뚜껑 단디 열어래이. 발등에 널찌믄 큰일 난다.
**선자** (칼질을 멈추고) 응. 엄마 어디 가는데예?
**할머니** 가기는 어데 가노? 닭장에 알 있는가 보러간다. 휴우~ 두 개는 낳았어야 될낀데…

정지를 나서는 할머니. 가슴이 답답한지 평상에 잠시 앉는다. 숨을 몰아쉰다.

**예림댁** (마당으로 들어서며) 아이고 우리 형님. 또 맥이 탁 풀리는갑다. 새벽에 물 길러 가서도 두 번이나 주저앉드마는 또 이랍니꺼? 형님, 이래 버티지 말고 어디, 저 강가에 가서 울기라도 좀 하소. 영감님도 저래 자리 보전하고 누웠고, 메느리도 온전한 정신이 아닌데 형님 이래 버티다가는 큰일납니더. (작은 소리로) 하기사 그 귀한 큰아들, 전쟁에 내보내고 얼마 돼도 안 해서 덜컥 전사 통보서가 왔는데… 이 속을 누가 알겠노?

**할머니** (쉰 소리로) 이 사람 아침부터 무슨 씰데없는 소리를 이래 하노? 퍼뜩 드가라.

**예림댁** 아이고 예~ 형님.

예림댁은 정지로, 할머니는 뒷마당으로 퇴장.

**고양이1** 전사통보서라니? 전쟁에 나갔다면 은남이 아부지?

**고양이2** (고개를 푹 떨어뜨리더니 곧 끄덕끄덕 한다)

**고양이1** 세상에 이게 무슨 일이야? 아! 그래서 할아버지도?

**고양이2** 그래. 벼락도 이런 벼락이 없지 뭐. 우리 할아버지 기운이 어땠는지 알지? 도깨비도 맨손으로 때려잡을 것 같던 분이 몸져누운 지 여러 날이고, 은남이 어무니는 말 그대로 청상(靑孀)이 되었지 뭐. 에휴~

**고양이1** 은남이는 지 아부지 죽었는지 모르던데… 꼬맹이 은남이 불쌍해.

**고양이2** 은남이만 불쌍하냐? 아부지 얼굴도 모르는 은남이 동생이 더 불쌍하지!

**고양이1** 은남이 동생?

**고양이2** 어. 은남이 어무니 뱃속에 아기가 있대. 정신줄 아주 놔서 산목숨인지 죽은 목숨인지 모르게 지냈는데, 할머니가 얼마나 지극정성으로 돌보셨는지 아기는 잘 큰 모양이야. 벌써 배가 한참 불러.

**할머니 목소리** (고함을 지른다) 아이고 나비야! 안 된다! 나비야 이 노무 새끼야!


# #3. 닭장

닭장으로 전환. 닭장 앞에 서서 물끄러미 안을 바라보고 있던 나비 앞으로 할머니 고무신이 날아온다. 깜짝 놀란 나비 혼비백산.

**할머니** (던진 고무신을 주워 신고 고양이가 도망한 뒷마당을 바라보며 욕을 한다) 저런 은혜도 모리는 못된 놈을 봤나. 이 겨울에 새끼 밴기 용하고 불쌍타꼬 만날 부뚜막에서 재아준 보람도 없이 어데 주인 닭을 넘보노? 으이? 들어오기만 해봐라. 내가 이 노무 새끼 고마.

흥분을 가라앉히며 닭장으로 들어가 달걀을 찾는다.
한참을 뒤져 찾은 달걀 두 개를 소중하게 쥐고 물끄러미 본다.

**할머니**   진지 못 자시는 할배 한 개, 해산 앞둔 은남이 애미 한 개. (눈물을 훔치고 도리질을 치며) 아이고, 내사 마 이럴 시간도 읎다!

**은남**   (목소리만) 으앙. 할매~ 할매~ 엄마가~~ 할매 엄마가 아프다. 엄마가 많이 아프다. 엉엉~

**할머니**   (쏜살같이 닭장을 뛰어 나온다) 아이고 남이야! 아이고 애미야!

음악, 암전

# #4. 산실

며느리의 방에서 나오는 할머니, 잔뜩 상기된 얼굴로 일을 서두른다.

**할머니**   상국아! 상국아! 퍼뜩 가라. 가가 진영댁 아지매 좀 빨리 오시라 캐라.

까까머리 아들이 방에서 나와 서둘러 대문을 나선다.

**할머니**   선자야, 작은 가마솥에 불 여코 물! 물! 솥에 물 퍼 담아래이. 순자 이거는 머하노? 여태 자나? (안방으로 사라진다)

선자는 물독을 열어 물을 연신 퍼 옮기고, 예림댁이 아궁이 불을 옮긴다.

**예림댁**  쯧쯧쯧. 은남이 엄마가 밤새 산통을 했는가베. 아이고야 그 시어머니에 그 메느리다. 양수가 저래 다 터지도록 지 혼자 어째 견뎠는고 모르겠다. 독하제….

**선자**  아 낳는기 그래 아픕니꺼?

**예림댁**  아이고 야야 말도 마라. 대낮에도 별이 보이고 고마 내가 지금 지옥에 와있나 싶다카이~

**선자**  그라믄 지는 아 안 낳을랍니더.

**예림댁**  야 봐라. 느그 어무이 몽디 들고 쫓아올 소리를 참 쉽게도 한다.

**선자**  그래 아픈데 아지매는 어째 아들딸을 다섯이나 낳았습니 꺼?

**예림댁**  어? 어허? 그렇제? 이자뿐다 아이가. 낳을 때는 아파 죽을 것 같아도 품에 안고 젖 물리고 이래 눈 맞추메 키아바라. 아픈 거? 그런 거는 다 이자뿐다. 을매나 예쁜지….

할머니는 안방에서 종이며 이불 홑청을 챙겨 산실로 들락날락, 분주하게 돌아다닌다.

**할머니**  (누구를 향하는지도 모르게 소리친다) 상국이 아직 안 왔나? 야 가 산파 데리러 어데 서울이라도 갔나? (산실로 들어간다)

**예림댁**  (그런 모습을 내다보며) 누가 보면 느그 할매가 아 낳는지 알 겠다. 그라고 느그 할배 말이다, 평소 같았으면 아침부터 여자 목소리 담 넘는다고 불호령이 떨어졌을낀데 당신 손 주 나온다고 암말도 안하시네. 그래 무섭고 호랭이 같아도 당신 자손은 또 귀하고 아까본 기라.

짐보따리를 든 산파가 빠른 걸음으로 산실로 들어간다. 박진감 있는
타악기 소리.

곧 방문이 열리고 은남이가 방 밖으로 쫓겨난다. 서럽게 우는 은남이
를 상국이 번쩍 안아 달랜다. 훌쩍이는 은남이.

커지는 타악 장단 "앙~ 아앙~~" 모두들 놀라 산실을 바라보며
암전.


# #5. 탄생

대문 아래 고양이 두 마리.

**고양이2** (비장하게) 결국 아기가 태어났다!

**고양이1** 그게 안 좋은 일이야? 왜 그렇게 말해?

**고양이2** (울먹인다) 아니 너무 기뻐서 그래! 은남이 아부지 그렇게
되고 이 큰 집안이 아주 귀신 나오게 생겼었잖아. 은남이
엄마는 내내 밥도 못 먹고 꼬챙이처럼 말랐었는데 아기 낳
다가 잘못 될까봐 얼마나 걱정을 했는지 몰라. 그런데 저
주먹만 한 아기 하나가 온 공기를 바꿔놨어.

**고양이1** 하긴 아들이라며? 할아버지가 좋아하시겠네. 아! 은남이
엄마는 어때?

**고양이2** 아유 말도 마라. 은남이 엄마 간밤에 아기 배내옷 입히고
통곡을 했어. 누가 말리지도 못했다니까. 사람이 울다가
죽을 수도 있겠다 싶더라.

안방에서 상국이 나온다. 손에는 금줄이 들려있다.

상국이 대문으로 다가오자 후다닥 사라지는 고양이들,

상국이 금줄을 치고 하늘을 물끄러미 보다가 씨익 웃는다.

마침 올케의 수발을 들던 선자가 대야에 빨랫감을 담아 나온다.

상국은 주위를 살피며 슬금슬금 형수의 방 앞으로 다가간다.


**상국**   선자야! 니 봤나?

**선자**   (끄덕끄덕)

**상국**   와 좋겠다. 어떻드노?

**선자**   몰라. 너무 작다. 세상에 어째 저래 작은 아가 있노?

**상국**   은남이도 알라였을 때 쪼맨했다 아이가?

**선자**   (고개를 저으며) 은남이보다 더 작다. 예림댁 아줌마가 그러
        던데 즈그 엄마 뱃속에서 너무 곯아서 그렇다드라. (두리번
        거리며) 근데 오빠야 니 여 이래 있다가 아부지한테 걸리믄
        어쩔래? 부정 탄다고 얼씬도 하지마라 안 했나?

**상국**   알, 알았다. 내 간다. 가.

**선자**   (뒷걸음치는 상국에게 살짝 말한다) 닮았데이.

**상국**   어? 뭐가?

**선자**   아가야 말이다. 큰 오라버니 닮았다. (왈칵 쏟는 눈물을 훔친다)


정지에서 소반에 밥을 차려 들고 나오던 할머니 그 모습을 보고 호
통친다.


**할머니**  이 노무 문디 가시나 어데서 질질 짜고 있노? 이 좋은 일
        에 눈물 바람이 될 소리가? 느그 언니 들으믄 어쩔라카노?

지랄하지 말고 퍼뜩 나와가 일이나 해라! 눈물 안 닦나? 상국이 니도 아부지 나오시기 전에 정미소 내리가라.

**선자/상국**  예!


셋 모두 퇴장.


# #6. 미역국

정지, 할머니가 미역을 불린다. 예림댁이 들어온다.

**예림댁**  형님 미역국 끼립니꺼?

**할머니**  이 사람, 당분간 오지마라 안 했나? 메칠만 있으마 삼칠일인데 쪼매 참지….

**예림댁**  아이고 형님, 지가 넘입니까? 우째 이래 서운케 하시는지 모르겠네. (화제를 돌린다) 엄마야, 동네 사람들아 이 미역 좀 봐라~ 이 전쟁 통에 이런 미역은 어데서 구했는교?

**할머니**  지난 장에 통영 박씨가 왔대. 어려븐 거 알지만도 그 가왕도 미역 좀 구해다 달라고 내 전에부터 신신당부를 안 했나? 고맙구로. 그 사람이 이거를 줄라고 일부러 온 기라.

**예림댁**  아이고야 세상 유난도~ 유난도~ 허기사 우리 형님 유난한 정성 아니면 이런 걸 우째 구하겠노? 딱 봐도 두툼하고 새카만기 '내는 참 좋은 미역입니데이.' 써있네예.

**할머니**  지금 형편에 고기가 있나? 생선이 있나? 이 미역은 참지름에 달달 볶아가 푹 끼리믄 국물이 뽀~얀기 뭐시 없어도 묵을만 한기라.

**예림댁** 은남이 엄마가 서방 복은 없어도 시어머니 복은 넘친다 아 입니꺼? (조심스럽게) 알라 엄마는 좀 어때예?

**할머니** 알라 보면서 기운을 좀 차렸는지 미역국 한 사발씩 잘 묵는다. 인자 젖도 좀 돌아서 알라도 배곯이는 면하는 눈치고, 한 메칠 황달기가 도나 싶어가 걱정을 했는데, 낯빛도 돌아오는 거 같고.

**예림댁** 아이고 행님 만번 다행입니데이. 아이고 장한 사람, 아이고 고마바라.

**할머니** 아들 할배도 알라 이름 짓는다꼬 모처럼 읍에 나가셨다 아이가.

**예림댁** (할머니를 슬쩍 살피며) 우리 형님 웃는갑다. 맞지예? 형님 웃었지예? 이기 얼마만이고. 형님 얼굴에 웃음기가 도는기~

**할머니** (시침을 뗀다) 웃… 웃기는? 이 사람 싱겁데이! 내 팔자야 마 더 바쁘고 고달파졌지 실실 웃을 일이 머가 있노?

**예림댁** (할머니 팔을 만지며) 이봐라. 이봐라. 팔뚝에 힘이 불뚝불뚝 난데이.


두 사람 크게 웃고, 가마솥에선 김이 모락모락 난다.

암전.

# #7. 고양이 해산(解産)

할머니 매일과 같은 모습으로 정지로 들어선다.

**할머니**  (행동을 멈추며) 어? 아 맞다!

무언가 까맣게 잊고 있던 것이 생각난 듯 정지 구석구석을 둘러보다가 마당으로 나가 허리를 숙여 마루 아래도 살피고 장독대도 둘러본다. 창고 문도 열어보고 막 일꾼들이 원동기를 돌리기 시작한 정미소에도 들어가 본다. 뒷마당을 지나고 닭장을 지나도록 할머니가 찾는 것은 보이지 않는다.

**할머니**  나비야, 나비야! 야가 어데 갔노? 언제부터 안 보이노? 아이고야 내 정신 좀 봐라. 집에 키우는 짐승이 한참을 안 보이는데 내는 몰랐네. 우짜꼬? 이 추분데 야가 어데 갔노? 몸도 무거븐데.

갑자기 마음 한쪽이 툭 내려앉는 듯 할머니는 뭐라 말할 수 없는 감정을 느낀다.

**할머니**  내가 평생을 입으로는 부처님 제자라 켔으면서 집에 살던 짐승이 어데로 갔는지도 모르고 있었다. 쯧쯧쯧 아이고 고마 헛불공 했데이. 관세음보살~

합장을 하시고는 몇 번을 더 허리를 숙이며 중얼중얼한다.

냥~ 짧고 조용한 고양이 소리. 할머니는 깜짝 놀라 뒤를 돌아본다.
수척한 고양이가 새끼고양이를 입에 물고 정지 입구에 서 있다.

**할머니**  (깜짝 놀라며) 아이고야. 이기 누고? 나비 아이가~

새끼고양이를 할머니 앞에 살포시 내려놓고 고양이는 사라진다.

**할머니**  (애타게) 나비야~ 나비야~ 니 또 어데 가노? 이거는 니 새
끼가? 아이고야, 아이고야~ 시상에!

눈만 볼록하고 마른 새끼고양이가 기어들어가는 소리로 운다.
할머니는 부뚜막에 새끼고양이 자리를 만들어준다.
잠시 후 고양이는 당황하는 할머니 눈앞에 또 한 마리의 새끼고양이
를 물어다 놓고 다시 사라진다. 그렇게 몇 번을 더 왔다 갔다 한 고
양이.
모두 다섯 마리의 새끼를 데리고 들어와 따뜻한 정지 구석에서 젖을
물린다.

할머니는 며느리의 미역국 국물에 밥을 조금 말고,
할아버지 몫의 달걀을 깨트려 넣어 기특한 고양이 산모의 특식을 만
든다.

**할머니**  (고양이 앞에 그릇을 놓아주며 쪼그려 앉는다) 나비야, 니가 그 새
벽에 내 한 말을 들었드나? … 시상에 그 말을 듣고 우리
메느리, … 우리 손지 탈나지 말라꼬 니 혼자… 이 추븐

날… 먼데 나가가 몸을 풀었드나? 고맙데이, 참 고맙데이.
인자 니캉, 내캉, 내 새끼들캉, 니 새끼들캉 요래 잘 챙기가
살제이. 참 고맙데이. 나비야.

할머니의 말을 들으며 고양이는 미역국을 남김없이 먹고 할머니는
눈물을 닦는다.
암전.

끝.

# 동산빌라 202호

―

강제권

**등장인물**

202호
안상호   남편, 30대.
박유진   아내, 30대

102호
할머니   80대.

302호
꼬마      여자아이, 10대.

꼬마의 삼촌, 아빠, 엄마 - 목소리와 그림자로 처리.

**무대**

현관이 있고 부엌으로 들어가는 공간과 안방과 작은 방, 욕실로 들어가는 문까지 총 3개의 문이 있다. 거실에 박스가 복잡하게 쌓여있고 옷가지와 짐들이 어지럽게 널려져 있다. 마치 이사 온 듯한 느낌이 드는 공간.

용명되면 열심히 공간을 들락날락거리며 짐을 나르는 상호와 유진.

**상호**  (주저앉으며) 어휴 힘들어. 좀 쉬었다 하자.

**유진**  그래. 좀 쉬자. (물을 상호에게 건넨다) 자 물.

**상호**  시원한 물 없어?

**유진**  없는데. 사올까?

**상호**  됐어. 그냥 마실래. (물을 마신다) 힘 다 빠졌네.

**유진**  포장이사니까 이 정도지 일반이사로 했으면 어찌 될 뻔 했어.

**상호**  생각만 해도 끔찍하다.

**유진**  그래도 좋다~!! 우리 집 생겼으니까. 시세 절반도 안 되게 집을 내놓다니 우리가 재수가 좋은 거야. 그치? 지은 지 얼마 되지도 않은 집인데.

**상호**  내가 지금까지 로또 한번 안 맞아서 이런 행운이 온 거라구. 그 흔한 5등 당첨도 한번 안 되어 봤으니.

**유진**  그동안의 불운이 행운으로 왔네요.

**상호**  (웃으며) 아임 럭키맨~

**유진**  전에 살던 사람들이 한달도 안 되어서 이사갔다는 게 좀 찜찜하긴 하다.

**상호**  지대가 높아 다니기 힘들어서 그랬다는데 믿어야지. 빌라 이름도 오죽했으면 동산빌라야. 노인들은 힘들어서 여기 살지 못할 거야.

**유진**  지대가 높긴 높드라. 아까 이사트럭이 올라가는데 밀려 내려오는 줄 알았다니까

**상호**  겨울이 걱정이긴 하다. 염화칼슘 뿌리지 않으면 큰일나겠

는걸?

**유진**   눈 오면 차 끌고 다니지 마. 10분만 걸어가면 전철역이니 전철로 출근해.

**상호**   전철 한 시간 타고 다니라고? 차는 30분 걸리는데?

**유진**   30분 일찍 아침운동 한다고 쳐. 봐. 오빠 배도 나오고 좀 걸어다녀야겠어.

**상호**   어어? 내 배가 귀엽고 포근하다고 할 때는 언제고?

**유진**   그거야 베고 누울 때야 그렇고. 웨딩사진 안 봤어? 양복 단추 막 터질라 한 거?

**상호**   결혼식 끝나더니 변했어.

**유진**   앞으로 말 잘 들어야 소박 면한다구

**상호**   왜 이렇게 깜깜하지? 앞이 안 보여! 내 미래 어쩌지? 흑흑.

**유진**   혼인신고 아직 안 했으니 물러도 돼.

**상호**   아닙니다~ 말 잘 듣겠습니다~

**유진**   어유 착하니 상 줄게 (뽀뽀) 됐지? 우리 여기서 열심히 모아서 집 사서 가자.

**상호**   그래 열심히 돈 벌게.

**유진**   (뺨을 잡아서 문지른다) 아유 이쁜 우리 남편님~

**상호**   (엉덩이를 들이밀며) 궁디 팡팡 해주세용~

**유진**   알아쩌요~ 궁디 팡팡~! (팡팡 두드림) 하아 힘썼더니 배고 파졌네. 밥 먹자

**상호**   그래~ 뭐 먹을까?

**유진**   이삿날엔 당근 짜장면이지~

**상호**   어디다 전화를 걸어야 하나? (둘러보다가) 여기 전화번호 있다. 뭐 먹을 거야?

**유진**  난 짬뽕!

**상호**  그럼 내가 짜장면 시키지 뭐.

**유진**  나도 짜장면 먹을까?

**상호**  하나씩 시켜서 나눠 먹으면 되잖아. 탕수육도 시킬까?

**유진**  좋지~ 일은 먹고 마저 하자. (드러눕는다)

**상호**  (전화기를 들고 전화를 한다) 여보세요? 중국집이죠? 네 여기… 몇 동 몇 호지?

**유진**  동산빌라 202호.

**상호**  동산빌라 202호인데요. 짜장 하나, 짬뽕 하나, 탕수육 소짜요. 빨리 가져다 주세요. (전화를 끊는다. 자리에 드러눕는다) 자기야 이리 와봐.

**유진**  나중에~ 지금은 그냥 이렇게 있자.

**상호**  짜장면 오려면 멀었어. 그러니까 그 사이에…. (하면서 슬슬 다가간다)

**배달원**  (인터폰소리) 배달 왔습니다~!

**유진**  (벌떡 일어나며) 뭐야? 우리집이야?

**상호**  (같이 일어나며) 맞는 거 같은데?

**유진**  뭐 이리 빨라?

**상호**  와 정말 기가 막히게 빠르네~ 집 앞에서 기다리고 있던 거 아냐?

**유진**  그러게. 자기가 얼른 받아.

**상호**  (음식들을 가지고 오며) 아우 배고파 죽겠다. 얼른 먹자.

**유진**  와 맛있겠다. (먹기 시작한다) 여기 짜장 괜찮네. 딱 옛날짜장 스타일이야.

**상호**  짬뽕은 쏘쏘한데? 탕수육은 바삭하니 괜찮은 것 같고.

| 유진 | 그래 그럼 여기로 낙점~! 쿠폰 열심히 모으자. 아 빼갈 땡긴다. |
|---|---|
| 상호 | 뭐가 허전하다 했는데 빼갈이 빠졌네. 가서 소주 사올까? |
| 유진 | 아냐. 그냥 먹자. |

인터폰이 울린다.

| 유진 | 뭐야? 벌써 그릇 받으러 온 거야? |
|---|---|
| 상호 | 에이 설마~ |
| 유진 | 잠깐만 (가서 인터폰을 받는다) 누구세요? (상호를 보며) 꼬마인데? (인터폰에 대고) 무슨 일이니? |
| 인터폰 | 1,2,3,4 |
| 유진 | 무슨 일이야? |
| 인터폰 | 5,6,7,8 |
| 유진 | 장난치면 안 돼. |
| 인터폰 | 냄새 나. |
| 유진 | 응? 무슨? |
| 인터폰 | 짬뽕이랑 짜장면 냄새. 참을 수가 없어. |
| 유진 | 너 누구니? |
| 인터폰 | 냄새가 위로 올라와서 견딜 수가 없다고 |
| 유진 | 냄새가 올라간다고? (꼬마가 사라진다) 애! 애! (돌아오며) 뭐야 정말…. |
| 상호 | 무슨 일인데? |
| 유진 | 아니 위층에 사는 꼬마인가 본데 음식 냄새가 올라와서 견딜 수가 없다네? |

**상호**  말도 안 돼~! 어떻게 냄새가 위층까지 가? 그 녀석 먹고 싶어서 그러는 거 아냐?

**유진**  그런가? 다시 오면 들어와서 같이 먹자고 해볼까?

**상호**  큰일 날 소리! 그러다가 유괴범으로 오해 받아.

**유진**  그래?

**상호**  애초에 의심받을 행동은 안 하는 게 좋아. 얼른 앉아서 먹어, 다 불어터지겠다.

다시 울리는 인터폰.

**유진**  그 꼬마인가? (인터폰을 보며) 뭐야? 없는데?

**상호**  아무도 없긴. 너무 작아서 안 보이는 거겠지.

**유진**  아까는 보였단 말야.

**상호**  숨어서 장난치는 거 아냐?

**유진**  몰라. 갑자기 무서워. 오빠.

**상호**  신경 쓰지 말고 와서 먹어. 에이 짬뽕국물 튀었네. 휴지 어디 있지?

**유진**  작은 방에.

상호가 퇴장한 사이. 다시 인터폰이 울린다.

**유진**  자기야 또야. 자기야~

**상호**  (작은 방에서) 어 잠깐만~ 아직 못 찾았어.

**유진**  또 왔대도!

계속 울리는 인터폰 벨. 유진 조심스레 인터폰을 받는다.


**인터폰**  (아주 크고 기분 나쁜 소리) 작작 처먹어! 이것들아!

**유진**  (외마디 비명을 지르며 주저앉는다) 아악~!

**상호**  뭐야? 무슨 일이야? (유진이 가리키는 현관 밖을 나가본다) 아무
도 없는데?

**유진**  소리를 질렀다고! 기분 나쁜 목소리로!

**상호**  아무도 없어. 잘못 들은 걸 거야.

**유진**  자기 정말 못 들었어? 그렇게 큰 소리가 났었는데도?

**상호**  네 비명소리밖에 못 들었는데? 이사하느라 무리한 듯싶
다. 눈 좀 붙일래?

**유진**  그래. 나 잠깐만 잤다가 일어날게. 마저 정리해야지.

**상호**  아냐 내일 일요일이니까 나머진 내일 하자.

**유진**  그래. 그릇 밖에 놓는 거 잊지 말고.


유진 퇴장하려는데 다시 인터폰 벨소리.


**유진**  아 깜짝이야. 자기가 나가봐.

**상호**  (인터폰을 받고) 누구세요?

**할매**  집주인이여. 아래층에 사는.

**상호**  잠깐만요 (유진 보며) 집주인이래 아래층에 사는.

**유진**  집주인이 아래층에 산다고?

**상호**  그렇다네.

**유진**  부동산에서는 그런 말 없었잖아.

**상호**  그러게.

| 유진 | 집주인이 왜? |
|---|---|
| 상호 | 글쎄… 얼굴 보자는 거 아닐까? |
| 유진 | 한번도 본 적 없는 얼굴 새삼스레 뭘 본다고. |
| 상호 | 암튼 기다리게 할 순 없으니 열어준다? (문을 열어준다) |
| 할매 | (등장하며) 뭣들 하느라 문 열어주는데 시간이 걸려? 초저녁 부터 그 짓 했어? |
| 유진 | 네? |
| 할매 | 보아하니 갓 결혼했구만. 그럼 그럴 만도 하겠네. |
| 상호 | 안녕하세요. 처음 뵙겠습니다. 잘 부탁드리겠습니다. |
| 할매 | 니 살 차이지? |
| 상호 | 어? 어떻게 아셨어요? |
| 할매 | 얼굴 보면 나와. 속궁합도 좋겠네. 천생연분이야. |
| 상호 | (웃으며) 감사합니다. |
| 유진 | 무슨 일 때문에 오셨어요? |
| 할매 | 무슨 일은~ 혼자 사느라 적적하기도 하고 마침 이사왔다 길래 보자고 온 거지. |
| 상호 | 집주인이 따로 계실 거라 생각 못했습니다. 그럼 계약서에 싸인 하신 분은…. |
| 할매 | 호로 잡놈의 시키! 죽일 놈의 시키! |
| 상호 | 네? |
| 할매 | 아녀. 그 썩을 아들놈한테 한 소리여. 그놈 시키는 인간 되기 글렀거든. |
| 상호 | 아들요? |
| 할매 | 계약서에 싸인한 놈! |
| 상호 | 아 네. 아드님이 싸인하셨군요. |

| | |
|---|---|
| **할매** | 그놈이 말야… (갑자기 동작을 멈추고 한참을 있다가) 아이고 나 가봐야겠네. 우리집 강생이가 배고프다고 지랄이네. (밖을 향해) 시끄러워 이놈아! |
| **상호** | 강생이요? |
| **할매** | 그만 짖어 이놈아!!! 지랄을 하네 지랄을! |
| **상호** | 아무 소리도 안 들리는데요? |
| **할매** | 아이고 염병 지랄이네. 지랄. 암튼 그냥 우리집이다 생각하고 편히 지내. |
| **상호** | 네 잘 부탁드립니다. |
| **할매** | (유진을 보며) 새댁 나 갈게. 시간나면 놀러 와. 보여줄 것도 있으니. |
| **유진** | 네 살펴가세요. |
| **할매** | 아이고 저 새끼 그냥 확 잡아먹어 버릴까보다! (퇴장한다) |
| **상호** | 자기야. |
| **유진** | 어. |
| **상호** | 무슨 소리 들려? |
| **유진** | 아니. |
| **상호** | 이상한 할머니네. |
| **유진** | 그래 좀 이상해. 여기 왜 이래? |
| **상호** | 신축빌라라 좋아했더만. |
| **유진** | 어쩐지 싸더라. |
| **상호** | 에이 괜찮을 거야. |
| **유진** | 우리 앞집 아직 이사 안 왔지? |
| **상호** | 응. |
| **유진** | 우리랑 윗집, 아래층 주인집만 있는 거 같애. |

**상호**  금방 들어오겠지

**유진**  아 모르겠다 머리 아퍼 잠이나 잘래.

**상호**  그래 나도 자야겠다.

**유진**  안 씻어?

**상호**  귀찮다 그냥 자자.

**유진**  그래 나도 지치고 피곤하고 머리 아프고 그냥 잘래. (불을 끄고 자리에 눕는다) 근데 지금 몇 시야?

**상호**  (핸폰을 꺼내보며) 9시 반.

**유진**  엄청 빨리 자네.


어둠 속에서 잠이 든 두 사람. 한참 후 쿵쿵 거리는 발자국 소리 들린다.

처음에는 작은 소리로 시작하다 점점 더 쿵쿵거리게 된다. 참지 못해 일어나는 유진.


**유진**  아 뭐야~! 겨우 잠들려 했는데!

**상호**  왜 그래?

**유진**  발소리 때문에 깼잖아.

**상호**  발소리?

**유진**  저 소리!

**상호**  (귀를 기울여보지만 조용하다) 조용한데?

**유진**  방금 쿵쿵 대면서 뛰어다녔다고!

**상호**  자자.

**유진**  시끄러운데 어떻게 자!

**상호**  뭐가 시끄러워?

| 유진 | 못 들었어? |
|------|-----------|
| 상호 | 잘못 들은 거야. 얼른 자. |
| 유진 | 미치겠네. (다시 눕는다. 한참 뒤 다시 쿵쿵대는 소리) 아 씨~! 진짜! |
| 상호 | 또 왜 그래~ |
| 유진 | 저거 봐. 막 뛰어다니잖아! |
| 상호 | 아무 소리도 안 난다고. |
| 유진 | 짜증나~! |
| 상호 | 너 왜 이래? |
| 유진 | 자기야말로 왜 이래? |
| 상호 | 뭐가? |
| 유진 | 여기 와서 기분 나쁜 일들만 생기는데 아무일 아닌 듯 말하고. |
| 상호 | 내가 뭘? 너야말로 너무 예민한 거 아냐? |
| 유진 | 내가 예민하다고? |
| 상호 | 들리지도 않는 소리 들린다고 하고. |
| 유진 | 진짜 들렸단 말야! 내가 무슨 환청이라도 들었단 말이야? |
| 상호 | 그만하자. |
| 유진 | 뭘 그만해. 오늘 잠자기도 글렀고 한번 따져보자. |
| 상호 | 그만해. |
| 유진 | 말해봐. 내가 뭘 잘못했는데? |
| 상호 | 내가 잘못했다 |
| 유진 | 뭘 잘못했는데? 자기는 잘못한 게 없거든? |
| 상호 | 그만 좀 하자!! |

이때, 인터폰이 다시 울린다.

**상호**   뭐야 이 시간에?

**유진**   미치겠네 정말.

**상호**   누구세요!

**인터폰**   (소리가 흘러나온다) 일 일초라도 안 보이면 이 이렇게 초조한데 삼 삼초는 어떻게 기다려 야이야이야이야.

**상호**   (뛰쳐나가지만 아무도 없다) 누가 장난치는 거야? 어디 갔어?

**유진**   잘못! 들었겠지. 아무 소리도 안 들렸는데?

**상호**   그 짧은 시간에 어디로 사라졌지?

**유진**   아 그래요? 난 못 들었는데.

**상호**   너 왜 그래!

**유진**   내가 예민해서 그래?

**상호**   노래 부르고 그랬다니까?

**유진**   모르겠네요. 소리를 못 들어서.

**상호**   자꾸 비꼴 거야?

**유진**   정말 못 들었다니까. 자기가 들었지 내가 들었어?

**상호**   알았어. 예민하다라고 한 거 내가 사과할게.

**유진**   아냐 사과하지 마. 예민한 사람한테 예민하다라고 한 게 무슨 잘못이야.

이때, 다시 천정에서 쿵쿵쿵 대는 소리 들린다. 두 사람 깜짝 놀란다.

**유진**   엄마야~!

**상호**   나 위층에 다녀올게.

유진  왜?

상호  저건 너무 심하잖아! 가서 애새끼 똑바로 키우라고 항의
      좀 해야겠어. (퇴장)

조용하다 갑자기 다시 천정을 두드리는 소리가 들린다. 연이어 들리
는 발자국 소리.

유진  야! 그만해!

옆에 있는 물건을 천정을 향해 던진다. 조용해진다. 잠시 후 다시 인
터폰이 울린다.
유진, 조심스레 인터폰을 받는다.

유진  누구… 세요?

인터폰  (찢어지는 듯한 목소리로) 일 일초라도 안 보이면 이 이렇게 초
      조한데 삼 삼초는 어떻게 기다려 이야이야이야이야.

유진  너 누구야!! 왜 우리 괴롭히는 거야!!!

인터폰  (할머니 목소리) 아이고 귀청 터지겠다. 이 밤에 왜 소리들을
      지르고 난리야!

유진  할머니?

인터폰  문 좀 열어봐.

유진이 문을 열면 할매가 들어온다.

할매  아니 아닌 밤중에 홍두깨라고 이 밤에 뭣들을 하는데 그리

소리를 고래고래 질러? (음흉한 눈빛으로) 아따 신랑이 홍콩 여행 보내주는가벼.

**유진** 제발 그런 농담 좀 삼가주세요. 불쾌합니다.

**할매** 웃자고 하는 소리에 그렇게 반응하면 되남?

**유진** 성희롱이라고요. 아무리 어르신이라고 해도 상대방이 불쾌하면 성희롱이라고요.

**할매** 아이고 미안하네 미안해. 팔십 넘게 살았어도 같은 여자한테 성희롱이라고 들어본 건 처음이네. 나 같은 년은 그냥 죽어야지 죽어.

**유진** 그게 아니고요.

**할매** 늙으면 죽어야 해. 어디 할 짓이 없어서 성희롱이나 하고… 이 입을 꼬매야지.

**유진** 아니에요 어르신 제가 말실수 했네요. 지금 많이 흥분된 상태라.

**상호** (등장하며) 아무리 문을 두드려도 열어주질 않네. (노파를 보고) 어 어르신?

**할매** 어르신은 얼어죽을… 노망난 치매할매라고 불러.

**유진** 제가 잘못했어요.

**상호** 무슨 일이야?

**유진** 내가 말실수를 했어.

**상호** 죄송합니다. 이 사람이 오늘 많은 일을 겪어서 정신없는지라….

**할매** 아녀 죄송은 무슨… 애초에 내가 실수한 거지 뭐.

**상호** 그보다도 어르신 저희 위층에 초등학생 사나요?

**할매** (무서운 표정을 지으며 한참을 보다가) 아냐!

**상호**  네? 아니 어떤 꼬마가 음식 냄새 난다고 내려오고 인터폰 누르고 도망가고.

**유진**  쿵쿵 대면서 뛰어다니고.

**상호**  네, 뭐… 그렇다네요.

**할매**  아무도 안 살아.

**유진**  분명 위층에 산다고 했어요.

**할매**  키 요만하고 머리 묶은 애 말이지?

**유진**  네 맞아요.

**할매**  이 노무 시키 그렇게 들어오지 말라고 했는데.

**상호**  누구… 예요?

**할매**  동네 꼬마인데 오지 말라 해도 계속 우리 빌라에 들어와. 혼을 내도 말을 안 들어.

**상호**  현관 비번이 있는데 어떻게 들어오죠?

**할매**  나도 몰라. 누가 누르는 거 보고 들어온 거겠지.

**유진**  몰라로 끝낼 문제가 아니잖아요. 어리다고 해도 이건 분명히 주거침입이라고요.

**할매**  그럼 어떡해? 경찰서에라도 쳐넣어?

**유진**  부모한테 연락해서 조치를 취해야죠.

**할매**  저 강생이 시키 또 저래! 잠시만 자리 비우면 저 지랄이야. 나 갈게. (퇴장)

**유진**  저 할머니 치매 아냐? 들리지도 않는 소리 들린다고 하고!

**상호**  너도 그랬잖아

**유진**  난 분명히 들었다고! 자기도 들었잖아!


다시 천정에서 쿵쿵 소리가 들린다. 뛰어다니는 소리도 들림.

| 상호 | 저 새끼! 정말 잡히면 가만 안 둔다! (퇴장한다) |
|---|---|
| 꼬마 | (어느새 등장하며) 왜 욕해? |
| 유진 | (주저앉으며) 오… 오빠!! |
| 꼬마 | 나 찾은 거 아니야? |
| 유진 | 너 어떻게 여기 들어왔어? |
| 꼬마 | 그냥 내려왔는데? |
| 유진 | 어디로? |
| 꼬마 | 그냥. (방을 가리키며) 저기에서 내려왔는데. |
| 유진 | 저 방에서? 저 방이랑 위층이랑 이어져 있는 거야? |
| 꼬마 | 응 따라와 봐. (방문 열고 사라진다) |
| 유진 | (따라 들어가지만 놓친다) 너 어디야! 어디로 갔냐구! 너 어디 있는 거야??!! |
| 상호 | (등장하며) 여기! 나 여기 있어! 위층에 갔다 왔잖아! |
| 유진 | 아니 자기 말고 그 꼬마! |
| 상호 | 그 새끼는 위층에서 문 열어주지도 않아. |
| 유진 | 걔 여기 왔었다고! |
| 상호 | 또 와서 벨 눌렀다고? 아니 언제 내려온 거야? |
| 유진 | 아니 저 방에서 이 거실로 나왔다고! |
| 상호 | 뭐? (사이) 자기야…. |
| 유진 | 정말이라고! |
| 상호 | 적당히 하자. 우리 집 방에서 나온다니 말이 된다고 생각해? |
| 유진 | 들어가서 사라졌단 말이야. 그 꼬마가 저 방에 위층으로 가는 비밀통로가 있대. |

상호, 거칠게 방으로 들어간다. 방에서 우당탕 소리 난다. 상호 다시 나온다.

**상호**　자! 방 구석구석 다 들어 엎었는데도 꼬마나 비밀통로는 커녕 개미 한 마리도 못 발견했어. 이제 됐니?

**유진**　좀만 기다려봐. 그녀석이 다시 나타날 거야.

**상호**　그만하자….

**유진**　있어보라고!!!

유진, 억울하다는 듯이 발을 동동 구르기도 하고 물건을 던지다 주저 앉아 울어버린다.
상호, 어찌할 바를 몰라 한다. 그러다가 전화기를 꺼내 어딘가로 전 화한다.

**상호**　전화는 터지지도 않고.

**유진**　어디 전화하려고? 정신병원?

**상호**　야!

**유진**　나 미쳤으니 잡아가라고?

**상호**　아니야. 경찰서에 신고하려고 한 거야.

**유진**　자기도 내 말 못 믿어주는데 경찰이 믿어줄라고?

**상호**　일단 저 위에 있는 꼬마녀석 끄집어 내봐야지.

다시 위에서 쿵쿵대며 뛰어다니는 소리 들린다.
유진, 소리를 지른다. 상호 둘러보다 손에 방망이를 들고 뛰쳐나간다.
바로 인터폰 소리 들린다. 유진 다시 소리를 지른다.

| 할매 | 새댁~ 무슨 일이야? 괜찮아? 문 좀 열어봐~! (사이) 어여 문 좀 열어보래도~! |
|---|---|
| 유진 | (한참을 바라보다가 인터폰으로 문을 연다) 또 무슨 일이세요? |
| 할매 | (등장하며) 아니 여기야 말로 무슨 일이야? 오밤중에 비명을 질러대고. 응? |
| 유진 | 할머니! 저 위층에 사람 있잖아요! 그 꼬마녀석! |
| 할매 | 없다니까 그러네. 잠겨있어서 절대로 들어갈 수 없다고. |
| 유진 | 지금 제 남편이 화가 나서 죽일 듯이 뛰쳐 올라갔어요. |
| 할매 | 오매 저 무슨 소리여~! |
| 유진 | 맞죠! 저 위에 사람 있단 거! 계속 쿵쿵대면서 뛰어다녔단 말예요. |
| 할매 | 저건 뛰어다니는 소리가 아녀. (가만히 듣는다) 오매오매 저 거는 문 부수는 소리여. 아이고 내 집 다 부수는구만. 그만 혀! (뛰쳐나간다) |
| 유진 | 미치겠다 정말…. |
| 꼬마 | (어느새 다시 등장하여) 왜 문을 부수는 거야? |
| 유진 | 악!! 너!! |
| 꼬마 | 아줌마 내가 비밀 하나 가르쳐줄까? 저 할망구 말 믿지 마. 다 뻥이야. |
| 유진 | 너 정말 누구야? |
| 꼬마 | 부수려면 문 말고 벽을 부셔. (벽을 보다가) 여기 이 벽 좋네. 쾅 쾅. |
| 유진 | 너 여기 가만히 있어, |
| 꼬마 | 우리 숨바꼭질 할까? |
| 유진 | 나 지금 장난 아니거든? |

| 꼬마 | 난 지금 장난이거든? 자 아줌마 술래~ 시작~! (다시 방으로 잽싸게 들어간다) |
|---|---|
| 유진 | 가지마! (달려가지만 놓친다) 아이씨! |
| 할매 | (등장하며) 아니 저 문 어떡할 거야~ 응? 어쩌자고 문을 저렇게 박살냈어? |
| 상호 | (같이 등장하며) 변상해드릴게요. |
| 할매 | 아니 왜 문을 부셨냐고? |
| 상호 | 그 꼬마녀석 때문에요! |
| 할매 | 문 부시고 들어가니 있었어? |
| 상호 | 아뇨. |
| 할매 | 내가 말했쟈? 위층에 아무도 안 산다고. |
| 유진 | 그 꼬마는 할머니 말 믿지 말라던데요? |
| 할매 | 뭐라고? |
| 유진 | 솔직하게 얘기해주세요. 그 아이 누구죠? |
| 할매 | 말했잖네 동네 꼬마라고. |
| 유진 | 동네 꼬마가 왜 이 건물에 있는 거예요? |
| 할매 | 내가 우찌 알어? (상호에게) 봤지? 저 위층엔 아무것도 없는 거. |
| 유진 | 여기도 들락날락거렸어요. 저 방에서 여기로 들락날락. |
| 할매 | 말도 안 되는 소리한다. 어떻게 여길 들어와? |
| 유진 | 제가 할머니한테 묻고 싶다고요! |

이때, 다시 쿵쿵대는 소리 들린다.

| 상호 | 저 새끼가! |

| 유진 | 분명 들었죠? 쿵쿵거리는 소리. |
|------|------|
| 할매 | 아이고 우리집 강생이가 또 짖는 모양이네. 잠깐만 기둘려. (서둘러 움직인다) |
| 유진 | (할머니 앞을 가로막으며) 피하지 마세요. 못 가세요 할머니. |
| 할매 | 시방 뭐하는 거여! |
| 유진 | 말씀 해주시기 전에는 못 가세요. 죄송하지만. |
| 할매 | 얼른 비켜! 강생이가 지금 저렇게 미친 듯이 짖고 있자네. |
| 유진 | 우린 안 들리는데 왜 할머니에게만 소리가 들리죠? |
| 할매 | 빨리 비키래도!!! |
| 상호 | 제발 그만해! |

이때, 무섭게 짖어대는 개 소리 들린다. 작은 소리에서 점점 더 커지는 소리.

| 할매 | 저거 봐! 들려? 들리냐고! 내가 구라치는 겨? |
|------|------|
| 유진 | (소리를 빼액 지른다) 나가!! 모두! 당신도 나가. |
| 상호 | 너 왜 그래? |
| 유진 | 빨리 나가래도!!! 나 죽는 꼴 보고 싶지 않으면!!! |

할매와 상호 나가고 유진 그 자리에서 주저앉고 머리를 푹 숙인다.

| 유진 | 나와. |
|------|------|
| 꼬마 | 어? 걸렸네? |
| 유진 | 너 누구야? |
| 꼬마 | 심심해 나랑 놀아줘. |

| 유진 | 너 어디 살아? |
|---|---|
| 꼬마 | 여기. |
| 유진 | 미치겠네…. |
| 꼬마 | 미치면 안 돼 |
| 유진 | 이 녀석이! (하며 잡으려 한다) |

하지만 꼬마는 잽싸게 도망친다. 여러 번을 반복해도 유진은 꼬마를 잡을 수가 없다.

| 유진 | (헉헉거리며) 너 진짜!! |
|---|---|
| 꼬마 | 재밌다~! 계속하자~! |
| 유진 | 아이씨~!! |
| 꼬마 | 어? 욕하면 안 되는데…? |
| 유진 | 잡히면 너 죽는다. |
| 꼬마 | 나 또 죽어? 안 되는데? (방으로 퇴장한다) |
| 유진 | (따라가지만 없어져 잔뜩 짜증나서) 어디로 사라졌어!!! 너!! |
| 상호 | (밖에서) 자기야 문 좀 열어봐. 무슨 일이야? |
| 유진 | (상호에게) 시끄러! (꼬마에게) 빨리 나와~! 나오면 혼내지 않을게. |
| 꼬마 | 일 일초라도 안 보이면 이 이렇게 초조한데. |
| 유진 | 너 정말 혼날래? |
| 꼬마 | 거봐 혼낼 거면서. |
| 유진 | 아냐 내가 말 잘못했어. 나타나면 용서해줄게. |
| 꼬마 | (목소리만) 나타나면 안 혼낼 거야? |
| 유진 | 그래 안 혼낼게. |

| 꼬마 | 어른들 못 믿어. 메롱. |
|---|---|
| 유진 | 이 녀석이!!! 다시 열까지 센다. 하나. |
| 꼬마 | 일 일초라도 안 보이면 이 이렇게 초조한데. |
| 유진 | 셋, 넷. |
| 꼬마 | 대신 세어줄게. 다섯, 여섯, 일곱. |
| 유진 | 아 정말 짜증나! |
| 꼬마 | 다 세어가. 여덟, 아홉… 내가 나타날까 안 나타날까? |
| 유진 | 빨리 나와!!! |
| 꼬마 | (어느새 나타나) 열. 짠~ |
| 유진 | 너 이 새끼. |
| 꼬마 | 어린이한테 욕하면 안 돼. 그리고 혼내도 안 돼. |
| 유진 | 그래 알았어. 너 정체가 뭐야? |
| 꼬마 | 귀신. |
| 유진 | 장난 말고! |
| 꼬마 | 안 무서워? |
| 유진 | 진짜 화낸다! 똑바로 대답해. 너 어디 살아? |
| 꼬마 | 나 찾고 싶은 거 있는데… 찾아줄래? |
| 유진 | 뭐? |
| 꼬마 | 나한테 소중한 것들. 찾아줘. |
| 유진 | 그래 찾아줄 테니 엄마 아빠한테 가자. |
| 꼬마 | 나 엄마 아빠 찾아야 하는데? |
| 유진 | 그래 아줌마가 도와줄 테니 찾으러 가자. |
| 꼬마 | 아줌마 이번엔 10부터 1까지 거꾸로 세봐. |
| 유진 | 장난하지 말고!! 어서 대답해! 경찰 아저씨 부른다? |
| 꼬마 | 경찰? 어 불러 불러! 경찰이 정말 필요해. |

**유진**   이 녀석이! 정말 혼나야겠네!

**꼬마**   10.9.8.7.6

**유진**   그만해

**꼬마**   5.4.3

**유진**   그만하라니까!

**꼬마**   2.1. 땡. 시. 작.


갑자기 두드리는 소리, 비명소리, 발자국소리, 울부짖는 소리 등이 크게 들린다.

유진 놀라서 비명을 지르며 주저앉고 눈을 감고 귀를 막는다.

꼬마 신나서 마구 돌아다닌다. 마치 그 소리들이 음악인 마냥 춤을 춘다.


**상호**   (밖에서) 자기야! 무슨 일이야? 문 열어! 문 좀 열어봐봐! 이거 왜 잠가놨어!!


꼬마, 노래 부르며 깡충깡충 뛰면서 박스테이프로 유진의 몸을 감싼다. 유진이 비명을 계속 지르자 테이프로 입도 막고 얼굴도 가려버린다. 립스틱을 가지고 벽 이곳저곳에다 숫자를 쓰기 시작한다. 숫자송을 부르면서 1,2,3,4… 그리고 화살표 표시를 한다.


**할매**   그만 혀!!

**꼬마**   (멈추고 천천히 할머니를 돌아보고) 왜?

**할매**   사람들 괴롭히지 말랬지?

**꼬마**   심심하잖아.

| 할매 | 혼자 놀아. 지난번에도 사람들 다 내쫓았잖아. |
|---|---|
| 꼬마 | 할머니도 나랑 안 놀아주고. 누가 나랑 놀아줘? |
| 할매 | 가자 유진아. |
| 꼬마 | 싫어. 찾아야 해. |
| 할매 | 못 찾아 이눔아. |
| 꼬마 | 이 아줌마가 찾아준다고 했는데. |
| 할매 | 그려 아줌마가 찾아준다고 했으니 찾아줄 거여. |
| 꼬마 | 아냐 거짓말일 거야. 난 못 믿어. 어른들 안 믿을 거야. |
| 할매 | 유진아 그럼 안 되야. |
| 꼬마 | 삼촌도 그랬어. 어른들은 다 똑같아. 어른들 다 싫어. |
| 할매 | 그럼 못써! |
| 꼬마 | 그래서 다 없애버릴 거야 (어느새 칼을 들고 유진에게 다가간다) |
| 할매 | 유진아 그거 내려놔! |
| 꼬마 | 할머니도 미워! 날 모른 척했잖아 |
| 할매 | 그려 내가 나쁜 년이야. |
| 꼬마 | 아니야. 할머니는 내 할머니니까 봐줄 거야. |
| 할매 | 유진아 하지 말어. |

마침내 유진 앞에 선 꼬마. 한참을 바라보다 칼을 든다. 유진 조명 탑.

| 상호 | 유진아! 문 열어줘! 미안해! 정말 미안해! |
|---|---|
| 꼬마 | (상호의 말에 반응한다. 몸을 돌려 현관쪽을 바라보며) 유진아?… 미안…해? |
| 상호 | 널 믿었어야 하는데 웃어 넘겨서 미안해. 짜증내서, 속상 하게 해서 미안해! |

| | |
|---|---|
| **꼬마** | 정말 미안… 해?… 유진이한테 정말 미안해? |
| **상호** | 사랑하는 사람한테 상처주면 안 되는데…. |
| **아빠** | (꼬마 유진의 아빠목소리랑 오버랩된다) 유진이 말 들어주지도 않고 화내고 짜증내고… 바쁘다는 핑계로 유진이랑 놀아주지도 않고 우리 유진이, 아빠 애타게 불렀을 텐데 아빠가 찾지도 못하고… 미안해 딸. |
| **꼬마** | 삼촌 나빠. |
| **아빠** | 그래 삼촌 나쁜 사람이야. 벌 받아야 해. |
| **꼬마** | 아빠도 나빠. |
| **아빠** | 그래 아빠도 나빠. 정말 나빠. 아빠가 벌 받을 테니 그 아줌마 놔줄래? |
| **꼬마** | 놔주라고? 왜? |
| **아빠** | 그 아줌마 이름도 유진이고 그 유진 아줌마도 누군가의 딸이야. 우리 딸이 그 아줌마를 해치면 그 아빠 엄마도 정말 슬퍼할 거야. |
| **꼬마** | 그럼 나는? |
| **아빠** | 아빠랑 가자. 아빠가 놀아줄게. |
| **꼬마** | 나 찾아야 하는데. |
| **아빠** | 그 아줌마가 도와줄 거야. 그러니까 이제 그만 하자. 우리 착한 유진이. 응? |
| **꼬마** | (유진을 쳐다보고 칼을 높이 들다 내려놓는다) 꼭 찾아줘… 내 소중한 것들…. |

꼬마, 방으로 들어간다. 조명이 밝아지면 할매가 칼로 묶여있는 유진을 풀어주고 있다.

**할매**  보지는 못했겠지만 다 들었을 거여. 뭐 안 들렸을 수도 있지만… 암튼 그 녀석 부탁한 거 좀 들어줘. 미안혀… 일부러 그런 건 아니었으니… 그럼 갈게. (퇴장)

**상호**  (황급히 들어오며) 자기야 괜찮아?

**유진**  그래 괜찮아.

**상호**  미안해 정말….

**유진**  아냐.

**상호**  (울먹이며) 내가 얼마나 걱정했는지 알아? 자기한테 무슨 일 생길까봐….

**유진**  일은 무슨….

**상호**  (칼을 보고) 칼은 왜 여기 있어? 여기 테이프들은 다 뭐야?

**유진**  오빠 (벽에 쓰여진 숫자를 가리키며) 이 숫자가 뭘 것 같아?

**상호**  글쎄… 난 숫자보다 화살표가 눈에 들어오는데.

**유진**  화살표라… 화살표 방향대로 가면 욕실인데….

**상호**  이건 바닥으로 향해있네. 이건 위로 향해 있고… 이게 다 뭐야? 니가 쓴 거야?

**유진**  오빠 망치 어디 있어?

**상호**  망치는 왜?

**유진**  가지고 와봐.


상호가 망치를 가지고 간 사이. 유진은 의자를 가지고 와 올라가 천정을 쳐다본다.


**상호**  (망치를 가지고 오며) 여기 망치.

**유진**  줘봐.

**상호**    뭐할려고?

**유진**    여기 깨보려고.

**상호**    그걸로는 못 깨. 콘크리트 깨는 오함마 같은 게 있어야지. 그런데 천정은 왜?

**유진**    날 믿는다고 했지?

**상호**    응 그래.

**유진**    그럼 믿어줘.

**상호**    그래. 믿을게.

**유진**    콘크리트 깨는 그 오하… 뭐지?

**상호**    오함마.

**유진**    그래 그거 구해다줄래?

**상호**    그걸? (유진을 쳐다보다) 어 그래 구해올게. 기다려~ (퇴장한다)


유진, 천장을 보고 방을 쭈욱 돌아보다가 다시 의자로 올라가 망치를
힘껏 든다. 암전.
어둠 속에서 뉴스.


**뉴스**    잔혹한 살인 사건소식입니다. 지은 지 일 년도 안 되는 신축빌라 벽과 층간 공간에서 토막난 사체 세 구가 발견되었습니다. 사체는 이미 백골화가 진행되어 신원을 알아 볼 수 없게 되었으나 국과수 감식 결과 빌라의 최초 소유주였던 여든한 살 장모씨, 그의 아들 백모씨, 백씨의 아내 김모씨로 밝혀졌으며….


꼬마 무대로 천천히 걸어나온다. 두려워하는 표정이다.

꼬마 말고는 목소리와 그림자로만 나오고 회상 장면이 재현된다.

**꼬마**  일 일초라도 안 보이면 이 이렇게 초조한데 삼 삼초는 어 떻게 기다려 이야이야.

**아빠**  유진아 아빠 일 끝나는 대로 올 테니 그동안 삼촌이랑 있어.

**꼬마**  아빠랑 같이 가면 안 돼?

**아빠**  아빠 놀러가는 거 아니잖아. 금방 올게.

**꼬마**  삼촌 술 마시면 무서워

**아빠**  삼촌 술 안 마시기로 아빠랑 약속했어. 이젠 괜찮아.

**꼬마**  그래도… 엄마도 아빠랑 가고….

**아빠**  자꾸 떼쓰면 아빠 화낸다.

**꼬마**  아니야….

**아빠**  아빠가 얼른 돈 벌어야 해. 할머니가 집을 줬어도 우리한 테는 빚이야.

**꼬마**  그래두… (사이) 알았어.

**아빠**  다녀올게. 할머니 이따 오실 거야.


꼬마, 아빠 손잡고 이동한다.


**아빠**  기훈아, 유미 잘 데리고 있어,

**삼촌**  걱정하덜 말아.

**꼬마**  (살짝 놀라며) 삼촌… 그거 술….

**삼촌**  맥주가 술이야? 음료수지. 걱정하지 마.

**꼬마**  그래도 안 마신다고 했잖….

| | |
|---|---|
| **삼촌** | 유미야 우리 집 짓는 곳에 가볼까? 얼마나 지어졌는지? |
| **꼬마** | 괜찮은데…. |
| **삼촌** | 가자 가~ 우리 유미 방도 보고 삼촌 방도 보고 할머니 엄마 아빠 방도 구경하자. |
| **꼬마** | 괜찮은데…. |

술에 취한 삼촌 손에 붙들려 어디론가 가는 꼬마.

| | |
|---|---|
| **삼촌** | 어때? 멋지지? (사이) 삼촌이 얼마나 공 들여 짓는지 알아? |
| **꼬마** | 삼촌, 술 마시지 마. |
| **삼촌** | 삼촌한테 싸가지 없게!!! 반말하지 마. |
| **꼬마** | 네…. |
| **삼촌** | 삼촌은! 이 술이 없으면 못 살아요. 알아? 한번 마셔볼래? |
| **꼬마** | 아니… 아… 아니요. |
| **삼촌** | 씨발… 니네 할머니 그렇게 돈 많으면서 자식들한테는 한푼도 안 주고… 이 집도 돈 받으면서 빌려주는 거 알고 있냐? |
| **꼬마** | 아뇨…. |
| **삼촌** | 나보고 집 지으라고 하고… 내가 이 집 지으려고 그 비싼 등록금 내면서 대학 다닌 줄 알아? 내가 시키면 다하는 하인이야 뭐야? 씨발…. |
| **꼬마** | 할머니 욕하지 마세요. |
| **삼촌** | 어쭈~ 우리 유진이 많이 컸네… 가만 보자… 그리고 보니 안 보던 사이 아가씨 다 되었네. 우리 유진이. |
| **꼬마** | (뒷걸음치며) 왜 그러세요. 삼촌. 오지 마세요. 삼촌 무서워요 |

| 삼촌 | 괜찮아. 삼촌 안 무서워. |
|---|---|
| 꼬마 | 삼촌… 무서워요. |
| 할매 | (등장하여) 야 이 호로잡놈아! 조카한테 시방 뭐하는 짓이여! |
| 삼촌 | 아 씨팔… 여긴 왜 왔어? |
| 할매 | 왜 왔긴!! 내가 매일 지극정성으로 왔다갔다한다 이눔아. |
| 삼촌 | 언제부터 자식들한테 신경 썼다고…. |
| 할매 | 가라. 이 쓰레기 같은 놈아! 조카한테 그러다니 천벌이나 받아! |
| 삼촌 | 알았어. 갈게. |
| 할매 | 이 집은 다른 사람한테 지으라고 할 거여. 다신 얼씬거리지 마! |
| 삼촌 | 아 그래? 잘되었네. |
| 할매 | 아이고 유진아! 내 새끼 괜찮냐? 미안하다 할미가 이제 와서. |
| 삼촌 | 엄마. 엄마가 죽으면 재산이 자식들한테 오겠지? |
| 할매 | 시방 뭐라 혔냐? |
| 삼촌 | 죽어! 죽어! 노랭이 할망구 죽어버려!!!! |
| 아빠 | 너!!! 지금 뭐하는 거야!!!! |
| 엄마 | 유진아!! |
| 삼촌 | 어라? 형 왔네. |
| 아빠 | 너 미쳤어?? |
| 삼촌 | 형 잘 만났어. 우리 얘기 좀 하자. |
| 엄마 | 유진이아빠!!! |
| 삼촌 | 형수님 미안요. 형이랑 같이 가슈…. |

다시 무언가를 내리치는 소리. 비명. 그리고 질질 끄는 소리.

**삼촌**   시팔… 이게 다 뭐야… 그냥 할망구만 보내면 되었는데….

꼬마, 무언가에 올라간다.

**삼촌**   유진아 착하지? 삼촌 믿지? 그러니까 내려와.

꼬마, 눈물을 참고 뒤로 돌아 뛰어내린다. 암전 곧 이어 쿵하는 소리.

**삼촌**   아 씨팔… 머리 아프게 되었네. 이걸 언제 다 치워….

꼬마가 기묘한 자세로 바닥에 누워있다. 삼촌이 하는 행동을 보는 듯
눈물을 흘린다….

**꼬마**   일 일초라도 안 보이면 이 이렇게 초조한데 삼 삼초는 어
떻게 기다려 이야이야.

눈 뜬 채 정지된 꼬마. 서서히 조명 암전. 전기톱, 망치소리 등등이
기묘하게 울린다.

## 에필로그

텅 빈 집. 모든 짐들이 사라지고 없다. 군데군데 폴리스라인이 쳐져

있다.

상호, 방에서 나온다. 유진도 따라 나온다.

**상호**  가자.

**유진**  응.

**상호**  그나마 다행이다. 이름이 뭐랬지?

**유진**  유진이.

**상호**  맞아. 자기랑 이름이 똑같은 유진이. 이젠 엄마랑 아빠랑
만나게 되겠지.

**유진**  그렇겠지.

**상호**  이젠 안 나타날까?

**유진**  그래야지.

**상호**  우리 따라 오는 거 아냐?

**유진**  농담이라도 그런 말 하지 마!

**상호**  그나저나 아직 유진이는 발견 못한 거 같은데….

**유진**  그게 걱정이긴 해.

**상호**  이 건물 부순다고 했으니 그때 나오겠지. 이제 가자.

**유진**  그래.

상호 나가고 유진 혼자 집안을 둘러본다. 꼬마가 방에서 나온다.

**꼬마**  아줌마 고마워요.

**유진**  그래 유진아. 근데 넌 지금 어디에 숨어있니?

**꼬마**  글쎄요~

**유진**  얼른 나와. 숨바꼭질 그만하자.

| | |
|---|---|
| **꼬마** | 봐서요~ |
| **유진** | 나 그만 가볼게. |
| **꼬마** | 아줌마~ 빠이빠이. |

꼬마가 방으로 들어가고 유진도 퇴장한다.
조명이 살짝 낮아지고 꼬마의 목소리가 다시 들린다.

| | |
|---|---|
| **목소리** | 일 일초라도 안 보이면 이 이렇게 초조한데 삼 삼초는 어 떻게 기다려 야이야이야이야. |

음산한 느낌. 쿵 소리와 함께 갑자기 천정에서 토막난 꼬마의 사체가 거꾸로 떨어져서 대롱대롱 매달린다. 웃는 듯한 표정. 조명 서서히 줄어들며 암전.

– 막

# 언젠가 만나게 된다면

—

최성연

**등장인물**

은설   40대 가정주부
모아   중학생. 은설의 딸

일요일. 오전 11시 15분.

집. 거실.

모아는 소파에 엎드려 휴대폰으로 무슨 글을 읽고 있다.

**모아**  세상에서 가장 황량한 바람을 찾아 여기에 왔습니다. 소문은 무성하고 의심은 사라지지 않습니다. 그대로 경계를 풀지 못한 채 하룻밤을 묵었습니다. 절대로 코스모폴리탄이 될 수 없는 운명에 체념하며 흑맥주를 마시고 천천히 빵을 뜯었습니다. 오래 전에 죽어버린 위대한 작가들은 나를 거들떠보지도 않습니다. 앙심을 품듯 배낭 안 깊숙이 어리석은 질문들을 비상식량처럼 숨겨놓았습니다. 이제 기차가 달립니다. 영원을 뚫고 가는 것처럼 나른해진 육체에서 마음을 꺼내어 창밖으로 날려 봅니다. 얼마 가지 못하고 되돌아옵니다. 초원과 바위산은 거짓말이 아니겠지요? 호수와 황야는 아직 사라지지 않았겠지요? 바람은 불고 있겠지요?

은설이 녹차가 든 컵을 들고 모아 곁에 앉는다.

**은설**  뭐야, 그게?

**모아**  나도 잘 몰라.

**은설**  모르다니? 어디에 실린 글인데?

**모아**  브런치.

**은설**  브런치? 엄마 요즘 세상 잘 몰라. 자세히 설명해 줘.

**모아**  글 잘 쓰는 사람들이 온라인상에 자기 글 올리는 플랫폼이야.

**은설** 그래? 우리 모아도 글 써보고 싶어서?

**모아** 아니. 읽는 연습하는 거야.

**은설** 읽는 연습?

**모아** 나 아나운서 되려구.

**은설** 오, 언제 또… 멋지네!

**모아** 근데 이 글 무슨 말인지 하나도 모르겠다.

**은설** 신문기사 같은 걸 읽는 게 더 도움이 되지 않을까?

**모아** 글쎄… 뭐 그렇겠지만, 재밌는 거 읽고 싶어서.


어디선가 와장창 쏟아지는 소리.

동시에 은설의 절망하는 표정.


**은설** (묻지도 않은 말에 대답) 욕실 선반이야. 디자인이 예뻐서 샀
는데 자꾸 떨어진다. (모아는 전혀 관심 없고 다시 휴대폰만 들여
다보지만) 아니, 내가 얼마나 잘 붙여놨는데, 왜 떨어지냔 말
야. 물기 하나 없이 잘 닦아서 단단히 붙였구만. 진짜, 알
수가 없네… 도대체 몇 번째야, 이게…!

**모아** 거쳐온 길 어디에서도 내 이야기는 들어주지 않습니다. 벙
어리가 된 나의 목에선 비명 같은 소리가 새어나옵니다.
숨은 가빠오는데 눈꺼풀은 무거워집니다. 그만 꿈속으로
잠들고 싶었습니다. 깜박 잠들었다가 요정에게 혼을 빼앗
긴다 해도 끝없는 바람 속에서 더 이상 두 눈을 부릅뜨고
견디기는 힘들었습니다.

**은설** 아예 못을 박아버리는 수밖엔 없는 건가…?

**모아** 누구든 나에게 말 좀 걸어주기를 애타게 기다려보았습니

다. 바람에 휘감기는 끈질긴 잠의 유혹에서 나를 깨워주기만 한다면 믿을 수 없을 만큼 위험한 신화의 경계라도 단번에 넘어 버리려 했습니다. 이곳이 어딘지 묻지 않게 되기를, 삶의 그림자가 없는 투명한 신화를 만나게 되기를….

**은설**  근데 타일 위에 못 박는 건 안 하고 싶은데… 비싼 타일인데 깨지면 어떡하지?

**모아**  바람은 바람에 날려갑니다. 어쩌다 머물게 된 버드나무 강변은 이미 퇴색한 사랑에 눈물지을 만큼 환상의 빛이 가득합니다. 빛은 알지 못하던 두려움을 깨워냅니다. 영혼은 점점 가벼워지고 펄럭이는 소리는 멀어집니다. 그래도 서서 걸어야 합니다. 세상의 모든 시를 다 준다 해도 나의 초라한 시와 바꿀 수는 없으니까요.

은설은 녹차를 마시려다 이미 빈 잔임을 깨닫고 혼자 조금 민망하다.

**은설**  그거… 무슨 말인지 모르겠다며?

**모아**  그렇긴 한데… 왠지 좋아.

———

수요일. 밤 10시 40분.
거실 테이블 위엔 빈 맥주캔과 먹다 남은 안주 접시가 있다.
어둑한 조명 아래서 은설이 혼자 휴대폰을 들여다보고 있다.
표정이 사뭇 심각하다.

번호키 누르는 소리 들리고, 모아가 책가방을 메고 들어온다.


은설     (자동적으로 몸을 일으키며) 왔어? 배고프지?

모아     괜찮아. 학원 가기 전에 피자 먹었어.

은설     피자? 너…!

모아     (항의하듯) 아, 엄마, 제발…!

은설     (방 쪽을 가리키며) 쉿! 아빠 주무셔.

모아     벌써?

은설     일찍 오셔서 맥주 한잔 하고… 근데 너, 아토피 있는 애가….

모아     (작은 소리지만 격렬하게) 알았어, 알았어, 알았다구! 어쩌다 한 번 먹은 걸 가지고. 으이구, 말한 내가 잘못이지. (방으로 들어가려는데)

은설     모아야, 잠깐만. 이거 좀 봐줘.


은설은 자기 휴대폰을 모아에게 내민다.


은설     아니, 내 페이스북 친구 중에 이모가 분명히 있었거든? 근데 아무리 찾아도 안 보인다? 좀 찾아줘.

모아     (화면을 보며) 음… 이모 계정이 뭔데?

은설     은조… 였던 거 같은데? E, U, N, J, O?

모아     (한동안 찾다가) 없는데?

은설     없어?

모아     그런 비슷한 사람도 없어.

은설     그럴 리가? 분명히 있었는데?

| 모아 | 탈퇴한 거 아냐? |
|---|---|
| 은설 | 탈퇴? |
| 모아 | 응. 페이스북 나가버린 거지. |
| 은설 | 왜? |
| 모아 | 그걸 왜 나한테 물어? 이모한테 전화해 봐. |
| 은설 | (한숨) 네 이모가 전화를 받니? 어디 있는지도 모르는데…. |
| 모아 | 문자나 뭐 카톡? 그런 것도 안 해? |

은설은 고개를 설레설레 젓는다.

| 모아 | 엄마랑 쌍둥이라며? |
|---|---|
| 은설 | 이란성 쌍둥이. |
| 모아 | 쌍둥이는 서로 생각이나 취향 그런 게 거의 똑같다고 하던데, 이란성 쌍둥이는 아닌가? |
| 은설 | 나도 그게 의문이다. |
| 모아 | 난 이모라는 사람이 있다는 게 이젠 실감이 안 나. 어렸을 때 봤던 기억도 이젠 너무 희미해져서 그게 실제로 있었던 일인지, 아니면 내가 꿈을 꾼 건지 헷갈려. |
| 은설 | 그렇겠지… 근데 은조는 너를 엄청 예뻐했어. 애기 때 너 자는 모습을 물끄러미 보다가 펑펑 우는 거야. 놀라서 왜 우냐니까 너무 예뻐서 그런대. |
| 모아 | 내가 좀 심하게 예쁘긴 하지. |
| 은설 | 그래. 이 예쁜 미모를 아토피로 망치지 말 것! 알았지? |
| 모아 | 으휴, 틈만 나면 잔소리. |
| 은설 | 참, 모아야, 그리고 내일 아침엔 아빠 좀 꼭 봐. 며칠 출장 |

가신대.

**모아** 출장?

**은설** 아빠 직장 옮겼거든. 이제부터 출장이 많아지실 거야.

**모아** 진짜? 그걸 왜 이제 얘기해?

**은설** 어른들 일인데 그런 걸 너한테 일일이 보고해야 되니?

**모아** 당연하지. 딸인데!

**은설** (엉덩이를 툭툭 치며) 알았어. 다음부턴 반드시 보고 드리겠습니다요. 우리 딸 많이 컸네.

---

금요일. 아침 7시 5분.

모아가 식탁에 앉아 휴대폰을 보며 소리 내어 글을 읽는다.

**모아** 아무것도 없는 황량한 들판에 폐허로 남아 있는 중세 교회 건물, 시간의 흔적이 아프도록 선명한 이 유적지에서 오히려 현실은 어디론가 사라졌습니다. 나는 감히 그 어떤 숨결도 느낄 수가 없었습니다. 철저히 비밀에 쌓인 각자의 생이 어떤 모습으로 죽어갔는지를 상상해볼 용기조차 나지 않았습니다. 경배가 떠들썩하고 요란할수록 더욱 침묵했던 신의 부끄러운 모습을 가려주듯 안개만이 가득했을 뿐입니다.

은설이 정성껏 차린 아침 식사를 가져와 모아 앞에 놓아준다.

**은설**    어서 먹어. 시간 없는데 아침부터 뭘 그렇게 읽어?

**모아**    새로운 글 떴다고 알림이 와서 그 소리에 잠 깼거든.

**은설**    그… 브런치?

**모아**    응. 이 사람 어디 여행하고 있는 거 같은데, 어딘지 모르지만 신비해. 어디에 있는지 알고 싶다.

**은설**    어서 먹어.

**모아**    알았어. 그럼 엄마가 나머지 좀 읽어줘. 여기부터….

은설은 모아의 휴대폰을 받아 읽는다.

**은설**    너무 짙은 안개는 바람이 됩니다. 이제는 아무 상관이 없다고, 어차피 잡을 수 없으니 멀거나 가까워도 마찬가지라고, 애타게 부르도록 모자랐던 시간이 바로 이곳에서 넘쳐 흐르고 있어도 이제는 아쉽지 않다고, 원망도 없이 순순히 고백하는 사람들의 탄식이 모여 깊은 안개를 만듭니다. 안개가 걷히자 외롭게 홀로 선 요정의 나무가 보입니다. 볼품없이 휘어진 작은 요정의 나무는 가지마다 색색의 소원을 주렁주렁 달고서 멀리 구름 사이를 비껴가는 검은 새를 봅니다. 아, 갑자기 아무 데로도 떠나고 싶지가 않습니다.

**모아**    뭔가 좋지 않아?

**은설**    글쎄… 잘 모르겠네.

**모아**    어떤 그림이 막 그려져. 아…! 나 갑자기 그림 그리고 싶다.

**은설**    아나운서 님?

**모아**    치. 아나운서는 그림 그리면 안 돼?

—

토요일. 오후 5시 25분.

거실. 모아가 소파에 앉아 친구와 카톡을 하면서 혼자 재밌어하고 있다.

**모아**　아 진짜! 얘네들 왜 이래? (웃음) 미쳤나 봐.

이때, 브런치 글 업로드 알림 소리.

모아가 반색하며 브런치 글을 연다.

**모아**　끈질기게 황량한 바람은 기억을 지우기도 하는가 봅니다. 한참을 머물러 있던 묘지가 어느 곳에 있었는지 언제 다녀왔는지 기억나지 않습니다. 다만 그 묘지에는 세상에서 가장 아름다운 사람들이 모여 잠들어 있었다는 것을 기억합니다. 마지막 숨결까지도 꽃향기가 났던 사람, 모두에게 사랑받았던, 천사와 같았던 사람, 후회 없는 인생을 살았고 그것을 자랑스럽게 여긴 사람, 결혼하던 날의 약속대로 죽어서도 영원한 사랑을 받을 사람, 모두에게 용기를 주고 아낌없이 베풀었던 사람… 어째서 사람은 죽음의 문턱을 넘어서야만 아름다워지는지 의심하지는 않았습니다. 아름다워져야만 죽을 수 있을 것 같아서 슬퍼졌을 뿐입니다. 슬픔 따위는 존재하지 않는다는 듯 흥겹기만 한 이 거리에서 어째서 나는 그 묘지를 떠올렸을까요? 골목마다 어디서 한 번쯤 만났던 것 같아 보이는 사람들이 노래를 하고 연주를 합니다. 시를 읽고 그림을 그립니다. 하지만 친근해 보이는 그들과 나는 친해질 수 없습니다. 그들은 내게 친절하게 대해주지만 그들의 진실은 내가 볼 수 없는 곳에 따로 있을 테니까요. 나의 쌍둥이 자매가 생각납니다. 은 설과 함께라면….

모아는 놀라서 읽기를 멈춘다.
다시 휴대폰을 들여다보며 확인한다.

**모아**   은설…? 우리 엄마?

모아는 더 이상 소리 내어 읽지 못하고 눈으로 나머지를 읽는다.

━━

목요일. 오전 10시 20분.
은설이 전화를 하고 있다.

**은설**   그러니까 엄마, 토요일에 성준이가 모시러 갈 거니까, 그 차로 우리 집으로 오면 돼. (사이) 아유, 하나도 안 힘들어. 집들이 겸 엄마 생신까지 한꺼번에 하는 거니까 나로서는 편하지. 그리고 나 음식 하는 거 좋아하잖아. 엄마 좋아하 는 갈비찜이랑 오이선 할 거고, 미역국에다 백합 넣어서 시원하게 끓일게. 운 좋으면 모아 아빠도 일찍 올 거야. 그 날 목포에서 일 끝나고 올라오는데, 차 안 막히면 시간 맞 출 수 있을 거 같아. 참, 성준이는 대전에서 엄청 유명한

케이크를 맞춰서 대령하겠대. 기대해. (사이) 아이 그럼 그럼, 올케는 당연히 못 오지. 아직 산후조리원에 있는데… (사이) 엄마도 참… 은조한테 소식 있으면 당연히 내가 먼저 말했지. 엄마, 은조는 무소식이 희소식이다, 이렇게 생각하기로 했잖아. 기억 안 나? 벌써 치매 아니지? (사이) 미안, 미안… 농담이잖아. (사이) 엄만 왜 또 그래? 엄만 왜 그렇게 자기 딸을 몰라? 은조가 이혼을 했기 때문에 이렇게 사는 거 아니야. 이렇게 사는 애라서 이혼을 한 거지. (사이) 아니 글쎄 연락 없다니까? 얼마 전까진 페이스북이라고 인터넷 통해서 간간이 소식을 올려서 어디에 있는지 볼 수 있었는데, 이젠 그것도 끊었는지 안 보여. (사이) 걱정? 걱정을 왜 해? 세상에서 제일 잘 나가는 사람인데. 은조 개처럼 사는 사람이 어딨어? 매인 데 없이 자유롭게 그냥 자기하고 싶은 대로 다…! (사이) 뭐? 살아있지! 엄만 진짜! 아주 잘 살아있을 거야. (사이) 왜 그래? 아니, 왜 울어? 울 일이 뭐가 있어? (사이) 나? 나처럼 살았으면 좋겠다구? 엄만 내가 무지 행복한 줄 아는구나. (싱거운 웃음. 사이) 누가 뭐래? 행복해. 행복하지. 그래, 엄마 맘은 알아. 은조도 나처럼 남편하고 서로 의지하고 자식 낳고 사는 거 보고 싶겠지. 하지만 어쩌겠어? 갠 나하고 달라, 엄마. 엄마 뱃속에서 나온 순간부터 우린 달라지기 시작했다고… 그리고 자라면서 점점 더 달라져서 이젠 돌이킬 수 없이 너무나 멀어졌다고… 알아?

은설은 울지 않으려고 눈을 부릅뜬다.

———
금요일. 저녁 8시 40분.

은설이 집안 공간을 눈짐작으로 재면서 궁리를 하고 있다.


**은설**    모아야, 나와서 엄마 좀 도와줘.

**모아**    (방에서 나오며) 엄마가 나 공부 방해했다.

**은설**    엄청 고맙지?

**모아**    뭔데?

**은설**    아무래도 식탁을 이쪽으로 옮기는 게 나을 거 같아. 한 면을 벽에 붙여서.

**모아**    여기다?

**은설**    응. 그 쪽 좀 들어봐.


둘은 식탁과 의자를 옮긴다.


**모아**    오! 훨씬 좋다. 역시 우리 엄마 인테리어 감각, 훌륭해!

**은설**    그치?

**모아**    이 그림도 새로 산 거야?

**은설**    당근에서 싸게. 잘 샀지?

**모아**    응. 저번에 그 카펫도 진짜 멋있었는데….

**은설**    그래. 하지만 우리 모아 건강이 더 중요하니까. 카펫이 아니라 황금 조각상이라도 아토피 일으키는 거면 안 봐주지.

**모아**    엄마. 내일 할머니 생신 한 다음에 나도 언제 주말에 친구들 불러도 돼?

**은설**    그럼. 미리만 알려줘.

| 모아 | 근데 엄마 할머니 생신인데 이모한테는 연락 없었어? |
|---|---|
| 은설 | 웬일이야? 네가 그런 말을 다 하고? |
| 모아 | 왜? |
| 은설 | 아니… 뭐랄까… (웃음) 좀 어른 같아서…. |
| 모아 | 내 생각엔 이모도 엄마를 그리워하고 있을 거 같아. |
| 은설 | 뭐? (갑작스러워서) 왜? |
| 모아 | 자매잖아. 그것도 쌍둥이. |
| 은설 | (뭔가 자신 없게) 그리워하는데 이렇게 연락을 안 할까? |
| 모아 | 너무 그리우면 그럴 수도 있지. |
| 은설 | 어머… 얘가 점점… 너 말하는 게… 왜 이렇게 성숙해? |
| 모아 | 당연하지, 내가 애야? |
| 은설 | (혼잣말처럼) 애인 줄 알았는데…. |
| 모아 | 그 내가 구독하는 브런치 글 말야. 그거 또 읽어줄까? |
| 은설 | 아나운서 연습? |
| 모아 | 응. 그렇긴 한데, 첨엔 잘 모르겠더니 자꾸 읽을수록 점점 더 끌린다. 뭔가 나랑 통해. 들어봐. |

모아는 휴대폰을 열어 브런치 글을 찾는다.

| 모아 | 섬에서 산다는 것은 그 분명한 경계를 벗어나려는 싸움의 연속인지도 모르겠습니다. 바다라는 막막한 공포와 신랄한 위험. 하지만 싸워야 할 상대가 분명하다는 건 어쩌면 축복입니다. 저 거대한 바다가 보잘것없는 인간의 도전에 응해주었기에, 숱한 뱃사람들은 목숨을 이어가기 위해 목숨을 버리는 만용을 부렸을 것입니다. 잠시 스쳐 가는 한 |

낯 여행자는 이 섬에 생의 짧은 한 숨결도 묻을 권리가 없는 것 같아서 괜히 숨이 가빠졌습니다. 끝없는 바람을 먹고 자라나 거친 파도에 몸을 씻으며 성숙해진 한 여인이 어떤 윤리와 도덕도 알지 못한 채 떠돌이 남자를 따라 떠났다는 옛이야기를 전해 듣습니다. 머물렀던 자만이 떠날 수도 있다는 걸 알기에, 흔적 없이 사라진 그 여인을 부러워합니다. 섬에 갇혔다는 착각을 일부러 걸어놓고 같은 곳을 여러 번 맴돌아봅니다. 절망을 흉내 내고 싶은 건지, 미리 연습하고 싶은 건지, 아니면 다른 절망을 잊으려는 건지, 솔직할 수가 없어 답을 찾지 못합니다. 황량한 바람만이 끊임없이 나를 할퀴고 지나갑니다.

사이.

**모아**  어때?
**은설**  너무… 어두워. 쓸쓸하고….
**모아**  이런 감정, 공감 안 돼?
**은설**  너는 돼?
**모아**  사람은… 누구나… 쓸쓸하잖아.

은설은 모아를 물끄러미 바라보다가 말없이 안아준다.

**은설**  쓸쓸하지 마. 우리 쓸쓸하지 말자.

—

수요일. 오후 5시 50분.

은설은 부엌 바닥을 샅샅이 살피고 있다. 몹시 초조하고 짜증이 가득한 모습이다.

**은설**  또 있네. 또 있어. 미치겠네. 도대체 얘네들 어디서 이렇게 끝없이 나오는 거야?

은설은 깨알보다 더 작은 벌레가 보이는 대로 잡으면서 잔해를 닦아내고 약을 뿌리고 틈새를 살핀다.
그리고 휴대폰을 들어 검색을 한다.

**은설**  먼지다듬이… 하… 근데 이상하단 말야? 생긴 게 왜 이렇게 제각각이야? 원인은…? 건조가 덜 된 건축자재에서 나온다고? 세상에… 그럼 인테리어 공사할 때 생긴 거구나. 아, 진짜… 내가 미쳐. 그럼 이걸 어떻게 없애? 춥고 건조해야 된다고? 사람이 사는 집을 어떻게 춥고 건조하게 만들어?

은설은 불안한 기분에 소파를 앞으로 당겨서 그 뒤를 살핀다.

**은설**  (거의 비명에 가까운) 아… 이게 뭐야… 아… 난 몰라… 어떡해. 어떡하면 좋아….

이때, 번호키 누르는 소리 들리고 모아가 들어온다.

절망에 빠져있는 은설을 보고 놀라는 모아.


모아    엄마, 왜 그래?

은설    벌레 때문에.

모아    (질겁한다) 벌레? 어디? 어디? 바퀴벌레야?

은설    아니….

모아    그럼 뭔데? 빨리 말해.

은설    먼지다듬이.

모아    그게 뭐야?

은설    여기 봐봐.


모아는 꺼림칙하지만 은설이 가리키는 소파 뒤를 본다.


모아    어디? 아무 것도 없는데?

은설    거기 잔뜩 있잖아. 죽어서….

모아    이거? 까만 부스러기 같은 거?

은설    그래.

모아    놀랐잖아. 난 또 무슨 큰 벌레인 줄.

은설    이것들이 안 없어지고 자꾸만 나온단 말야. 속상해 죽겠어.

모아    그래봤자 점 같은 애들인데 뭐가 그렇게 속상해?

은설    이 점 같은 것들이 어디 숨어있는지도 모르겠고 얼마나 있
       는지도 모르겠고 어디를 돌아다니는지도 모르겠는데 어떻
       게 안 속상해?


모아는 더 이상 대꾸를 못한다.

| 모아 | 엄마가 이렇게 속상해 하는 건 처음 보는 거 같아. |
|---|---|
| 은설 | 맞아, 너무 속상해. |
| 모아 | 왜? |
| 은설 | 이 벌레들…. |
| 모아 | (말 자르며) 이 작고 작은 벌레들 때문에? |
| 은설 | 작지만…. |
| 모아 | 엄마! 정말 너무 작잖아. 이것들은. |
| 은설 | 작으니까 더 큰일이지. |
| 모아 | (타이르듯) 엄마…. |

은설은 마음을 추스린다.
재빨리 죽은 벌레들을 치우고 소파를 다시 제자리에 놓는다.

| 은설 | 밥 줄까? |
|---|---|
| 모아 | 응. |

은설은 부엌 쪽으로 사라진다.
모아는 식탁 의자 위에 놓인 쇼핑백이 뭔가 하여 들여다본다.
내용물을 꺼낸다.
똑같은 샌들이 두 켤레 나온다.

| 모아 | 엄마! 이거 혹시 내 거야? |
|---|---|

은설이 부엌에서 나와서 본다.

| | |
|---|---|
| **은설** | 아니···. |
| **모아** | 근데 왜 똑같은 걸 두 개 샀어? |
| **은설** | 어··· 이모. |
| **모아** | 은조 이모? |
| **은설** | 응. |
| **모아** | 이모 왔어? |
| **은설** | 아니. |
| **모아** | 그럼 어딨는지 알았어? 연락했어? |
| **은설** | 아니. |

모아는 괜히 미안해져 입을 다문다.

| | |
|---|---|
| **은설** | 나중에··· 만나면 주려고. |
| **모아** | 좋아하겠다. |
| **은설** | 그럴까? |
| **모아** | 그럼. |

───

같은 날. 저녁 9시 35분.
은설이 혼자 앉아 커피를 마시고 있다.
모아가 방에서 나온다.

| | |
|---|---|
| **모아** | 커피 마셔? 밤인데? |
| **은설** | 아빠도 늦게 오고··· 가끔 밤에 커피가 엄청 땡겨. 너 배고 |

파? 뭐 좀 줄까?

**모아**  아니.

**은설**  그럼 왜?

**모아**  그냥… 커피 향 좋다.

**은설**  이거 예전에 은조 이모가 갖다 준 거야. 볼리비아 커피래.

**모아**  언제?

**은설**  (기억을 더듬으며) 그러니까… 3년 전이지.

**모아**  3년 전에 왔었어?

**은설**  아니. 보내왔어. 뭘 보낸 게 처음이라 아까워서 안 뜯고 그대로 보관하고 있었는데, 며칠 전에 개시했어.

**모아**  엄마.

**은설**  응?

**모아**  나 사실… 이모 찾았다.

**은설**  뭐?

**모아**  은조 이모. 브런치에 글 써. 내가 읽던 그거.

은설은 놀라서 바라보기만 한다.

**모아**  나도 첨엔 이모인 줄 몰랐는데, 읽다가 엄마 이름이 나왔어. 은설. 흔한 이름도 아니잖아. 게다가 쌍둥이 자매라는 말도 썼어.

**은설**  ….

**모아**  읽어줄까?

모아는 휴대폰을 켜고 브런치 글을 연다.

**모아** 골목마다 어디서 한 번쯤 만났던 것 같아 보이는 사람들이 노래를 하고 연주를 합니다. 시를 읽고 그림을 그립니다. 하지만 친근해 보이는 그들과 나는 친해질 수 없습니다. 그들은 내게 친절하게 대해주지만 그들의 진실은 내가 볼 수 없는 곳에 따로 있을 테니까요. 나의 쌍둥이 자매가 생각납니다. 은설과 함께라면 그들의 연주에 맞춰 춤을 추고 나의 모국어로 소리쳐 노래하고 어깨동무를 한 채 웃으며 달리다가 함께 얼굴을 그려달라며 화가 앞에 앉을 수도 있을 것 같습니다. 은설을 만나면 주려고 작은 종을 샀습니다.

사이.
모아는 은설의 무릎에 머리를 대고 눕는다.

**모아** 좋지?
**은설** ….
**모아** 이모 찾은 거 안 좋아?
**은설** 모르겠어.
**모아** (나른하게) 어떤 종일까?
**은설** 뭐?
**모아** 종. 이모가 엄마 선물로 샀다는 종.

모아는 스르르 눈을 감는다.

**은설** (혼잣말처럼) 거짓말….

**모아**　(졸린 목소리) 뭐가…?

**은설**　나를 좋아한 적도 없으면서… 언제나 나와는 다른 길로 갔으면서….

**모아**　(느리게) 이모는… 엄마가 그랬다고… 생각할지도 몰라….

**은설**　내가 이 커피를 왜 뜯었는지 알아? 우리의 운명을 깨달았기 때문이야. 그저께 밤에 아빠 기다리면서 티비를 보는데 과학 다큐멘터리에서 이런 얘길 하더라. 중력이 없는 우주 공간에서는 두 물체가 단 한 번만 만나서 부딪히면 그 힘으로 영원히 서로 멀어진대. 그렇구나. 우리가 바로 그런 거였구나. 엄마 뱃속에서 함께 있었다는 이유로 그 안에서 몸을 맞대고 있었다는 이유로 태어나자마자 반대편으로 점점 멀어져 까마득한 거리를 두고 서로 모르는 채 살아가야 할 운명을 우리는 타고났구나.

**모아**　(거의 잠결에) 그러믄… 엄만… 샌들… 왜… 두 개….

모아는 잠들었다.

**은설**　(창밖 어둠을 멀리 보며) 자매니까….

은설은 모아의 얼굴을 어루만지려 손을 올렸다가 관두고 가만히 내린다.
바로 앞에 두고도 그리운 듯 딸의 모습을 하염없이 바라보는 은설.

끝.

# 보통은 망하니까

——

송정혜

## 등장인물

정민 (남, 28세)
선우 (남, 28세)

## 무대

선우와 정민의 집.
무대 정면은 현관이고, 신발장이 현관 양쪽에(정면을 향해)
들어서 있다.
한쪽은 운동화로 가득 채워져 있고, 다른 한쪽은 구두가
가득 채워져 있다.
무대의 왼쪽은 주방이고, 전체적으로 깔끔하고 세련된 느낌의
싱크대와 냉장고가 놓여있으며 바 형식의 테이블과 의자가
사선으로 놓여 있다.
무대 오른쪽으로는 작은 침대가 비스듬히 놓여있고
침대 옆으로는 전화기가 있다.
침대 너머로는 옷장과 전신 거울이 세워져 있다.

# #

현관을 열고 정장 차림의 정민과 선우, 차례로 들어온다.

두 사람의 얼굴엔 표정이 없고 잔뜩 지친 기색이 역력하다.

정민 신발을 현관에 그대로 벗은 채 들어서고,

선우 신발을 벗고 구두가 잔뜩 늘어선 신발장에 구두를 정리한다.


정민, 침대로 가서 넥타이를 느슨하게 풀고는 그대로 대자로 뻗는다.

선우, 냉장고로 가서 우유를 꺼내 컵에 따른다.


**선우**    줘?


정민, 대답 않고 그대로 누워 있다.


**선우**    (퉁명스럽게) 주냐고?


정민, 벌떡 일어나 앉아 선우를 노려본다.


**선우**    왜 그러는데?

**정민**    왜. 그.러.는.데?


선우, 컵을 테이블 위에 '턱' 내려놓는다.


**선우**    화를 내도 내가 내야지 않냐?

**정민**    (기가 차서) 그래 이게 김선우지. 뒷통수의 제왕! 그러니까 방금 뭐였어? 가식과 위선으로 점철된 짧은 단막극 아니냐. (눈을 가느다랗게 뜨고 능글맞게) 투명한 유리컵에 새하얀 우유를 따라서 그럼에도 불구하고 내가 당신께 지금 호의를 베풀고 있습니다. 뭐 이런 거냐! 어떻게 지금 이런 상황에서 이런 쇼가 가능해? 어? 너는 그게 몸에 배 있는 거야? 옵션이냐고? 브라보다! 정말!

정민, 고개를 내저으며 비아냥대듯 손뼉을 친다.

**선우**  적반하장이 따로 없네. 적반하장을 알아들을 리 만무하나 너는 지금 나한테 뭘 하고 있는지 제대로 파악이나 해. 내 영혼은 상처 입었어.

**정민**  드라마 그만 봐 자식아. 상처는 눈에 보이게 입는 거야. 영혼 같은 소리하고 있네. 닭고기스프나 끓여서 바치던가.

**선우**  내가 대체 너랑 무슨 얘기를 하겠냐. 그치만 적어도 남들 앞에서 나는 할 말 안 할 말은 가려서 했어.

**정민**  아~그래서 내가 치질 재발한 것까지 얘기했어? 왜? 수술 날짜까지 말해주지. 당일퇴원 가능한 병원에서 하니까 입원 걱정은 안 하셔도 돼요. 그런 거까지 말해주지!

**선우**  면접관이 물어본 거잖아. 니 수술 이력이나 병력을 얘기해보라는데 어떡해. 그러니까 그걸 왜 솔직히 안 써. 나중에 입사하면 사정 헤아려 주려고 묻는 걸지도 모르는데.

**정민**  와, 나 정말 돌겠네. 너 진짜 모르고 이래? 아니잖아. 지금 나 까는 거잖아.

**선우**  내가 왜 널.

**정민**  그러니까 너가 날 왜. 대체 왜!

정민 일어나서 선우에게 다가간다.

선우의 넥타이를 억지로 풀려고 하는 정민.

선우, 당황해서 정민의 손을 막으려고 하지만 정민은 막무가내다.


**선우**   뭐하는 거야?

**정민**   이거 뭐냐. 부적 아니냐. 어쩐지 내가 아까부터 이게 눈에 띄더라고!

**선우**   아… 아니야.


정민 넥타이 안에서 꼬깃하게 구겨진 노란색 부적을 찾아낸다.

부적을 테이블 위에 던지는 정민.


**정민**   생각 없다며. 나 긴장할까봐 같이 지원해주는 거라며.

**선우**   그래. 나 생각 없어. (시선을 피하며) 없었어.

**정민**   없었어. 생겼냐 그럼?

**선우**   그런 게 아니라 뭘 하든지 최선을 다 하는 게 내 습관이잖아.

**정민**   좋으시겠어요. 남들처럼 늦잠 자는 게 습관이 아니시고, 남들처럼 편식하는 게 습관이 아니시고, 남들처럼 미루는 게 습관이 아니시라 좋으시겠어요. 그래서 부적까지 가슴에 품고, 귀신까지 동원해서 최선을 다하냐?

**선우**   어머니가, 넣어놨나 보지.


정민, 다시 침대로 가서 앉는다.

넥타이를 완전히 벗고 셔츠 단추를 푼다.

옷장으로 다가가 티셔츠를 찾는 정민.

**정민**    너 집에 안 내려간 지 두 달째야. 좀 솔직할 수 없냐?

**선우**    지금 그래서 너가 떨어지기라도 했어?

**정민**    (발끈해서 옷 찾다 말고) 감이 안 와? 너가 그랬는데 내가 붙겠어?

**선우**    너가 떨어지는 이유가 단지 나 때문이라는 거냐?

**정민**    그럼. 너가 생각하는 내가 떨어질 이유는?

**선우**    없어.

**정민**    없어?

**선우**    너는 어떻게 했어? 그래 내가 처음에는 그 회사 생각도 없었어. 나는 전공도 상관없는데다가, 너가 어쩐 일로 그렇게 간절해하고 답지 않게 덜덜 떨길래 정말 순수한 마음으로 같이 그 과정을 밟아주려고 그랬던 거야. 진짜 눈곱만큼도 욕심 없었어. 처음엔. 근데 너 아까 무슨 얘기했어? 나는 정말 얘가 생각이 있는 앤지 없는 앤지 (명치 끝을 가리키면서) 여기서 뭔가 확 올라오는데, 너 알잖아. 내 승부욕. 순간 본때를 보여주고 싶은 거야. 그래서 그냥….

**정민**    본때가 아니라 본색이네. 내 말이 문제가 아니라 니 속이 좁은 게 문제겠지. 좁기만 하면 다행이게, 뒤집으면 달라. 어떻게 15년을 알고 지내는데도 끝이 없어. 끝이. 파보면 또 있고 파보면 또 있고. 너 생각 안 나? 고등학교 때도 (밥맛없는 목소리로) '어떡해 나 공부 하나도 안 했어, 몇 시간만 자다 일어나려고 엄마한테 부탁했는데 안 깨운 거야. 엉엉' 그래놓고 시험쳤다 하면 구십 점에 한, 두 개 틀린 걸

로 얼굴이 붉으락푸르락하질 않나. 솔직히 딱 까놓고 얘기
해서 그때 니가 엄마가 있을 때였냐?

**선우**  (얼굴이 굳는다) 그러니까. 그 얘길 그렇게 아무 데서나 하고
싶었냐고? 그 얘길 이런 식으로 왜 함부로 꺼내놓느냐고.
내 말은.

**정민**  왜 그게 아무 데서야? 내가 평생 몸 바칠 수 있는 회사였을
지도 모르는데. 언젠가 생길 내 여우같은 마누라와 토끼 같
은 자식까지 먹여 살릴 수 있는 직장일지도 몰랐는데, 그게
아무 데서야? 너는 애초에 날 존중하는 마음이 없었어.

**선우**  그런 뜻이 아니잖아. 날 아는 사람들이 아니었잖아. 거기
서 너 살겠다고 내가 엄마 없이 지낸 시간이 오래라 음울
한 구석이 있다느니, 여자 공포증이 있다느니, 새엄마한테
까지 집착한다느니, 그게 할 소리냔 얘기야. 나는 너가 그
렇게 아무렇지 않게 나에 대해 얘기할 때마다 돌아버리겠
어. 니 말이 다 맞아서 듣고 있었던 게 아니잖아. 나도 못
건드리는 부분이라고. 나도 차마 들여다볼 수 없는 그런
부분이라고. 니가 뭔데 대체 소금뿌리고 물 뿌리고 헤집어
놓느냔 말이냐고 나를.

정민, 티셔츠와 바지를 찾아 갈아입고 침대에 앉아 양말을 벗는다.
선우는 그제야 넥타이를 완전히 벗는다.

**정민**  우리 곧 서른이야. 니네 집, 우리 집 할 거 없이 문제 있어.
세상 어느 집도 비닐하우스 안처럼 후끈한 데 없어. 적당
히 춥고 시리다고. 언제까지 내 상처만 특별해. 나만 유난

히 불우하니까 아무도 건들지 마. 그럴 거냐고? 남들이 뭐라고 하든 이제 너는 니 인생을 오롯이 살면 돼. 왜 그 얘기만 나오면 앞, 뒤 안 가리는데? 너 그래서 멀어진 친구가 한, 둘이야?

**선우**  니네 집이 무슨 문제가 있어. 적당히 춥고 시려? 적당히 춥고 시린 건 뭐야? 몸통은 뜨듯한데 손, 발만 시려서 참을 수 있는 정도야? 아님 하체는 뜨듯한데 상체는 시린 노천온천이야? 겪어 보지 않고 함부로 말하는 거 나 싫어.

너는 뭐가 그렇게 항상 쉬워. 왜, 다 쉬운데 이 회사는 어려웠어? 그래서 화가 났어? 내가 어렵게 했냐. 너가 뭐든 적당히 하려니까 그런 거잖아. 대학 갈 때도 그랬지. 내가 좀 상향지원하려고 아등바등 하니까 너는 안정권으로 넣어놓고 간판 따러 갈 거냐고 무안 줬잖아. 그래, 니 간판이 지금 이런 상황을 초래했다고는 생각 안 하냐?

**정민**  누가 들으면 너는 네온사인 단 줄 알겠다.

**선우**  적어도 너보다는 성업 중일지도.

**정민**  이런 식으로, 매번 무안은 너가 줬어. 내가 왜 그 학교 넣은 건데. 너는 내가 주머니에 얼마 넣고 다니는지 관심이나 있냐. 우리 집이 무슨 문제가 있냐고. 그치. 너한테는 그게 문제가 아니겠지. 대학 입학 전 한 달을 이천 원 가지고 살았어. 아니, 이천 원만 들고 살았는데 그걸 한 푼도 안 썼어. 왜? 무서워서 못 써. 그거 없으면 진짜 굶어죽거나, 얼어 죽거나 비참하게 죽어버릴 것 같은 불안이 있는 거야. 천 원짜리 두 장이 내 방패였어.

근데 왜 돈 없는 집 애들의 성공스토리는 꼭 공부를 지독하게 잘하잖아. 어떡해 근데, 너가 알다시피 나는 지독한 구석이 없는데. 누구처럼. 그럼 계속 타협해야지. 뭐? 모든 게 쉬워? 니 눈에는 그렇게 보일 수도 있겠다. 배가 불러서 튀어나온 배꼽이 늘 그렇게 슬프고, 아련하고, 우울한 애한테는 말이야.

**선우**  돈이 다가 아니잖아. 돈만 있으면 되는 게 아니잖아. 날 보고도 모르냐?

**정민**  모르지. 나는 있어본 적이 없는데. 너는 어차피 뭐 하나 해결돼도 또 다른 상자를 열어서 여기 또 찾았네, 내 핸디캡. 아 슬퍼! 해야지 사는 애야. 너가 살아가려고 뭘 열심히 해본 적이 있냐. 신발장만 봐도 알 수 있잖아. 내 발은 구두 같은 거 신을 줄 몰라서 저래? 하루에 알바 세 개씩 뛰어가면서 취업 준비했어. 알바가 직업이 될까봐, 죽도록 노력했다고.

**선우**  글쎄, 그래서 내가 너 취직 못하게 했냐고.

**정민**  몰라서 물어? 전화가 오겠냐? 죽어라 앉아서 일해야 하는 회사인데 너 뭐라 그랬어. 내가 워낙 활동적이어서 사무 일을 보긴 힘들 거라는 등, 뭐? (기억을 더듬는) 아까 또 뭐라 그랬지? 그래! 내 학창 시절 별명이 하극상의 대명사? 내가 가만있는 선배 치받았냐. 그것도 누구 때문에 그런 건데.

**선우**  뭐? 나 때문이라고?

**정민**  니가 처음으로 그린 그림, 어떻게 됐었는지 기억해?

**선우**  처음?

**정민**  너란 애한텐 처음이 중요할 리가 없지. 왜? 수도 없이 이다음이 있으니까. 처음이 뭐가 중요하겠어. 근데 있지, 나는 그게 겁나 중요해. 내가 너보다 그림 먼저 시작했어. 내가 교내, 교외 대회 휩쓸고 있을 때쯤 너가 우연히 내가 그린, 뒤축 닳은 운동화 그림을 본 거야. 그걸 한 번 가져본 적도 없고, 그렇게 되도록 신어본 적도 없는 니가 내 그림을 따라 그려봤어.

호기심이었겠지. 뭐 이런 신발이 다 있냐, 아니 뭐 이런 신발을 그린 그림이 다 있냐. 그런데 그때 너 어떻게 했냐? 니가 그냥 장난으로 그려본 건데 한 선배가 지나가면서 니 그림보고, 없는 놈 그림 따라 그리면 가난 옮는다고 하니까 너 그때 뭐했어.

**선우**  뭐했는데?

**정민**  웃었어. 그래, 지금 내 나이라면 저럴 수도 있지, 하고 넘겼겠지. 그런데 그때 나는 여유가 없었어. 그게 웃을 타이밍이었어? 널 패놓고 싶은 걸 선배를 팬 거야. 그런데 거두절미하고 내가 하극상의 대명사야?

**선우**  그건, (사이) 몰랐다.

**정민**  그건, 몰랐다? 그것만 몰랐겠냐. 내가 붓을 꺾던 날 너는 뭐하고 있었는지 알아? 미술학원 등록하러 갔어. 날 조금이라도 생각했을까, 너가?.

**선우**  그럼 내가 너 눈치 봐가면서 내 인생 살았어야 해?

**정민**  말이 안 되지 그건? 알아, 죽었다 깨나도 말이 안 되는 거. 그래도 한 번은 따져보고 싶었다. 하필 그 수많은 선택지 중에서 그걸 들고 싶더냐고, 꼭 한 번은 따져보고 싶었어.

선우, 개수대에 우유가 든 컵을 내려놓고

냉장고에서 다시 캔맥주를 꺼내든다.

**선우**    올 거야, 연락.

**정민**    저런 건 참 안 가르쳐줘도 말이야, 저절로 터득하게 되는
            건가봐.

**선우**    그건 또 무슨 얘기야?

**정민**    있는 사람들은 없는 사람들을 뭘로 붙들어 놓는 줄 알아?

선우, 심드렁하게 맥주를 들이켠다.

**선우**    '돈'이겠지.

**정민**    아니, 희망이야. 될 거다, 올 거다, 생길 거다. 안 돼. 안 와.
            안 생겨. 나는 열여덟이 아니라, 스물여덟이야. 27층 면접
            실에서 엘리베이터를 타고 1층까지 내려오는데 꼭 겨우
            겨우 붙들어 놓은 내 삶이 와르르 무너지는 것 같은 기분
            이었어. 너는 버튼 하나만 누르면 다시 올라갈 수 있는 빌
            딩이었겠지만, 나는 내려올 때만 속도감을 느낄 수 있는
            빌딩이었다구.

**선우**    비약이 심하다. 회사가 거기 하나냐. 왜 답지 않게 그리 절
            박하게 굴어.

**정민**    뒤가 없어서 그래.

정민, 침대에서 일어나 주방 테이블 앞에 놓인
의자 두 개를 무대 가운데로 옮겨 놓는다.
의자를 서로 반대 방향으로 맞대도록 한다.

**정민**    이 의자 살 때 내가 뭐라고 했어. 등받이가 없어 싫다고
했지?

정민, 의자에 앉는다.

**정민**    밥 먹으러 앉을 때만이라도, 술 마시러 앉을 때만이라도
기대고 싶었어. 나는 취하면 그대로 뒤로 넘어가 뒤통수
가 깨져서 죽을 것 같은 공포에 시달려. 배부른 것도 익숙
하지가 않아. 돈이 없어서가 아니라, 그렇게 여유 있게 욱
여넣을 시간이 없어. 나는 쉬는 법을 잊었다구. 일이 없는
시간엔 대체 뭘 해야 하는지를 모르겠는데. 그런데도 내가
매사 여유가 넘치냐?

선우, 반대 쪽 의자에 앉는다. 등을 맞댄 모양새의 정민과 선우.

**선우**    나는 등받이가 벽 같아서, 조금이라도 턱이 있으면 그거
때문에 누군가 날 떠나지 않을까 그게 불안했을 뿐이야.
**정민**    너는 여전히 너희 엄마가 너 때문에 떠났다고 생각하고
있지?
**선우**    다른 이유가 없잖아.
**정민**    벽을 쌓은 건 너야. 생각하지 않잖아. 다른 가능성에 대
해선.
**선우**    최악의 시나리오를 손에 쥐고 있을 때가 마음이 편해.
**정민**    중요한 건 니 시나리오에는 너만 등장하는 게 아니라는
거지.

선우, 정민과 등을 맞댄 채 고개만 정민을 향해 약간 돌린다.


**선우**　그럼 또 누가?

**정민**　나, 은주, 너희 아버지, 너희 새어머니, 너희 친어머니….

**선우**　그만해.

**정민**　나는 그 시나리오로 헐리우드 액션 대작을 찍길 원하는데, 너는 늘 독립영화야. 나는 간단하고 싶어. 나는 그냥 유치하고 싶다고. 그렇게 노골적으로 돈을 벌고, 노골적으로 웃고, 노골적으로 소리 지르면서 살고 싶어. 웅크리고 싶지 않아. 그런데 이 집도, 이 세간들도 전부 니 거니깐…투자, 제작 모두 아직은 니 몫이니깐 지금 나는 그저 묵묵히 출연하는 수밖에 도리가 없잖아.

**선우**　(웃는다) 은주한테 이 얘길 했다간 너는 러닝타임 다 못 채우고 죽겠다. 나도 모르는 새 내가 그런 걸 추구했다니.

**정민**　어차피 그 기집애도 엑스트라 여자3일 뿐인데 뭐.


선우, 도저히 못 견디겠다는 듯 벌떡 일어나서 정민의 멱살을 잡는다.


**선우**　왜 항상 은주를 그렇게 불러!

**정민**　내가 뭘.

**선우**　그 기집애라고 하잖아. 매번.

**정민**　그 기집애를 그 기집애라고 하지 뭐라고 해.

**선우**　듣기 거북해. 걔가 너한테 뭘 어쨌다고 번번이 깔아뭉개.

**정민**　나는 너를 둘러싼 모든 여자들이 전반적으로 거북해. 너가 정상일 수 없는 이유기도 하지.

선우, 정민의 멱살을 거칠게 뿌리치고 정민을 외면한다.

**선우**  너는 너무 많은 걸 확신하고 있어. 파내도 파내도 끝이 없다는 나에 대해서 그토록 자신 있게 얘기하는 거, 내 어느 대목을 읽고 섣부른 판단을 하는 건지 도무지 알 수가 없다.

정민, 의자에 털썩 앉는다.

**정민**  너는 내가 아까 면접 때 할퀸 자국 때문에 불편해서 벗어나고 싶어 죽겠지?

**선우**  할퀸 건 맞구나.

**정민**  중학교 때부터 지금까지 너는 맹목적으로 엄마한테 매달려. 오죽하면 나한테도 엄마가 없어야 내가 널 이해한다는 말을 전적으로 믿어주려나, 싶은 순간도 있었어.

**선우**  말 같지도 않은 소리.

**정민**  고작 그 하나뿐인 결핍을 못 견디고 니 인생 전체를 거기다 쑤셔 박는 게 어딨어. 중학교 때는 고등학교에 가면 좀 나아지겠지, 고등학교 때는 그래, 스무 살만 지나면. 그렇게 벌써 몇 년이야.
니가 그린다는 그림은 온통 그런 얘기뿐이잖아. 넌 어쭙잖게 들어오는 인터뷰 때마다 사람들이 니 그림을 보고 용기를 얻었으면 좋겠다고 얘길 하지만, 나는 그 기사들을 볼 때마다 솔직히 속이 울렁거려. 너는 너만 생각해. 누구도 돌보지 않는다고. 그런데 (웃음) 그런 니가 내 면접을 돕겠다고 나섰을 때 나는 무슨 생각을 했을까?

선우, 정민을 돌아보며 잔뜩 화가 난다.

**선우**  무슨 생각을 했는데? 모난 구석이 있는 줄은 알았지만 이
정도로 형편없을 줄은 몰랐다. 어디서부터 엉키고 꼬였는
지, 언제부터 대체… 이 지경으로.

**정민**  내가 무슨 생각을 했다고 생각하는데?

**선우**  내가 짐작할 수는 있고?

**정민**  왜 못해. 니 생각인데. 은주 머릿속에서 나온 니 생각인데!

정민, 침대 매트리스 쪽에 시선을 둔다.
선우, 정민의 시선을 좇는다.

**선우**  너 설마?

선우, 침대 헤드와 전화기 침대 너머를 뒤진다.
망설이다가 매트리스 밑까지 샅샅이 뒤져보는 선우.

**정민**  의자 등받이도 벽같이 느껴지는 녀석이, 은주가 가끔 선을
넘어 나한테 친한 척을 하면 속으로 얼마나 불안했겠어.
내가 아무리 그 기집애라고 해봤자, 너는 너가 보는 대로,
너가 느끼는 대로 믿잖아. 은주가 그랬겠지, 오빠! 정민 오
빠 입사 준비한다는데, 오빠도 한 번 해봐. 그 얼간이도 대
들어보는 회사라는데 한 번 해보래두.

선우, 매트리스 밑으로 깊게 손을 뻗는다.
팔이 다 들어가고도 무언가 잘 집히지 않는 모양새.
그러다 침대 밑을 들여다보는 순간, 선우 무언가 발견한다.
'보이스 레코더'를 집어 드는 선우.

**선우**　야, 이 또라이야.

**정민**　길을 막고 서서 물어봐봐. 내가 또라이야? 그래?

**선우**　이건 아니잖아.

선우, 레코더를 작동 시키려다가 도저히 안 되겠는지, 주방 쓰레기통
에 쳐박아버린다.

**정민**　왜? 찾기 시작했을 때는 확인하려는 마음이 있었던 거 아
　　　니야? 왜 저기 버려.

**선우**　됐어. 그만 하자.

**정민**　니 비극은 거기서 시작이야. 우리 열다섯엔가 너희 엄마
　　　찾으러 청주까지 내려간 적 있었지? 학교도 안 가고, 주소
　　　적은 쪽지 하나 들고 사방팔방 헤매다가 어둑어둑해서야
　　　허름한 아파트 앞에 도착했어. 그때까지 찾아다녔는데도
　　　너는 안 올라가겠다고 해서 내가 올라가보기로 했지. 중간
　　　에 니 마음이 바뀌길 바라면서 나는 계단으로 올라갔어.
　　　한 층을 올라가서 내려다보면, 너는 등 돌리고 서 있고, 또
　　　한 층을 올라가서 내려다보면, 너는 계속 그대로 서 있고.
　　　그러다 헐떡이면서 내가 너희 엄마 집 앞에 도착하자마자
　　　겁도 없이 바로 초인종을 눌렀을 때… 그 집에선 아무도

나오지 않았어. 거긴 이미 아무도 살지 않았다구.

선우, 놀란 얼굴로 정민을 바라본다.

| | |
|---|---|
| **정민** | 왜? 내가 정말 너희 엄마라도 만나고 온 줄 알았어? 그래서 여태 니 눈을 대신해준 대가로 같이 살게 해준 거야? |
| **선우** | 그때 왜, 사실대로 말 안했어? |
| **정민** | 뭘 듣고 싶었는데. |
| **선우** | 뭘 듣고 싶었던 게 아니라! 나한테 왜 그런 거짓말을 했어? |
| **정민** | 직접 확인하지 않으면 너는 그렇게 평생 거짓말과 착각과 상상 속에 살게 될 거야. 지금도 봐, 너는 저거 저대로 던져버렸지? 저기 뭐가 담겨있다고 생각하는데, 던졌어? |
| **선우** | 뭐가 담겨있던지 상관없어. 듣고 싶지 않아. |
| **정민** | 불행의 씨앗을 정성껏 심어대는 건 너야. 싹 틔우고, 가지를 뻗게 하고, 듣도 보도 못한 이상한 열매를 맺게 만드는 건 너라고. |

정민, 주방 쓰레기통을 뒤져 보이스 레코더를 찾아 꺼낸다.
보란 듯이 레코더를 플레이시키는 정민.
선우 외면하듯 침대 위에 돌아앉는다.

| | |
|---|---|
| **정민(소리)** | 야, 아까 클럽 갔다 왔는데 완전! 완전! |
| **선우(소리)** | 에이씨! |
| **정민(소리)** | 왜? |
| **선우(소리)** | 혼자 가냐. |

**정민(소리)** 픕. 샌님이 그런 데 관심 있으신 줄은. 그래 그럼 담에 같이 가자. 뚜쉬뚜쉬, 부왕부왕!

**선우(소리)** 뭐, 뭐라고? 어떻게?

**정민(소리)** 이렇게 가슴을 자연스럽게 튕기면서. 아니! 아, 진짜! 뭐 가슴 자랑해? 발사되겠네. 힘을 빼고, 리듬에 맡기는 거야. 물 흐르듯이 자연스럽게.

**선우(소리)** 이렇게? 그, 아까 음악은 어떻다고 했지?

**정민(소리)** 음…음악? 아, 이렇게 뚜쉬뚜쉬, 부왕부왕!

**선우(소리)** 뭐가 그렇게 경박스러워.

**정민(소리)** 샌님 좋아하시는 봄의 왈츠보다야 그러시겠죠.


둘이 장난으로 다투는듯한 웃음소리, 잡음 섞이고는
플레이 종료된다.


**정민** 너가 확인하지 않는 것들이, 그래서 제멋대로 커다랗게 부풀어버리는 것들이 대개는 이런 것들이야. 쥐뿔, 아무 것도 아니라고.

**선우** (한결 누그러진 듯) 그게… 왜 아무것도 아니야. 너가 날 배제하는 순간들, 너가 날 비아냥대는 순간들의 명백한 증거인데.

**정민** (웃는다) 역시 나보단 배운 놈이라 가르치기가 쉽진 않아.

**선우** 말을 해도 너는.


정민, 테이블 밑에서 물티슈 꺼내서 보이스 레코더를 정성스럽게 닦는다.

정민  아까 나 나가고 면접관이랑 무슨 얘기 했어?

선우  별 얘기 안 했어.

정민  그래도 해봐.

선우  귀찮아. 어떨 때는 은주보다 너가 더 들들 볶아대는 것 같아.

정민  근데…. (망설이는 듯 침묵하다)

선우  응.

정민  너 은주랑 무슨 얘길 했길래 아까 그렇게 사색이 됐어. 정말 날 질투라도 한 거야? 아님 진짜 둘이 공모라도 한 거냐.

선우  은주랑, 헤어졌어.


정민, 보이스 레코더를 놓고는 선우를 멀거니 바라다본다.


선우  왜 그렇게 봐.

정민  찬 거야, 차인 거야?

선우  채였어.

정민  그 기집애 진짜 웃기는 기집애네. 시작도 지 맘대로, 끝도 지 맘대로. 내가 뭐랬어. 그래, 걔 엑스트라 여자3이라니까. 어차피 그냥 지나갈 거면서 기집애가 곱게 지나갈 것이지.

선우  그만 좀. 그 소리 좀 그만해.

정민  뭘 그만해? 왜, 왜 싫대? 너가 뭐 어떻대?

선우  뭐라더라. 그게 내가 집에서 나왔을 때는 자기가 집에 들어가고 싶고, 내가 집에 들어갔을 때는 자기가 나오고 싶대, 그래서 더 이상 만날 수가 없대. 우린. 그러면서 이건 지독한 운명론적인 얘기라고, 지금은 내가 이해할 수가 없을지도 모른대.

정민  뭐라고? (인상 찌푸리며) 그러니까 너가 집에서 나왔을 때는 지가 들어가고 싶고. 너가 집에 들어갔을 때는 자기가 나오고 싶… 그냥 만나기 싫다는 얘기잖아!

선우  응, 나 마음 다칠까봐 돌려서 얘기한 거 같아.

정민  그렇게 생각해?

선우  어.

정민  포장을 안 할 생각은 없고?

선우  필요해, 포장.

정민  잘 헤어졌다. 그럼 이번엔 나 앞세우고 가서 몰래 훔쳐보고 눈물지을 일은 없는 거지? 애써 리본 달고 포장한 실연의 상태니까.

선우  아직은 잘 모르겠어.

정민  앞에서는 미련 떨 줄도 모르면서 뒤에서 이러고 있으면 누가 알아?

선우  알아달라고 그러는 건 아니니까.

정민  답이 없다, 너는.


그때, 전화벨 소리(느린 템포의 팝송) 울린다.
선우와 정민 동시에 눈이 마주친다.


선우  왔다. 전화.

정민  (초조한 안색을 감추지 못하면서) 어느 회사가 당일 날 합격, 불

합격을 가리냐?

**선우**　아, 일단 받아. 끊어져!

정민, 테이블 위에 던져 놓은 선우의 부적을 펼쳐서 가슴에 대고는
허겁지겁 휴대폰을 찾는다.

**선우**　가지 가지한다. 옷장 열어봐.

**정민**　이거 분명히 니 벨소린 아니지?

**선우**　나 무음이야.

**정민**　변태자식, 전화를 받겠다는 거야 안 받겠다는 거야.

**선우**　니 전화나 빨리 찾아.

옷장 열어 재킷을 마구 뒤적이는 정민.
휴대폰을 집어 드는 순간 전화 끊긴다.
주저앉는 정민.

**선우**　니 그 입만 가만있었어도, 손이 더 빨리 움직였을걸. 번호
　　　　확인해봐. 거기야?

**정민**　모, 모르겠어. 모르는 번호야.

**선우**　그 회사 뒷 번호가 7뭐던데.

**정민**　(크게 호들갑을 떨며) 어!!!

**선우**　(같이 놀라며) 왜?

**정민**　7뭐야. 7뭐. 확실해?

**선우**　이씨, 놀랐잖아. 그냥 다시 걸어봐.

**정민**　모양 빠지잖아.

**선우**  (정민의 얼굴을 빤히 보며) 모양은 이미 옵션으로 빠져있어.

**정민**  아, 어떡해 어떡해. 거기면 어떡해! (돌변해서) 아니야. 거기 아니겠지. 치질 재발 환자에 하극상의 대명사에 제대로 된 자격증 하나 없는 내가 합격 전화를 기다리는 게 우스운 거지.

**선우**  왜, (턱과 코를 만지작대며) 왜 이건 빼?

**정민**  그래 치질 재발 환자에 하극상의 대명사에, 제대로 된 자격증도 없고, 수염은 영의정처럼 기른 내가. 됐냐?

**선우**  아니. 영의정은 정1품이야. 안 어울려.

**정민**  조선에서도 나는 낮은 계급인 모양이지.

**선우**  거울은 저쪽이야.


정민, 주저앉아 잔뜩 냉소적인 표정을 짓고 있다.


**선우**  내가 그 면접관들이라면, 투병 중에도 불구하고 열심히 응해줘서 고마울 테고 할 소린 하는 녀석이니 고마울 테고, 가진 게 없으니 겸손해서 고마울 테고. 너는 충분히 보통이 아냐. 범상치 않다고.

**정민**  죽고 싶냐? 취업이 장난이야?

**선우**  누가 이렇게 새벽부터 꽃단장 하고 나가서 가시 방석 위에서 장난을 쳐!

**정민**  시끄러. 됐어. 그래, 나는 보통이 아니지, 보통도 못되지.


정민, 시무룩하고 의기소침해있다.
선우, 그런 정민이 한심하다가 문득.

**선우**    근데, 너 그때 휴대폰 잃어버려서 이력서에 집 전화번호
          기재하지 않았어?

          정민, 곰곰이 생각하는데,

**정민**    어! 그랬어!

          순간, 화색이 도는 정민. 그러다 다시 김이 샌다.
          벌떡 일어나 침대 위에 휴대폰 던지는 정민.

**정민**    에이씨, 혹시나 했더니. 그럼 아니네.
**선우**    (쿡쿡, 웃는다) 혹시나는 하셨어요?
**정민**    (머쓱해서) 니가 호들갑 떨어서 그런 거 아냐.
**선우**    내가 뭘 어쨌다고. 하여간에 너는 뭐만 안 되면 내 탓이지.

          정민, 냉장고로 가서 맥주를 찾는다.

**정민**    마지막 캔 딴 사람이 사다두는 평화협정을 잊은 건 아니
          겠지?
**선우**    그 협정 일방적으로 파기한 게 누구더라.
**정민**    그렇다면, 재협정에 들어갑시다.
**선우**    오늘 지나고 들어갑시다. 피곤하다, 나도.
**정민**    아, 그럼 남겨두던가.

          선우, 나 몰라라 벌렁 드러눕는다.

**선우**  먼저 집는 게 임자지. 그런 게 어딨어.

**정민**  그럼 같이 사러 가.

**선우**  헐리우드 액션 대작 찍고 싶다며. 거긴 영웅이 하나야. 모 쪼록 캔맥주를 무사히 사수해서 귀가하도록. 지구를 지키는 영광을 그대에게.

정민, 선우에게 다가가 순식간에 바지 주머니에서 지갑을 빼낸다.

**정민**  다 쓰고 온다! 아 윌 비 백!

선우, 화들짝 놀라 정민을 따라 나선다.

**선우**  야, 그거 작업실비야. 이리 줘!

정민이 앞서고, 선우가 쫓으며 현관을 우르르 빠져나간다.
현관문 닫히고 무대 서서히 어두워진다.
사이.
침대 옆 유선 전화기에 벨소리가 울린다.
벨소리 한참을 울리다 멈추고
완전히 암전.

조명이 들어오면
가슴에 각각 178, 179번 수험표를 달고 정민과 선우,
무대 가운데 놓인 등받이가 없는 의자에 나란히 착석해 있다.

둘은 이미 씩씩대며 잔뜩 화가 나 있는 상태다.

정민이 먼저 일어나 석연찮은 표정을 짓고는 객석을 향해 가벼운 목례를 하고 면접실을 나간다.

현관 앞에 (객석으로부터 등을 돌리고) 앉아있는 정민

**선우**    지금 제가 저 친구의 장점을 얘기할 기분이 아닌데. 면접이 좀 별나네요. (심호흡을 하는) 그래도 한 번 해볼까요. 음, 15년을 알고 지냈는데, 저 친구는 늘 변하질 않아요. 지치질 않는 달까요. 저 친구 집이 좀 어렵습니다. 학창 시절에도 기분 좋게 용돈을 타 본적이 없을 거예요. 보통은 그렇게 30년 가까이 살면 뭔가를 원망하거나 미워하거나 하면서 시들어 갈 텐데. 왜 보통은 실체를 알 수 없는 상대한테 굴복하거나, 스스로 망하니까요. 그런데 한 순간도 그러지 않았어요. 되려 늘 제 빈 구석을 들여다봐주는 친구죠. 저 친구가 만일 이 회사에 입사하게 된다면 회사를 상대로 불만을 갖는 동료들을 아우르는 역할을 하게 될 겁니다. 네? 그럼요. 분명히요. 제 눈엔 여느 회사와 비슷한 이 회사에 저 친구는 모든 걸 바칠 준비가 되어 있다더군요. 창립 이래 가장 특별한 사원이 될 겁니다.

선우, 객석을 향해 깍듯하게 인사를 하고는 정민을 지나쳐 현관 열고 나간다.

정민, 돌아와 의자에 착석한다. 여전히 기분이 풀리지 않은 얼굴이다.

**정민**    장점이요? 쟤도, 아니 저 친구도 지금 제 장점을 얘기하고 나갔나요? 하긴 뭐. 있는 걸 없다고 할 순 없었을 테니까요. 그치만 저 친구는 행여 마음에 드셔도 뽑지 마세요. 저 친군 제가 긴장될까봐 따라온 거예요. 쟨 그림 그려야 돼요. 그림을, 되게… 잘 그리거든요. 늦게 시작했는데 아마 타고난 것 같아요. 그래서 좀 배 아프지만. 자라면서 마음이 많이… 다쳤어요, 저 친구. 모든 걸 자기 탓으로 여겨요. 부모님 사이에 틈이 생긴 것도 자기 탓이고, 그래서 누군가 떠나가고 떠나보내는 것도 모두 본인에게 죄가 있다고 생각해요. 제대로 들여다보지도 않고. 저야 뭐 터지면 꿰매고 또 터지면 꿰매고 그러면 되는 부위인데 마음은 그게 잘 안 되니까.

보시다시피 지금 이게 저를 돕는 건지 아닌 건지 애매하지만 새벽같이 일어나서 제 셔츠를 다리고, 자기 구두를 닦아 빌려주고 했어요. 받아본 적이 없어서 주는 방법에 서툰 구석이 있죠. 보통은 받아야 줄 생각이 드는데 이 친구는 그러질 않아요. 왜 보통은 바깥에 찬바람이 불면 문을 닫게 마련이잖아요. 그런데 이 친구는 문고리가 고장 난 것처럼 매번 문을 열어둬요. 문을 닫는 건 늘 그 바깥을 지나는 사람들이죠. (추억이나 생각에 잠긴 듯한 얼굴로 말을 아낀다) 더 얘기하면 아무래도 저 친구 뽑으실 것 같아 이만하겠습니다.

정민, 일어나 객석을 향해 오래도록 고개 숙여 인사한다.
정민, 무대를 완전히 빠져나가고
암전.

핀조명 켜지면,

교복 입은 선우가 망설이는 폼으로 옆으로 비켜 서 있다.
그러다 돌아섰다, 또 다시 돌아서길 반복한다.

정민에겐 조명이 들어오지 않은 채로
선우는 암전 속의 정민과 대화한다.

| | |
|---|---|
| **정민** | 선우야. |
| **선우** | (돌아서는) 봤어? |
| **정민** | 응. |
| **선우** | 이 주소 맞아? 만나기도 했어? |
| **정민** | … 어. |
| **선우** | 엄마가 뭐라고 하셨어? |
| **정민** | 너 잘 지내네. |
| **선우** | (울컥하는) 엄마도 잘 지내신대? |
| **정민** | 그건 안 물어봤는데, 그러신 거 같아. 그래 보여. |
| **선우** | 다행이다. |
| **정민** | 공부 열심히 하래. |
| **선우** | (웃는) 그래야지…. |
| **정민** | 이제 그만 갈까. |
| **선우** | 응. 아무래도 날 보고 싶진 않으시겠지? |
| **정민** | 그럴 리가. |
| **선우** | 잘 지내신다니, 그걸로 됐어. 그만 가자. |
| **정민** | 선우야. |

**선우**   응?

**정민**   올라갔다 와. 너가 직접 만나고 와.

**선우**   아니야. 너가 봤다며, 그럼 됐지. 너무 늦었다.

선우, 돌아서서 그대로 무대 밖으로 나간다.
암전.

장면 전환,

핀조명 떨어지면 커다란 쓰레기통 앞에서
화구들을 정리하는 정민.

그림들을 북북 찢는다.
선우 쪽은 암전된 상태에서

**선우**   정민아.

**정민**   응.

**선우**   나 오늘 학원 등록했어.

**정민**   알아.

**선우**   난 너처럼 타고난 게 없어서 학원을 다녀야겠더라고.

정민, 어이없는 듯
화구를 하나씩 버리다가 멈춘다.

**정민**   타고난 게 없는 건 나고.

**선우**　아니야, 너는 비상해.

붓 뭉치에 쌓인 완충재들을 벗겨내는 정민

**정민**　선우야, 나는 이게 그렇게 싫다.

**선우**　왜?

**정민**　그냥 나는 날 것이 좋아. 이게 없어서 부서져야겠음 부서
지고, 부서져서 가루가 되어야겠음 그랬음 좋겠어. 깨질까
봐, 사라질까봐… 안 그랬음 좋겠어.

**선우**　아깝잖아. 사라지면.

정민. 붓들을 쓰레기통에 쳐박고
완충재도 쓰레기통 안으로 쑤셔박는다.

**정민**　아까운 게 어딨어. 처음부터 내 것이 아니었는데.

**선우**　문은 일부러 열어둔 거야?

**정민**　응.

**선우**　복도에 사람들이 불편한가봐.

**정민**　왜? 복도가 좁아서? 아님 이 집 꼴을 보기가.

**선우**　글쎄. 202호 아저씨가 지나면서 문을 닫았어.

**정민**　괜찮아.

정민, 나머지 화구들을 그러모아 쓰레기통에 몽땅 버린다.

**정민**　선우야.

선우, 대답 않는.

**정민**   나는 정말 괜찮아.

정민, 퇴장하고
암전.

암전 상태에서 전화 울리고,
딸각 받는 소리 들린다.

**전화(소리)**   안녕하십니까. 주식회사 보통입니다.

경쾌한 음악 들리면서
막.

# 사라져서 남은 샘

—

강용준

**등장인물**

농부
호종단
멀티 맨(황제, 시종)
멀티 녀(수신, 주민)

# 제1장

중국 황제 궁전.

전통적인 중국의 음악이 들리면서 황제와 호종단이 등장한다.

그들은 무대를 돌며 무엇인가 찾는다.

황제는 손을 눈썹 위로 들어 하늘을 살피고,

호종단은 손을 눈썹 위로 들었으나 관객들을 샅샅이 살피며 때로 장난과 익살을 부리기도 한다.

**황제** (알수 없다는 듯 고개를 갸웃거리며) 거 참 이상하네.

**호종단** 거 참 요상하게 생겼네.

**황제** (왔다 갔다 하면서) 거 참 이상하네.

**호종단** 거참 볼수록 요상하네.

**황제** (호종단의 궁둥이를 걷어차며) 요놈도 이상한 놈이네.

**호종단** 아이고 황제 폐하. 뭐가 잘못 돼서 이상하단 말씀만 하십니까요?

**황제** (멀리 하늘을 가리키며) 저기 보아라. 저기 반짝거리는 놈의 정체가 뭐냐?

**호종단** (관중들을 살피며) 반짝거리는 놈이라? 오라 저기 다이아 목걸이 한 여인네 말씀이옵니까요?

**황제** (호종단의 뒤통수를 치며) 이놈이 제 버릇 개 못 준다더니. 저기 하늘을 보라 했더니 왜 관객들을 스캔하고 지랄이야?

**호종단** 하이고 죄송합니다요. 하늘이요?

**황제** 이놈. 너 뭐 하는 놈이야?

**호종단** 저요? 에이 황제 폐하 왜 이러십니까요. 잘 알면서.

**황제**　네 직책이 뭐냔 말이다.

**호종단**　아 직책요. 별 자리도 보고 풍수지리에 능통한 우주학의 도사 아닙니까?

**황제**　그래서 무얼 하는 거냐구.

**호종단**　그것으로 앞으로 나라에 일어날 길흉화복을 관장하는 일을 하고 있습지요.

**황제**　잘 알면서 왜 근무 태만 하는 거야?

**호종단**　근무 태만이라니 가당치도 않은 말씀이옵니다요. 맨날 보는 하늘인데 무슨 변고라도 생겼습니까요?

**황제**　이 녀석아 밥줄 끊기지 않으려면 한 시도 하늘에서 눈을 떼지 말아라. 저기 똑바로 보아라. 저기 남쪽에 예전에는 안 보이던 수상한 별이 나타났는데 네 눈엔 안 보인단 말이냐?

**호종단**　수상한 별이요? 어느 별이 감히 내 허락도 없이 하늘에 얼굴을 쩡 박았단 말입니까? 어디 봅시다. (눈을 비비고 다시 보며) 하이고 이놈의 눈깔이?

**황제**　이놈이 못 볼 걸 하도 많이 봐서 벌써 동태눈이 되었구나?

**호종단**　폐하 잠깐만 기다리십시오. (커다란 돋보기를 꺼내 보며) 아 이제 보입니다.

**황제**　그래 저기 남쪽 하늘에 유난히 반짝반짝 빛나는 별이 생겼는데 무슨 징조냐?

**호종단**　그러게요? 이 무슨 징조일까요?

**황제**　이 자식이 인생 종 치고 싶어 환장했나? 밥 그릇 치워 버릴까?

**호종단**　아닙니다. 잠깐만요. (주문을 외우며 엄지로 손마디를 센다) 수리 수리 마수리 니올라 쉬올라 저리 쑥가. 이노므 자슥 허운

데기 심엉 양지패기 왼노단쪽 부치다가 용심 안 패와지믄 곡주아불라.

**황제** 야. 너 지금 나 욕하는 거지?

**호종단** 아닙니다요. 제가 외우는 주문입니다요. 황제 폐하 나왔습니다요.

**황제** 그래 뭐냐?

**호종단** 아이고 큰일 났습니다요?

**황제** 허어 답답하다. 무슨 큰일이야?

**호종단** 저것은 남극성이라는 별인데 섬나라에 날개 달린 장수가 태어날 징조입니다요.

**황제** 날개 달린 장수?

**호종단** 그렇습니다요. 그 장수는 장차 민심을 얻으면서 천하의 평화를 위협할 형국입니다요.

**황제** 천하의 평화를 위협해? 그게 도대체 어느 섬나라라는 거냐?

**호종단** 예. 동방에 아름다운 섬 탐라라는 곳입니다.

**황제** 탐라? 어디서 많이 듣던 이름인데? 탐라가 도대체 어떤 곳이냐?

**호종단** 예. 예전에 진시황제께서 불로초를 구하려고 서불과 동자 기백 명을 파견했던 곳이죠.

**황제** 옳거니. 이제 알겠다. 불로초가 자라는 곳. 장수의 섬이로구나?

**호종단** 맞습니다. 가운데 한라산이 우뚝 솟아있고 자연 경관이 하도 아름다워 신선들이 자주 놀러 다니던 곳이기도 합니다요.

**황제**  그래 아주 탐나는 곳이군. 그건 그렇고 날개 달린 장수가 태어난다면 세상이 뒤집힐 것 아니냐? 이거 문제로군?

**호종단**  문제도 아주 골치 아픈 문젭지요. 폐하께서도 어찌 해 볼 수 없는 일이 생길 겁니다요.

**황제**  허면, 무슨 대책을 세워야 하는 게 네 직무 아니냐?

**호종단**  그럼입쇼. 아무 걱정 마시고 소신을 탐라로 보내 주십시오. 제가 가서 날개 달린 장수가 태어나지 못하도록 지혈과 수혈을 다 끊어 놓고 오겠습니다요.

**황제**  그 말 믿어도 돼?

**호종단**  왜요?

**황제**  그게 가능한 일이냐고?

**호종단**  가능하고말고요. 폐하. 제가 누굽니까? 천하의 지혈과 수맥도는 이미 만들어서 제 손안에 있습니다.

**황제**  그래? 그럼. 너만 믿는다. 당장 떠나라. 탐라라는 곳에 가서 날개 달린 장수만이 아니고 아예 인재가 태어나지 못하도록 다 틀어막고 오너라.

**호종단**  (허리 굽혀 예를 표하며) 예이 꼭 성공하고 돌아오겠습니다.

**황제**  암. 세계의 평화를 지키는 일이 나의 임무야.

**호종단**  그럼입쇼. 폐하는 천하에 군림하는 통치자시니까요.

**황제**  암 난 세계의 지배자지. 온 천하가 내 것이란 말이야. 으하하하.


황제, 흐뭇한 웃음을 날리면서 퇴장하는데 음악이 흐르면서,
암전.

# 제2장

탐라국 정의현 토산마을.

농부가 제주의 민요(또는 트롯)를 간드러지게 부르는데 수신이 함께 등장하여 노래 부르며 춤을 춘다. 평화롭고 아름다운 제주임을 드러낼 수 있는 노래면 좋겠다. '제주도 푸른밤' 같은 현대곡도 괜찮다. 노래를 부르면서 무대를 설치한다.

뒤쪽에 노단새미와 거슨새미를 상징하는 두 개의 파란 천이 가운데를 중심으로 하나는 왼쪽으로 하나는 오른쪽으로 놓여 있다.

그 앞쪽으로 길마(쇠 잔등에 얹는 기구)가 놓여 있고 그 속에 햇볕을 가린 밥 차롱(대로 만든 도시락)이 놓여 있다.


잠시 후, 수신 퇴장하고 농부 땀을 닦으며 놋그릇을 들고 뒤쪽 노단새미로 간다. 물을 떠 마시며 가운데로 온다.


**농부**  (놋그릇에 남은 물을 바닥에 뿌리며) 어 시원하고 물맛 좋다. (관객들에게) 잘들 오라수다. 이 물 먹어 봅디가? 한번 먹어 봅서 돌코롱 허멍서도 가슴이 써능헌 게 천하제일수우다.

헌디, 제주물이 어떵 생겨나는 진 알암수과? 모르크라 마씸? 곧걸랑 잘 들어봅서 양. 제주에서 비가 내리믄 곳곳에 이신 곶자왈을 통해 땅 쏘곱으로 스며 듭니께. 곶자왈은 알아지지양? (모른다면) 쉽게 말하믄 숲에 땅 쏘곱으로 난 숨골이랭 생각허면 됩니다. 그 빗물이 화산석 암반수를 거치멍 정화되다가 땅 위로 솟아나는 것이 제주 샘물이우다. 경허난 제주물이 일등입주.

여기가 노단새미 즉 중력의 법칙에 의하여 바다를 향하여 똑바로 흐르는 샘물이고, 저기가 거슨새미 즉 한라산 쪽으로 거슬러 올라간다는 샘이라는 뜻이우다. 경헌디 종달리서 토산까진 샘물이 웃고 여기 제우 두 곳만 남아신디 양. 무사 경 된 줄 알암수과? 그거 다 사연이 이서 마씀. 자 게믄 그 사연 알아보게 양. (잠시 퇴장)

시종 등장. 시종은 몸에 중국제 악세서리로 치장했다.

**시종**  (노단새미를 보며) 바로 여기로구나. 우리가 찾던 수혈이 여기가 맞아. (개처럼 킁킁거리며 여기저기를 냄새 맡다가) 어 여기 마혈도 있네? 내 후각은 속일 수 없지. 이건 날개 달린 장수가 타고 다닐 말이 태어날 형국이야. 히히 오늘 재수 억세게 좋은 날인 걸. 헌데 이건 무슨 냄새지? (길마 속을 향해 킁킁 거린다

**농부**  (들어오며) 누게네 집 똥강생이가 남의 점심을 탐냄신고?

**시종**  (농부의 등장에 놀라며) 여보시오 이거 사람 잘못 봤다 해이서. 나가 똥강생이로 보이남? 아무리 배가 고파도 내가 이런 시골 음식이나 탐낼 인물로 보이냔 말이야?

**농부**  (시종을 살피며) 어라 이거 외국 사람이구나. 요즘 코로나로 외국 관광객 보기도 힘든디 넌 어떵허연 오라시?

**시종**  (제주 사투리를 못 알아듣는 듯) 허어 이거. 나 여기 오려고 한국말도 배웠는데 못 알아먹겠다 이거. 표준말 쓰라 해.

**농부**  어라 너 중국산이구나?

**시종**  (맞다는 듯 고개를 끄덕이며) 그래. 나 중국서 왔다 이거.

**농부**  한때 중국 사람들 제주도 땅 사레 몰려들언 땅값 하영 올려 놓아신디. 무사. 느도 땅 사레 오란디야?

**시종**  (고개를 저으며) 땅? 땅 떵호아 맞다, 그런데 사는 게 아니라 뜨러 왔다 이거.

**농부**  이거 저거 하지 마랑. 졸바로 고라보라. 뜨긴 뭘 뜬단 말이고? 자리를 뜨컬랑 볼목리로 가곡 방어를 심으컬랑 모슬포로 가라. 번지수 잘못 찾아 왔져.

**시종**  이런 거 (모션을 취하며) 날개 달린 장수 (목에 손가락 그으며) 안 된다 이거.

**농부**  에이 귀눈이 왁왁허연 무슨 거엔 고람신지 하나도 모르켜. 저리 가라. (몽둥이를 들고 때리려는 시늉) 나 땅 안 팔아. 저리 안 가? 농사 방해 마랑 저리 가.

**시종**  (쫓겨 나가며) 어어 이거 왜 이래? 인심 좋다고 했는데 손님 박대한다 이거.

**농부**  고배시 왔단 가는 건 좋주만 우리 것 빼앗젠 허는 놈은 필요 웃다. (내려칠 기세로) 저리 안 가?

**시종**  알았다. 이거. 너 후회하게 될 거다.

**농부**  후회? 땅 팔앙 나간 사람들이 후회할 거여. 지키는 사람들은 후회 안 해. 절대로 안 해. 우리 땅 터럭 끝만큼도 넘보지 말라.

시종 나가면 반대편에서 아리따운 처녀로 변신한 수신, 누가 쫓아오는 듯 뒤를 돌아보며 등장한다.

**수신**  여보세요. 농부님. 저 좀 살려 주세요.

**농부**　누게우꽈?

**수신**　저는 노단새미와 거슨새미를 지키는 물의 신입니다.

**농부**　(놀라며) 양? 물의 신? 경헌디 마씀.

**수신**　지금 중국에서 호종단이라 사람이 이 섬에 도착해서 지혈
　　　과 수혈을 다 끊어놓고 있습니다.

**농부**　그건 무사 마씀?

**수신**　지금 한가하게 사연을 말한 때가 아니니 저 좀 숨겨 주세요.

**농부**　이 소시에 고블 곳 어신디?

**수신**　(놋그릇을 찾아 들고) 이 행기에 저기 물을 떠다 저 길마 속에
　　　감추어 두면 됩니다.

**농부**　그거 어려운 거 아닌게 마씀. 경헙주.

**수신**　아까 앞잡이 놈 염탐하러 온 거 보았지요?

**농부**　아 그놈이 염탐꾼이었구나게?

**수신**　예. 수혈, 지혈을 끊고 다니는 호종단이란 놈의 시종입니다.

**농부**　기우꽈? 난 땅 사래 댕기는 부동산 중개업자인줄 알아신디.

**수신**　그런 놈들을 조심해야 헙니다. 고자질에 이간질로 먹고 사
　　　는 놈들이 우리 주변에도 많습니다. 어떻게 인간들이 그렇
　　　게들 사는지. 자 그럼. 농부님만 믿고 저 갑니다. (퇴장)

**농부**　예 걱정 맙서.


농부가 뒤로 가서 놋그릇에 물을 뜨자, 파란 천이 사라진다.
농부는 신기한 듯 바라보다가 놋그릇을 길마 속으로 감춘다.


잠시 후, 중국 노래 요란하게 울리며 시종을 앞세우고 호종단 등장
한다.

시종은 커다란 쇠말뚝을 들고 호종단은 커다란 망치를 등에 졌다.

그들은 과시를 하듯 때로 위협적이고 호전적으로 관객석으로 으스대

며 한 바퀴 돈 후

무대에 들어선다.


**호종단**  소문에 듣던 대로 참 경치 좋은 곳이로구나.

**시종**  경치뿐만 아니라 공기 좋고 물맛도 기가 막힙니다.

**호종단**  그래서 여기 사람들이 장수를 하는구나.

**시종**  예, 여기서는 남극노인성의 기운을 받아 그리 한다 하옵
니다.

**호종단**  어라? 남극노인성을 네가 어떻게 알아?

**시종**  제가 지관 어르신 따라 다닌 지 10년도 더 되었습니다.

**호종단**  식당 개 삼년이면 라면을 끓인다더니 그 녀석 기특하구나.

**시종**  그럼입쇼. 제가 누구 제잡니까? 천하제일 호종단 나으리
수제자 아닙니까?

**호종단**  그래 그래 따라다니면서 잘 배워라. 헌데 마혈 자리가 이
부근이 맞느냐?

**시종**  (지형을 살피다 어느 한 곳을 정하여 말뚝을 놓는다) 여기 맞습
니다.

**호종단**  (지도를 꺼내 보며) 아니 아니, 그만큼 따라다녔으면 이젠 알
아서 척 척 할만도 한데. 아직 멀었구나. 멀었어.

**시종**  (애교를 떠는 동작을 하며) 헤헤헤. 왜 이러십니까? 나으리. 제
가 지관 나리 실력 잠깐 테스트 해 본 것뿐입니다요. (눈치
보며 말뚝을 옮긴다) 여기 아닙니까?

**호종단**  아니 조금 옆쪽. 그래 거기. 잘 잡아라. (망치를 빼내 들고 말뚝

을 박는다) 요놈의 망아지가 어디로 튀어나오려고. 에이. 죽
어라.

사이.

**농부**　(지켜보다 다가서며) 아니 누군디? 남의 땅에 함부로 쇠말뚝
　　　을 받는 거요?

**시종**　(막으며) 어허 무엄하게. 어느 안전이라고 나으리 하는 일에
　　　토를 다느냐?

**호종단**　나 멀리서 황제 폐하의 명을 받고 온 호종단이다.

**농부**　호종단인지 호로 새끼인지 무사 남의 땅에다 말뚝 박느냔 말
　　　이오.

**시종**　어 이거. 지엄하신 우리 나리한테 무슨 행패냐 이거?

**농부**　여긴 내 땅이란 말이야. 내 땅. 이놈들 독도를 자기네 땅이
　　　라 우기는 일본놈들보다 더 악독한 놈이구만. 남의 땅을
　　　빼앗으려 하다니.

**호종단**　거 말이 심하다. 우리 대국 황제 폐하는 천하의 주인이다.

**시종**　폐하의 명을 받고 지금 지구를 지키러 온 사신한테 무슨
　　　행패냐?

**호종단**　황제 폐하의 말은 곧 법이다. 말이 필요 없다. 즉각 강제
　　　수용 표지를 부쳐라.

**시종**　예. 분부 거행 하겠습니다. (주머니에서 스프레이를 꺼내 말뚝 주
　　　변 멀리까지 경계를 그린다) 잘 봐라 여기서 저어기 까지. 저
　　　멀리 여기가 안 보이는 곳까지 접근 금지 구역이다.

**호종단**　앞으로 여기는 평화시설 보호 구역이므로 접근을 금한다.

농부    지금 남의 땅에다 무신 자파리하는 거꼬?

시종    여긴 방금 발견된 세계문화유산지역이다.

농부    세계문화유산? 거 무슨 강생이 하우염하는 소리고?

호종부   여기는 세계적인 역적이 타고 다닐 명마가 태어날 마혈이
       있는 곳이란 말이다.

시종    그래서 태어나지 못하도록 혈을 막은 것이니 함부로 접근
       금지하라.

농부    참나. 말이 땅에서 태어난다고?

호종부   어허! 너희 조상도 땅 속에서 태어나지 않았느냐? 고양부
       삼성혈 몰라?

농부    아무튼 여긴 내 땅이요. 이건 사유재산 침해란 말이야. 민
       주주의 국가에서….

호종단   아직은 민주주의 아니거든? 설사 그렇다 쳐도 나라의 안
       전과 천하의 평화를 위해서 우리가 강제 수용 하겠다는데
       무슨 헛소리야?

농부    아니 밭 한가운데 말뚝을 박고 사방에 금줄을 치면 우리
       농사는 어찌 짓고 농사 못 지면 우린 뭘 먹고 살아?

호종단   우리 그렇게 쩨쩨하지 않아. (시종에게) 여봐라. 대금 지불해.

시종    예. (주머니에서 금붙이를 꺼내며) 자 이거면 지금 네가 마음에
       드는 땅을 살 수 있고 먹고 사는 데도 문제 없을 거다.

농부    (받으며) 배포가 크기는 크구나. 이런 식으로 우리 땅값 올
       려 놓은 거 다 알아. 경헌디 난 안 팔켜. 물려받은 땅 팔아
       블곡 저승에 가민 무슨 낯짝으로 조상을 보느니. 난 말다.
       (금붙이를 내동이 친다)

호종단   너 같은 필부의 생각은 중요치 않아. 세계 평화를 위해서

하는 일에 가타부타 하지 마라.

머릿수건을 쓴 주민 들어온다.


**주민**　영철이 아방 이거 무신 일이우꽈? 우리 밭에 들어가지 못
하게 누게가 금줄 쳐 놔수다.

**시종**　(말리며) 어허, 아줌마 여기 들어오면 안 돼. 여긴 신성한 곳
이야. 어서 나가.

**주민**　우리 땅인디 당신들이 뭐라서 못 들어가게 한단 말이우꽈?

**호종단**　여봐라. 그 부인한테도 값을 치르고 내보내.

**시종**　(금붙이를 주며) 자 이거 가지고 얼른 나가. 다른 곳에 가서
잘 살아.

**주민**　(금붙이를 던지며) 난 마우다. 세상에 돈 주고도 할 수 어신
게 인간도리 아니우꽈. 조상들이 누워 이신 땅을 팔아뒁
어디 강 부재로 산들 마음이 편하쿠가? 그게 무신 소용이
우꽈. 난 마우다.

**시종**　어허 이건 당신네 왕한테도 다 허가를 받은 일이야. 나라
를 위해서 천하 시민의 안전을 위해서 하는 일에 협조하
지 않은 놈들은 다 잡아다 능지처참 해도 좋다는 허가를
받았다.

**주민**　가여. 차라리 날 죽이라 이놈들아.

**농부**　세계 평화보다 우린 목숨줄이 달린 땅이야.

**호종단**　너희들 개돼지 같은 목숨줄은 중요치 않아. 대다수 천하
시민들의 행복이 중요하고 세계 평화 유지를 위해서 소수
주민들의 불편과 개인의 희생은 감수해야 한다.

**시종** 우린 충분한 가격을 치렀으니. 이 말뚝을 뽑아서는 안 된다.

**주민** 그건 무사라?

**호종단** 이건 지혈을 뜬 것이다. 여긴 날개 달린 장수가 탈 말이 생겨날 혈이다.

**시종** 우린 종달에서부터 여기까지 오면서 수혈을 전부 뜨고 왔다.

**농부** 무사 그런 쓰잘데 어신 짓을 허영 다념서?

**호종달** 물과 땅의 기운이 천하의 순리를 거역할 역적 장수가 태어날 기운을 갖고 있으니 세계 평화를 위해서 미리 차단하자는 것이다.

**농부** 세계가 다 느네 꺼가?

**시종** 그럼. 세계 평화를 위해서 영감님도 일조해야 하는 거야.

**주민** 난 협조할 수 없다. 목숨 같은 땅을 빼앗으컬랑 차리리 날 죽이라. (드러눕는다)

**호종달** 이봐. 뭐 하고 있어? 데려가 조용히 처리해.

**시종** 예 알았습니다. (주민을 끌고 가며) 이리와.

**주민** (끌려가며) 난 못해, 날 죽이기 전에는 절대 안 돼. 그래 날 죽이라 이놈들아.

**농부** (호종달에게) 이거 무슨 짓이요?

**호종달** 당신도 저 꼴 당하고 싶지 않으면 순순히 우리 명령에 따르시오.

**농부** (주민이 끌려 간 곳을 따라가 보며 안타까워한다) 아이고 순댁이 어멍.

**시종** (손바닥을 털며 들어온다) 섬사람들 순한 줄 알았더니 독종들이구만.

**농부**　그거 다 당신네들이 그렇게 만든 거요.

**호종달**　수고했다. 다음 과제를 처리하자. (지도를 보고 사방을 둘러보며) 그런데 꼬부랑 낭 쏘곱에 행기물이라. 이게 무슨 말이지?

**시종**　꼬부랑 낭아래 행기물요?

**호종달**　그래, 여기 이렇게 쓰여 있지 않느냐?

**시종**　가만 있자 꼬부랑은 어디서 많이 듣던 말인데? 오라 알았다. (노래 부르며) 꼬부랑 할머니가 꼬부랑 고갯길을~ 할 때 꼬부랑은 구부러졌다는 말 아냐. 맞지?

**농부**　(혼잣말로) 아니 이 녀석들이 어떻게 알았지? 맞소. 헌데 아까부터 초면에 나이든 사람한테 무사 반말이라?

**시종**　(눈치를 보다) 어허 그건 미안하게 되었소, 아직 여기 예법을 다 못 익히어서. 영감이 양해 하셔요.

**호종달**　여기 제주도 말은 독특해서 영 알아들을 수가 없어. 이거 현지어가 분명한데. 맞아 이건 분명 현지 사람을 찾아 물어보라는 뜻이야. (농부에게) 무슨 뜻이오?

**농부**　꼬부랑 낭은 구부러진 나무가 맞소. 헌데 이 주변엔 그런 나무가 없잖소?

**호종달**　분명 이 근처가 확실한데?

**시종**　저도 방금 전 저기 샘솟는 물을 보았습니다.

**호종달**　그게 어디로 사라졌난 말이야?

**시종**　(샘이 있던 곳으로 가보며) 거 참 이상하다.

**호종달**　그러면 행기물은 뭐요?

**농부**　행기물?

**호종달/시종** (다가와서 큰 소리로) 그래 행기물?

**농부**   아이고 화통을 삶아 먹었나 귀창 떨어지켜. 너무 커.

**호종달/시종** (다정하게 그러나 아직도 크다) 행기가 뭐요?

**농부**   조금 더 작게.

**호종달/시종** (작은 소리로) 행기가 뭐요?

**농부**   (같은 작은 소리로) 나도 몰라.

**호종단** (떨어져 나가며) 에이.

**농부**   (시침 떼며) 게매 양? 난 처음 듣는 말이우다.

**시종**   지금, 장난하자는 거야?

**농부**   나 경 한가한 사람 아니우다. 날 저물기 전에 밭 갈고 씨 뿌려야 헙니다. 제게 저 말둑 뽑아뒁 여기서 사라져 줍서.

**시종**   (관객석에 가서) 혹시 행기물 아시오? 행기가 뭐요?

**호종달**   행기가 뭘까? (시종에게) 야 생각 좀 해봐.

**시종**   행기? 아 생각났다. 비행기에서 날 비자가 빠졌으니 날지 못한 비행기 아닐까요?

**호종달**   임마, 우리 시대에 비행기는 또 뭐야?

**시종**   아 그렇지. 그럼 행기가 뭐지? 혹시?

**호종달**   혹시?

**시종**   향기? 향기가 행기? 형님이 성님이 되듯 생기가 행기? 생기는 또 뭐야? 발랄한 생기?

**호종달**   (머리를 주먹으로 박으며) 에이 멍충아. (무대를 돌아다니며) 도대체 행기가 뭐야?

**시종**   (뒤따라 다니며) 행기가 도대체 뭐야?

**호종달**   (책자를 보이며) 분명 여기에도 노담샘이 거슨새미 물의 원천이라고 적혔는데 도대체 어디로 사라졌단 말인가?

**농부**   전 이 밭을 삼십 년째 갈아먹고 있지만 그런 샘을 본 적 어수다.

**시종** 가만있어 봐. (킁킁거리며 길마 쪽을 가리킨다) 저기에서 물 냄새가 나는데요?

**농부** 이 사람이. 아까부터 내 도시락을 탐내다니. (도시락을 들고 오며) 보세요. 이건 내 점심밥이고 저건 내가 마실 물이요.

**호종단** 그렇구만. (시종을 탓하며) 야 이놈아 니 뱃속엔 거렁뱅이 귀신이 들어 앉았나? 아까 배터지게 먹은 게 얼마 되지도 않았는데 왜 또 남의 밥을 탐내?

**시종** 그게 아닙니다. 제 후각을 믿으십시오 나리. 전 이제껏 틀려 본 적 없는 걸 나리도 잘 아시지 않습니까?

**호종단** 그 개보다 더 예민한 후각 능력을 익히 믿어 왔다만 이젠 녹이 슬었는지  아주 쓸모가 없어진 듯하구나.

**시종** 아이쿠. 나리 내 코는 아직도 쓸만합니다요.

**호종단** 그래. 믿자. 헌데 어디 있단 말이냐?

**시종** 그럼. 그 지도가 잘못된 것이겠죠.

**호종달** 그런가?

**시종** 그럴 수도 있죠. 하루가 날아가는 활촉같이 변하는 세상인데. 옛날에 만든 지도가 틀릴 수도 있습니다요.

**호종달** (지도를 찢으며) 에이 이런 엉터리를 누가 만들었어. 가자.

**시종** 헌데 (고개를 갸웃거리며) 분명 저 길마 안에서 냄새가 나는데?

**농부** 어허. 남의 것을 탐내지 말라니까.

**호종달** 네 코도 이젠 병들었나 보구나. 어서 다른 곳으로 가자. 에이 오늘 일진이 더럽다더니 이런 꼴을 당하려고 그런 모양이다.

| 시종 | 난 마혈도 찾고 재수가 좋았는데? |
|---|---|
| **호종달** | 영감님 실례 많았소. 어서 다음 장소로 가자. |
| **시종** | (나가다가) 잠깐만요. (금붙이를 줍고) 줄 때 받지. 금 싫어하는 놈 처음 보네. (메롱하고 혀를 내밀어 약을 올린다) |
| **농부** | 아유 저걸 콱. |
| **시종** | (재빠르게 호종달 곁으로 가며) 다음은 어딥니까요? |
| **호종달** | 산방산 앞에 있는 용머리다. 거기가 용을 타고 날아오를 장수가 태어날 혈이야. |
| **시종** | 제가 앞장서서 틀림없이 찾아내겠습니다요. 가시죠. |

호종달과 시종 퇴장한다.


# 제3장

농부 길마 속의 놋그릇을 들고 객석을 향하여 말한다.

**농부**  하마터면 큰일 날 뻔했수다. 꼬부랑 낭은 소 등에 얹는 길마를 말하는 거고. 행기는 바로 이 놋그릇을 부르는 제주말이우다. 봐수게 양. 힘 있는 나라, 힘 있는 자들의 행태란 다 저렇게 오만방자하고 무례합지요. 헌데 저들이 무사히 저들 나라로 돌아가져시카 마씸? 아니우다. 한라산신이 가만 둘리 어서십주. 제주도 이곳저곳 다니멍 쑥대겨 노난 부애가 용심 조꼬디 와십주. 경허난 일을 마치고 돌아가는 호종단 일행이 탄 배가 차귀도 앞을 지날 때 매로 변한 한라산신이 노여움으로 커다란 날개를 파닥이니까 순간 집채만 한 파도가 솟구치고 소용돌이가 일면서 배를 덮쳤수다. 경허난 바당에 가라앉안 익사를 한 겁주. 그래서 그들이 돌아가지 못하게 막았다 해서 막을 차 돌아갈 귀자를 써서 차귀도라 부른답니다.

수신이 음악소리에 맞춰 춤을 추면서 등장한다.
그리고 농부 앞에 서서 고마움을 표시한다.

**수신**      고맙습니다. 영감님. 영감님 덕에 노단샘이와 거슨샘이 물은 다시 솟아나게 되었습니다.

**농부**      아니우다. 이 섬에 살면서 나가 의당 할 일을 한 겁주. 저 샘이 어시민 우린 무얼 마시곡 농사는 어떵 짓습니까? 헌디 저 말뚝은 어떵허코 마씀.

**수신**      여긴 영감님 땅이니 영감님 마음대로 하십서.

**농부**      저걸 뽑아부러도 될 건가 양?

**수신**      뽑아부러사 이 땅에 말도 나곡 인재도 나곡 헙니다. 제가 도와드릴 테니 어서 뽑아버립서.

두 사람이 힘을 합쳐 말뚝을 뽑아내자, 그 자리에서 붉은 물이 솟아오른다.

**수신**      영감님. 어서 빨리 저걸 막으세요.

농부, 주변에 있는 도시락통의 밥을 비워 막는다.

**농부** 아이고, 막았다.

**수신** 아쉬긴 합니다만 그래도 다행입니다. 말의 몸을 만들 피가 조금 부족하니 제주에서는 육지보다 작은 조랑말이 태어날 겁니다.

**농부** 조랑말 그것만도 다행이우다.

**수신** 자. 이젠 저 행기물을 다시 제자리에 비워 주십시오. 원래 한 구멍에 솟는 물이지만 하나는 아래로 솟아 노단새미가 되고, 또 하나는 한라산 쪽으로 거슬러 올라 거슨새미가 될 겁니다.

**농부** 노단새미와 거슨새미라.

농부, 놋그릇을 들고 뒤로 가서 붓자.
신비스런 음악이 흐르면서 두 개의 물줄기가 살아난다.

**농부** 물줄기야 철철 솟아 올라 끊임없이 흘러서 우리 인간들의 생명수가 되어라. (관객들에게 돌아오며) 잘 봤지양? 이렇게 지켜낸 귀한 물이니 잘 알고 드십서 양.

음악이 흐르면 등장인물들이 모두 등장하여 춤을 추다가 막이 내린다.

막.

# 숨비소리

—

성미연

**등장인물**

고영옥 - 엄마 / 60대
부주희 - 막내딸 / 30대
부덕만 - 할아버지 / 80대
부철용 - 아버지 / 60대
영춘할망 - 할머니 / 80대
경찰

**무대**

스크린 영상으로 바닷가 배경.
부덕만의 구옥집.

# 1장.

바닷가 불턱 앞에 물질을 준비하는 해녀들이 앉아 있다.

**해녀2**  오늘도 바람 요란하게 부네.

**해녀1**  하루 이틀이냐?

**해녀2**  이렇게 도깨비 귀신같이 바람 불어도 물속 들어가면 다른 세상이지.

**영옥**  기여. 정신머리 시끄러울 때도 바다 들어가면 싹 다 잊는 게 그래서지.

**해녀1**  (영옥을 힐끗 보며) 왜? 속 시끄러운 일 있어?

**영옥**  (대답 대신 한숨만 쉰다)

**해녀1**  (해녀2에게) 무사?

**해녀2**  쟤 건들지 말어. 서울에서 주희 돌아온 뒤로 속 시끄러우 니까.

**해녀1**  딸래미 옆에 있으면 좋지. 뭘 그래?

**해녀2**  서울에서 잘 다니던 직장 때려치고 와서 물질한다고 하니 속이 말이 아니지.

**해녀1**  (이해한다는 듯) 근데 자식은 내 뜻대로 되지 않더라. 지가 물 질하겠다는데 어쩌겠어? 그리고 서울 가기 전까지 물질도 잘했잖아.

**영옥**  (못마땅한 듯) 잘하기는. 걔는 욕심만 많아서 안 돼.

**해녀1**  엄마 닮아 그런가보지. (웃음) 지 엄마가 상군 중에 상군인 데. 주희도 타고난 거야.

**영옥**　　(손사래 치며) 됐어. 그만 얘기해. (길가를 바라보며) 영춘할망 아직 안 나오신 건가?

**해녀1**　(심드렁) 몸도 안 좋은 할망이 집에나 계시지.

**영옥**　　그런 말 말어. 물질 못하셔도 우뭇가사리 철에는 꼭 나오시니까.

**해녀2**　그래. 우리 나이 먹으면 너 같은 거 때문에 눈치 보여서 물질 나오것냐?

**해녀1**　더 나이 먹으면 난 절대 바다 안 나올 건데.

**해녀2**　웃기고 있네. 욕심도 많아서 바다에서 제일 늦게 나오는 년이.

**해녀1**　(발끈) 뭐야?

**영옥**　　다들 그만허라. 저기 영춘할망 오신다.

아픈 다리를 이끌고 느릿하게 걸어오는 영춘할망. 할머니가 오시는 걸 보고 해녀들은 각자 채비한 뒤에 물속으로 들어간다.

**영옥**　　　오셨어요.

**영춘할망**　아이고, 다리야. 나오지 말아야지 말아야지 하는데도 이맘때만 되면 몸이 근질거려서 가만히 있을 수가 있나.

**해녀1**　　(일어서며) 얼른 오세요.

바다로 들어가는 해녀들을 향해 손짓하고 준비를 마친 할머니가 힘주어 일어서 바다로 걸어간다. 한쪽 돌 틈, 파도에 떠밀려 무언가 보였다. 그것은 백발의 시체였다.

**영춘할망**  으아아아악! 사… 사람이다. 아이고….

할망은 너무 놀라 그 자리에 주저앉았다. 파도 소리가 거세지고 사이렌 소리가 들린다.


# 2장.

무대 – 구옥집. 무대 중앙에 안채. 왼쪽으로 별채가 있다. 안채 앞, 마당에 있고 평상 하나가 놓여있다. 오른쪽은 대문이라 한다. 빨랫줄에 잠수복이 2개 널어져있고, 마당 수돗가 옆에는 태왁과 그물이 놓여있다.

영옥은 물질을 마치고 들어와 정리하느라 정신이 없다. 그때 멀끔하게 차려입은 철용이 방에서 나온다.

**철용**  (신발을 신으며) 남편이 나오는데 쳐다도 안 보냐?

**영옥**  ….

**철용**  (혀를 차며) 하여튼 여자가 저렇게 얼음장 같아서야….

**영옥**  ….

**철용**  넌 내가 동네 개만도 못하지?

**영옥**  ….

**철용**  그래 넌 짖어라 난 내 할 일 할 테다 이거냐? (수트를 쓸어내리며) 남편이 나가서 뭐하는지도 관심도 없고, 살갑게 배웅을 해주기를 하나… 들어오면 웃으면서 반기길 하나? 에휴….

영옥은 참다 참다 철용을 흘깃 째려본다.

**철용**  뭐? 그렇게 째려보면 어쩔 건데? (눈치보다) 왜? 할 말 있으면 해. 그렇게 가자미눈으로 쳐다보지 말고. 야, 그러지 말고 옆집 철수네 제수씨 좀 보고 배워라. 제수씨는 한 번도 철수한테 그런 눈을 뜬 걸 못 봤다. 여자라 하면 자고로 하하 호호 잘 웃어주고 남편 잘 내조하고….

와당탕탕! 수돗가에 세숫대야를 내동댕이친다. 깜짝 놀란 철용.

**영옥**  아이고, 듣다듣다 어이가 없어서. 철수 와이프는 뭐 쓸개 빠졌다고 그냥 웃어대는 줄 알아? 그거야 철수가 잘하니까 그렇게 허파에 구멍 난 거처럼 웃어대는 거 아냐? 나도 철수 같은 성실한 남편 만났으면 하하 호호 웃어 줄 수 있어.

**철용**  어라? 너 지금 나랑 철수 비교하냐?

**영옥**  누가 먼저 비교했는데?

**철용**  그렇게 철수가 좋으면 철수랑 살지 왜 나랑 사냐?

**영옥**  철수는 내가 업어 키웠거든? 정신 빠진 소리 하지 말고 제발 조용히 좀 나가. 제발!!

**철용**  넌 남편한테 말하는 꼴이 그게 뭐냐?

**영옥**  거울 본다고 생각해. 당신도 나처럼 말하고 있으니까.

**철용**  (주먹을 불끈 쥐며) 어휴! 말이나 못 하면. (뒤돌아서) 오늘 늦을 거니까 전화해 대지 말어.

**영옥**  참나. 누가 보면 오늘만 늦게 들어오는 줄 알겠네. 맨날 12

시 넘어야 들어오면서 무슨.

**철용**  (버럭) 너 진짜 오늘 한따까리 할래?

그때 안채 문이 벌컥 열린다.

**덕만**  왜 이렇게 시끄러워?

**철용**  아버지. (사이) 별 일 아니에요.

**덕만**  넌 나갈 때마다 이렇게 소란이냐?

**철용**  (억울하다는 듯) 아버지는 무슨 내가 나갈 때마다 소란이래
요? 말씀 참 서운하게 하시네.

**덕만**  애미 좀 건들지 마. 가뜩이나 일도 힘든 애를.

**철용**  아니, 아버지. 애미만 일 합니까? 저도 일해요. (자기 가슴을
치며) 저도!!

**영옥**  일은 하는데 왜 돈을 안 갖다줘?

**철용**  저게 진짜!

**영옥**  생활비 한번을 안 갖다주면서 맨날 큰소리야.

**철용**  내가 이래서 밥솥이랑은 얘길 안 하는 거야. 사업하면 돈
이 그렇게 원활하게 도는 줄 아냐? 막힐 때도 있고 풀릴
때도 있고. 지금 경기가 안 좋아서 그렇지….

**영옥**  잘 될 때가 있었어? 언제? 언제?

**철용**  그만 좀 해라. 좀! 그놈의 돈돈돈!

**영옥**  꼭 저렇게 혼자 성질은 더 내지.

**철용**  (버럭) 으이그! 집안에서 이렇게 몰아붙이는데 내가 나가서
잘 될 수가 있겠냐? (사이) 아버지도 그러시는 거 아니에요.
남들 다 학교 다닐 때 난 제대로 교육이나 받았어요? 난

최소한 아버지처럼 가만히 있진 않아요. 집안 일으키겠다
고 이렇게 매일 밖에 나가서 돌아다니는 거라고요.

방 안에 있던 덕만이 나와 툇마루에 앉는다.

**덕만**  네 마음은 알겠으니까 그만 방황하고 이제 제대로 일해.

**철용**  방황이라뇨? 내가 무슨 사춘기 애예요?

**덕만**  애미 고생 좀 그만 시키라는 거야. 혼자 저렇게 고생하는
거 안 보이는 거냐?

**철용**  그러니까 왜 애미만 고생한다고 생각하시냐고요. 진짜 이
집안에서 난 뭡니까? 사람으로 보이기는 하는 거예요? 그
리고 아버지는 그런 말 할 자격 없어요. 엄마도 한평생 물
질만 하다가 바다에서 돌아가셨는데 아버지가 나한테 그
런 말을 해요? 엄마한테 미안하지도 않으세요?

영옥 화들짝 놀라 철용에게 다가가 옆구리를 찌른다. 덕만은 긴 한숨
을 내쉰다.

**영옥**  당신 그만해.

**철용**  뭐? 내가 틀린 말 했어?

**덕만**  그래. 다 내 잘못이다. 내가 할 말은 아니지. 근데 말이다,
철용아. 내가 네 엄마 죽고 나서 많이 후회돼서 그래. 바다
에서 고생하다 바다에서 죽었으니. 내가 제대로 살았으면
네 엄마 물질도 안 시키고 바다에서 죽을 일도 없었을 텐
데. 하지만 그땐 나도 네 엄마도 다….

**철용**   에잇! 맨날 똑같은 얘기 듣기 싫어요!!

아버지의 뻔한 레퍼토리에 철용은 밖으로 나가버린다. 그때 주희가
집으로 들어온다.

**주희**   (대문 쪽을 돌아보며) 엄마, 무슨 일 있었어? 아빠 표정이 안
          좋은데?

주희는 집안을 두리번거리며 이상함을 느낀다.

**덕만**   주희 넌 어딜 다녀오는 거야?
**주희**   아, 엄마 심부름요. (흠칫) 할아버지 울었어요? 도대체 무슨
          일이에요?
**덕만**   울기는 무슨. 쓸데없는 소리 하지 말고 가게 가서 소주나
          한 병 사와.

할아버지는 방 안으로 들어간다. 주희는 엄마 눈치를 보며 가까이 다
가간다.

**주희**   엄마, 무슨 일인데? 아빠 또 사고 쳤어?
**영옥**   (짜증) 너도 저리 가. 어휴. 집구석이라고 아주 속 편할 날이
          없어. 그러니까 너도 서울로 다시 가.

불똥이 주희에게 튀자, 억울하다.

**주희**  엄마 왜 나한테 그래. 그리고 내가 가긴 어딜 가? 다 정리하고 집에 온 사람을.

주희 말에 또다시 화가 치미는 영옥.

**영옥**  그러기에 잘 다니는 회사는 도대체 왜 그만둔 거냐고.

**주희**  아… (머뭇) 엄마는 왜 같은 말을 하게 해. 힘들기도 하고 엄마도 보고 싶고… 그래서 왔다니까.

**영옥**  (버럭) 일이 다 힘들지? 그걸 못 버텨? 너 물질은 쉬울 거 같냐? 더울 때 시원하게 일하고 추울 때 따뜻하게 일하는 게 얼마나 행복한 일인지도 모르고.

**주희**  아… 알지. 근데 나 물질하는 거 좋아해. 엄마도 알다시피 어릴 때부터 물질도 잘했잖아. 우리 엄마가 상군 중에 상군이라 그런가? 나도 피를 받은 게 분명해. 그치?

**영옥**  으그. 넌 아냐. 숨도 짧은 게 무슨 내 피를 받아?

**주희**  그거야 하면서 느는 거지.

**영옥**  숨은 바다가 태어날 때부터 정해주는 거라고 했어. 하면서 느는 거였으면 이 동네 할망들 다 상군 됐게? 것도 다 타고나는 거야.

**주희**  치… 그래도 나 물질할 거야.

**영옥**  그래도 이 년이!

화가 난 영옥이 손을 들어 올리자 부리나케 도망가는 주희.

**주희**  엄마! (대문 앞에 서서) 치… 엄마가 아무리 그래도 소용없어.

앞으로 엄마 옆에 딱 붙어 다닐 거니까.

**영옥**     저게!!

**주희**     어어~ (뛰어가며) 나 할아버지 심부름 다녀올게.

주희를 바라보다 마음이 편치 않은 영옥은 평상에 걸터앉아 한숨
쉰다.

**영옥**     아이고. 내 팔자야.

암전.


# 3장.

무대 - 주변은 어둡고 마당만 조명이 들어와 있다. 늦은 밤.

밥상을 들고 나오는 주희와 영옥. 주희가 밥상을 부엌에 갖다 놓고
영옥은 대문 쪽을 바라보고 있다.

**주희**     아빠 오늘도 늦나?

**영옥**     (툴툴거리며) 늦거나 말거나.

**주희**     치… 아빠 기다리는 거 아냐?

**영옥**     (버럭) 내가 그 인간을 왜 기다리냐? 일찍 들어와서 뭐 한
             다고?

**주희**     그건 나도 모르지.

**영옥**  (주희를 향해 손을 올리며) 이그!

그때 누군가 집 안으로 들어온다.

**남자1**  여기 부철용 사는 집 맞죠?

**주희**  네? 저희 아버지인데 누구세요?

**남자2**  (느끼한 눈빛으로) 아… 부철용 딸래미야?

불편한 시선을 느낀 영옥은 주희를 자신의 몸 뒤로 보낸다.

**영옥**  당신네들 도대체 누군데 남의 집에 함부로 들어와요?

**남자1**  함부로라니 말 서운하게 하네. 부철용이랑 우린 꽤나 가까운 사인데.

**영옥**  그러니까 누구냐고요.

**남자2**  부철용이가 우리 돈을 빌려 갔어. 어제까지 돈을 가져오기로 했는데 기한을 어겼네? 그러니까 부철용이 나오라고 해.

**영옥**  도… 돈이라고?

**주희**  무슨 돈이요? 아니 얼마를요?

**남자1**  이천만 원.

**영옥**  뭐? 뭐요?? 이천… 만 원? (머리를 짚으며) 아이고… 이게 무슨 일이야. 이게.

다리에 힘이 풀린 영옥을 잡아 평상에 앉혀주는 주희.

**주희**    그… 그럴 리가 없어요. 이천만 원이라니. 못 믿겠어요. 아 버지 들어오시면 직접 물어볼 테니까 그만 나가주세요.

**남자2**    우리 보고 그 말을 믿으라고? 도망 가게 시간이라도 주라 는 말인가?

**주희**    우리 아버지 그럴 사람 아니니까… 아니. 우리가 그렇게 안 할 거니까 그건 걱정하지 마세요.

**남자2**    오~ 그래도 말로만은 우리가 믿기 힘들지.


영옥이 앉아 있는 평상에 드러눕는 남자2. 남자1은 그 모습을 보고 웃고 있다.


**남자1**    크큭. 살살해. 아줌마 놀라서 경기 일으키시겠다.


놀란 주희가 소리친다.


**주희**    이봐요! 이렇게 막무가내로 굴면 경찰에 신고할 거예요.


두 남자가 더 비웃는다. 철용이 대문 밖에서 보고 있다.


**남자2**    경찰 불러. 우리도 차용증 쓴 것도 있고 통장 내역도 있어. 신고해. 우리도 법적으로 해결할 테니까.


당황한 주희가 아무 말도 못 하자 평상에 앉아 있던 영옥이 정신을 차린 듯 보였다.

**영옥**　　그 사람이 썼다는 차용증부터 좀 봅시다.

남자1이 종이를 꺼내 영옥에게 건넨다.

**남자1**　　잘 봐요. 남편 글씨 맞는지. 큭.

내용과 글씨를 확인하고 한숨을 내쉬는 영옥.

**영옥**　　이 사람 그 큰돈을 어디다 썼답니까?
**남자1**　　우리가 어떻게 알아요?
**영옥**　　그 큰돈을 빌려주면서 어디다 쓸 건지 묻지도 않아요?
**남자2**　　물어보진 않았는데. 당신 남편 동네 당구장에 자주 다니는
　　　　　 거 몰랐어요?
**영옥**　　당구장? 당구장 인수한대요?
**남자2**　　푸하하하. 이 아줌마 정말 아무것도 모르나 보네.
**남자1**　　이 동네 당구장 겉에만 당구장이지 안에는 하우스에요.
**영옥**　　하우스?
**주희**　　하우스면 카드나 화투, 도박장 말하는 거예요?
**남자1**　　따님이 좀 똑똑하네.

영옥은 다시 머리를 짚는다. 대문 밖에 있던 철용 집안에 들어오지
못하고 도망친다.

**영옥**　　도박을 했다고요? 하아⋯.

쾅! 방문을 여는 소리가 들렸다.

덕만    그게 무슨 말이냐? 누가 도박을 해?
영옥    아… 아버님.
남자2   집에 노인네가 계셨네. (덕만을 향해) 어르신! 아드님이 도박
        한다고 저희한테 돈을 빌려갔어요.
영옥    (남자를 막아서며) 아, 아무것도 아니에요. 아버님.
남자2   아무것도 아니긴 아줌마. 돈이 이천만 원인데. 아줌마 그
        렇게 부자야?
덕만    뭐? 이천만 원?
주희    할아버지 듣지 마세요. 아직 몰라요. 아버지한테 직접 물
        어봐야 해요.
남자1   아주머니가 다 확인했는데 뭘 직접 물어봐. 어르신 아드님
        집에 없어요?
덕만    없다! 이 놈아. 얼른 우리 집에서 썩 나가!

덕만의 호통에 남자 둘은 서로 눈짓을 주고받는다.

남자2   아이고, 집에 없는 거 보면 거기 있겠네.
남자1   그럼 당구장으로 잡으러 가자. (주희를 향해) 아! 아빠한테
        꼭 물어봐서 확인해. 우린 조만간 또 올 테니까.

남자들은 밖으로 나간다.

덕만    저놈들이!

넋 놓고 앉아 있는 영옥에게 덕만이 묻는다.

**덕만**    애미야, 저놈들 말이 사실이냐?

**영옥**    네. 그렇다네요. 차용증도 썼는데 애비 글씨가 맞아요.

**덕만**    아이고… 이놈이 어쩌려고.

**주희**    엄마, 아빠한테 전화해줘야 하는 거 아냐?

**영옥**    이미 도망쳤어.

**주희**    뭐? 어떻게? 어?

**영옥**    아휴, 말하기도 싫어. 그만 들어가서 자.

영옥은 방으로 들어간다. 엄마의 짜증에 주희는 입을 삐죽대며 자신의 방으로 들어간다. 조명이 어두워지고 동트기 전 새벽. 철용은 주변을 살피며 집으로 들어온다.

**철용**    독한 놈들. 나 하나 잡겠다고 동네를 아주 들쑤시고 다니네. 그깟 돈 갚으면 될 거 아냐? 치… 나 부철용이 이대로 절대 꺾이지 않는다고.

마당에서 괜히 너스레를 떨며 뒷걸음치다 대야에 걸려 넘어진다. 우당탕탕— 소리에 놀라 나오는 영옥.

**영옥**    누구야? 어떤 놈이 남의 집에!!!

급하게 나오느라 한 손에는 파리채를 들고 서 있다. 철용이 넘어져 끙끙댄다.

**철용**  아이고! 이 여편네야, 나야, 나.

**영옥**  이 인간 어디서 뭐 하다 이제 들어왔어?

**철용**  야! 나 넘어져서 다쳤어. 남편 다친 거 안 보이냐?

**영옥**  아이고, 내가 약이라도 발라줘야 해? 당신, 아까 무슨 일이 있었던 줄이나 알아? (사이) 아, 알고 있겠네. 집안에 그렇게 무서운 남자들이 들어와서 행패 부리고 있었는데 대문에 숨어있다가 냅다 도망갔으니.

**철용**  내가 언제 도망갔냐? 그… 급한 일 생각나서 다시 간 거지.

**영옥**  급한 일? 왜 당구장에 노름하러?

**철용**  그거 다 그 새끼들이 거짓말하는 거야. 노름은 무슨. 내가 노름할 시간이 어딨냐?

**영옥**  그럼 대체 이천만 원을 어디다 쓴 건데?

**철용**  사업하느라. 물건 값도 줘야 하고 받을 돈은 막혀있고. (한숨) 이렇게 집구석에만 있으니까 아무것도 모르는 거야. 사업이 쉬운 줄 아냐?

**영옥**  아이고, 참나. 그러기에 그 어려운 사업 누가 하래? 누가 들으면 사업하라고 등 떠민 줄 알겠네.

**철용**  이게 다 가족들 위해서 그러는 거잖아.

**영옥**  참… 당신도 레파토리가 바뀌지도 않냐? 지겨워 죽겠네.

**철용**  뭐? 이게 진짜!!


방문이 벌컥 열리고 할아버지가 소리친다.


**덕만**  왜 이리 소란이야?

**영옥**  아… 아버님.

**덕만**  넌 뭐하다가 이 시간에 들어와?

**철용**  아… 그게… 일 때문에 좀.

**덕만**  넌 왜 갈수록 그 모양이냐?

**철용**  왜요?

**덕만**  사업한다고 그러려니 했는데 노름을 해? 그것도 돈을 빌려서?

**철용**  아이 진짜. 노름한 거 아니라니까요? 그 새끼들은 돈 받으러 와서 거짓 정보를 흘리고 다녀? 기본 마인드가 안 돼 있네.

**영옥**  마인드 좋아하네. 진짜 돈 빌리긴 했구만. 어휴… 내 팔자야.

**덕만**  살림 빠듯한데 애미한테 미안하지도 않냐?

**철용**  아버지는 그런 말 할 자격 없잖아요.

**덕만**  (버럭) 그래서 나처럼 살 거냐? 평생 이 꼬라지로 사는 날 봐놓고서?

**철용**  아버지처럼 안 살려고 이렇게 발버둥 치는 거 아니에요!! 방에서 나오지도 않는 아버지가 너무 싫어서 나는 밖으로 다니는데 왜요?

**덕만**  나다니기만 하면 다냐? 책임을 다하란 말야. 왜 그런 못난 점을 닮아서 날 더 힘들게 해.

**철용**  보고 자란 게 그거뿐이니까요. 제 기억에 아버지는요. 매일 집에 계시면서 무표정한 얼굴로 술 마시던 모습이 다예요. 어쩌다 나랑 눈이라도 마주치면 그냥 외면해버리고 마는… 그런 아버지 보면서 내가 어떤 마음으로 살았는지 아세요? (자기 가슴을 치며) 나는요! 아버지가 날 보면서 미소는 바라지 않았어요. 그냥 학교 잘 다녀왔냐? 이런 말 한번 해보신 적 있으세요?

**덕만** (밖으로 나오며) 그게 불만이냐? 학교 잘 다녀왔냐는 말 안 했다고? 너 내가 살아온 시간이 어떤 줄 알고 그런 말을 지껄이는 거야? 부모, 형제 잃은 세월도 끊어지지도 않는 숨 붙들고 살았어. 내가… (울먹) 얼마나 지옥 같은 시간을 보냈는데….

**철용** 언제까지 아픈 기억에 매달려 사실 거예요? 아버지 때문에 우리 가족은 언제까지 고통받아야 하느냐구요. 네?

**영옥** (철용의 팔을 잡아채며) 당신 미쳤어? 당신이 그렇게 말하면 안 되지.

**철용** 왜 안 돼? 내가 해야지 그럼 누가 해? 엄마도 죽을 때까지 말 못했어. 그렇게 참아주고 고생하면서 그 말 한번 입에 못 올리고 그렇게 참기만 했다고.

**덕만** 못된 놈. 니들 참은 것만 생각하지. 내 삶 따위는… 통째로 날아가 버린 내 삶 따위는 중요치 않다는 거지. 그래… 니들이 이해 못하는 세월을 살았고 그 시절은 내가 겪은 거라지만 그래도 그렇게 얘기하면 안 되는 거다… 그러면 안 되는 거야….

덕만은 터덜터덜 집 밖으로 나갔다. 덕만을 차마 잡지 못하고 영옥은 뒤에서 덕만을 부르기만 했다.

**영옥** 아버님… 이 새벽에 어딜 가세요? 아버님~

**철용** 어휴….

그때 주희가 문을 빼꼼히 열고 나온다.


주희    내가 할아버지 따라가 볼까?

영옥    아… 그래. 너라도 할아버지 따라가봐.

철용    하아….


주희 신발 신고 뛰어나간다.


영옥    당신 미쳤어? 아버님한테 어떻게 그렇게 말을 해?

철용    내가 뭘? 틀린 말이야?

영옥    아무리 그래도 그렇지. 고작 열 몇 살에 부모, 형제 한꺼번에 잃으신 분이야. 그 트라우마로 힘겹게 살고 계신 분이라고.

철용    우리 아버지 때문에 내가 받은 상처랑 트라우마는? 난 대체 누가 보상해 주냐?

영옥    보상? 아버님한테는 보상으로도 치유되지 못할 상처야. 왜 보듬지 못할망정 박박 문질러놔야 속이 시원해?

철용    와… 진짜. 나도 문제지만 너도 아버지도 다 문제야.


영옥을 밀치고 방으로 들어간다.


영옥    그냥 들어가면 어떡해? 아버님 안 찾아볼 거야?


잠시 뒤 주희가 들어온다.

| 영옥 | 왜 혼자 들어와? 할아버지는? |
|---|---|
| 주희 | 안 보여. 동네 돌아봤는데 그림자도 안 보여. |
| 영옥 | 그새 어딜 가신 거야? (버럭) 더 찾아봤어야지! |
| 주희 | 동네 다 돌고 온 거라니까. |

걱정스러운 마음에 한껏 예민해진 영옥. 눈앞에 주희마저 거슬린다.

| 영옥 | 너도 얼른 서울 가. 집안 시끄러운데 너까지 보태지 말고. |
|---|---|
| 주희 | 왜 가만히 있는 날 걸고 넘어가? |
| 영옥 | 아휴… 집안 조용한 날이 없어. 너도 오빠들처럼 좀 서울 가서 잘 지내주면 얼마나 좋아? |
| 주희 | 오빠들은 오빠들이고 왜 나랑 비교해? 엄만 내가 집에 돌아온 게 그렇게 못 마땅해? |
| 영옥 | 왜 좋은 일 놔두고 여기서 물질을 한다는 거야? 어휴… (손사래 치며) 됐다, 됐어! 빨리 방에 들어가. |
| 주희 | 엄마는 내가 그냥 꼴 보기 싫은 거야. 사람들 시선 때문에. 내가 서울에서 얼마나 힘들게 살았는지 알지도 못하면서. (사이) 내가 진짜 엄마 걱정할까봐 말 안 한 거지. 나 서울에서 되게 힘들고 외로웠어. 일 그만두고 내려오기까지 내가 얼마나 생각하고 또 생각한 줄 알아? 엄마도 아빠도 똑같애. |
| 영옥 | 야, 그 말은 너무하잖아. |
| 주희 | 그렇잖아. 서로 이해해 주지 못하고 가족인데 보듬어 주지도 못하고. 엄마도 할아버지 이해하는 척하지만 아무도 할아버지 마음 몰라. 우리가 그 시간을 어떻게 이해해? |

영옥   ….

주희   무슨 가족이 이래….

주희 방으로 들어가고 영옥은 불안한 마음에 초조하게 서 있다.

# 4장.

다음날. 영옥이 잠수복을 챙겨입고 집을 나서려는데 발길이 떨어지지 않는다.

주희   엄마, 나도 같이 가.

영옥   넌 집에 있어.

주희   엄마아~ 제발. 나 물질하고 싶단 말이야.

영옥   (주희 등짝을 때리며) 어휴. 알았으니까 오늘은 집에 있으라고! 할아버지 아직도 안 들어오셨단 말이야.

주희   (닿지 않는 등에 손을 뻗으며) 아후… 아퍼. 아… 알았어. 미리 말을 해야지.

영옥   으그! 할아버지 오시면 식사부터 챙겨드리고 알았지?

주희   아… 알았어.

영옥은 집을 나서고 주희는 빨래를 넌다. 잠시 뒤 철용이 방에서 나온다.

철용   네 엄마는?

**주희**　아까 물질하러 나가셨어요.

**철용**　참나. 시아버지가 집에 안 들어왔는데 물질을 나가고 싶나?
하긴 네 엄마는 할머니 돌아가셨을 때도 물질 나갔던 사람
이니까. 아주 차가운 사람이야. 물속에 있어서 그런가?

**주희**　그건 엄마한테 할 말이 아니라 아빠한테 할 말 아닌가?

**철용**　뭐?

**주희**　아니, 아빠네 아빠잖아. 그러니까 아빠가 더 걱정하고 찾
아다녀야 하는 거 아냐?

**철용**　크흠. 어디 계신 줄 알고?

**주희**　엄마는 뭐 아나? 아빠는 아빠도 모르는 일을 엄마한테 떠
넘기더라.

**철용**　그게 무슨 말이야?

**주희**　예전부터 아빠 사업 망하면 엄마가 수습하고 할아버지 문
제도 엄마한테 떠넘기고 할머니도….

**철용**　야!! 이 기지배야. 너 뭔 말을 그렇게 해? 떠넘겨?

**주희**　(주눅) 아니… 사실이긴….

**철용**　어휴, 지금 엄마 없으니까 이젠 네가 나 무시하냐? 네 엄마
가 시키고 갔지??

**주희**　아빠는 무슨 말을 그렇게 해. 엄마 서운하게.

**철용**　어휴, 말투며 눈 흘기는 거까지 지 엄마랑 똑같다니까.

**주희**　그럼 내가 엄마 딸인데 엄마 닮지 누굴 닮아?

**철용**　그래. 잘났다. 에휴.


철용이 나가다 말고 걸음을 멈춘다.

**철용** 그… 할아버지 들어오시면 나한테 문자 하나만 넣어놔.

**주희** 어? 아… 알았어요.


철용이 나가고 잠시 뒤 낯선 남자 한 명이 집에 찾아온다.


**경찰** 실례합니다.

**주희** 네. 누구세요? (경계하며) 혹시 부철용 찾으러 왔어요?

**경찰** 네? 아… 뇨.

**주희** 그럼 누구세요?

**경찰** 여기 부덕만 씨 댁 맞습니까?

**주희** 네. (의심) 혹시 우리 할아버지도 돈 빌렸어요???

**경찰** 네? 전 경찰입니다. 부덕만 씨 손녀분?

**주희** 맞는데요. (사이) 우리 할아버지는 왜요?

**경찰** 조금 전 바닷가에서 부덕만 씨 시신이 발견됐습니다.

**주희** 네? 뭐… 뭐라고요?


너무 놀란 주희는 그 자리에 주저앉는다. 그때 해녀들에게 부축을 받으며 영옥이 집으로 돌아온다.


**해녀1** 주희야!!!

**주희** 어… 엄마! 그 소식 들었어? 할아버지가….

**해녀2** 알고 있으니까 아무 말 말어. 엄마 좀 일단 앉히자.

**영옥** 아이고… 이게… 이게 무슨 일이야….

**주희** 엄마… 흑… 할아버지 어떡해….

옆에 서 있던 경찰이 영옥에게 다가온다.

**경찰**　경찰입니다. 아까 현장에서 너무 정신이 없으신 거 같길래. 몇 가지 조사를 해야 해서요. 어제 할아버님이 밖에 나가시는 걸 가족분들 모두 몰랐습니까?

**영옥**　어제… 좀 큰소리가 나긴 했는데….

**경찰**　큰소리요?

**주희**　그냥 좀 목소리를 높인 정도요.

**경찰**　무슨 일이 있었던 겁니까?

**영옥**　애 아빠가 돈을 빌린 일로 좀….

**경찰**　남편분과 할아버님이 싸우신 거군요.

**영옥**　싸웠다기보다는… .

**주희**　그러다 할아버지가 말없이 나가셨어요. 제가 곧장 뒤따라갔지만 금세 사라지셨어요.

**경찰**　아… 손녀분이 뒤따라갔는데 안 보이셨다? 일단 알겠습니다. 저희도 수사 후에 다시 연락드리죠.

**주희**　네.

경찰이 나가고 주희는 바로 엄마에게 묻는다.

**주희**　엄마, 우리 어떡해?

**영옥**　뭘 어떡해? 병원으로 가야지. 넌 아빠한테 빨리 연락해.

**주희**　아… 알았어.

영옥은 방으로 옷 갈아 입으러 들어간다.

**해녀1**　주희야, 병원 도착해서 연락줘라. 동네 사람들한테 내가 알릴 테니까.

**주희**　네.

주희는 다급히 방 안으로 들어가고 썰렁한 집을 휙 둘러보는 해녀.

**해녀1**　한평생을 그렇게 맘고생 하시더니 결국… 이렇게 가시네. 에휴….

# 5장.

평상에 철용이 앉아있다. 할아버지 방문이 활짝 열려 있고 그 안에서 상복을 입은 영옥과 주희가 유품 정리를 하고 있다.

**철용**　아주 마지막까지… 참나. 아들내미 나쁜 놈 만들고 속 시원하겠어요.

화가 가라앉지 않는 철용.

**철용**　빨리 정리하고 그 방 깨끗이 비워놔.

**영옥**　아이고, 맘에 없는 소리.

그때 영춘 할망이 아픈 몸을 이끌고 들어온다.

**영춘할망**  영옥이 있냐?

**철용**  영춘할망 어쩐 일이세요?

**영춘할망**  철용이 있었구나. 영옥이는?

**영옥**  네. 저 여깄어요. 다리도 불편하신 분이 여기까지 어떻게… 전화를 하시죠. 제가 갈 텐데.

**영춘할망**  너야말로 시부상 치르고 정신이 있겠어?

**영옥**  (평상에) 여기 좀 앉으세요. (사이) 그날 많이 놀라셨죠? 제가 먼저 찾아 뵀어야 했는데 죄송해요.

**영춘할망**  놀라긴 했는데 슬픔이야 너희들만 하겠냐. (손짓하며) 철용이도 같이 들어라.

**철용**  네. 말씀하세요.

**영춘할망**  사실… 네 시아버지를 그날 만났어.

**영옥**  네? 아버님을요?

**영춘할망**  응. 그날 새벽에 잠이 깨서 마당에 잠시 나왔는데 주희 할아버지가 지나가시더라고. 집밖에도 잘 안 나오시는 양반이 그 새벽에 보이길래 얼른 불러 세웠지.

**영옥**  그래서요?

**영춘할망**  잠깐 들어오시라고 해서 이야기를 나눴어.

**주희**  어쩐지 아무리 찾아봐도 안 계시더라고요. (사이) 무슨 말씀 나누셨어요?

**영춘할망**  아휴… 죽은 철용엄마 보고 싶다고 하시더라. 돌아가시고 나니까 빈자리가 너무 크다고.

**주희**  그럼 할머니 보고 싶으셔서…? (손으로 입을 막으며) 흑….

**영춘할망**  자식들한테 미안한 게 많으시다고 지금이라도 도움될 게 없을까 고민하시더라고.

| | |
|---|---|
| **영옥** | (의아하며) 네? |
| **영춘할망** | 그래서 내가 우리 나이에 건강관리만 해도 자식 도와주는 거라고 했지. 술도 좀 줄이고 날 밝으면 병원이라도 다녀와야겠다고 하셨어. |
| **영옥** | 그게 대체 무슨 말이에요? |
| **영춘할망** | 내 생각엔 네 아버지가 스스로 목숨을 끊은 거 같지 않다. 너희 아버지가 지금껏 얼마나 살려고 노력했는지 너희들은 모를 거야. 그 지옥 같은 시기 같이 보낸 나도 죽지 못해 살았으니까. |
| **철용** | (버럭) 그게 말이 돼요? 그럼 아버지가 왜 바닷가에서 돌아가셨는데요? |
| **영춘할망** | 철용엄마 보고 싶다고 바닷가 잠깐 갔다 들어가신다고 가신 게… 사고가 난 게 아닌가 싶다. |
| **영옥** | 하…. (입을 막으며) |
| **철용** | 아닐 거예요. 저랑 다투고 홧김에 나 힘들라고 (울먹) 마지막까지 가족들 다 아프게 하려고… 흐윽. |
| **영춘할망** | 절대 아닐 거다. 철용아, 아버지가 예전에 그런 말 한 적 있어. 우리 아들은 나 안 닮아서 패기가 넘친다며 너무 다행이라고… 크게 성공할 대장부라고. |
| **철용** | 아니에요!! 아닐 거예요!! (울음) 아니라면… 우리 아버지 불쌍해서 안 돼요. |

철용이 오열하자 영춘할망은 철용의 어깨를 쓸어내린 뒤 집을 나간다. 철용은 자리를 피해 잠시 별채 뒤로 간다. 영옥과 주희는 아버지에게 잠시 시간을 주고 할아버지 방으로 다시 들어간다.

**주희**    엄마, 영춘할머니 말대로 할아버지 사고사일까?

**영옥**    그러게. 영춘 할머니 말씀이 맞는다면 그렇겠지. (노트 사이 사진을 꺼내며) 이건 뭐지?

**주희**    웬 사진?

영옥은 사진을 본다.

**영옥**    할머니 사진이랑 이건….

**주희**    누구야? 이 꼬마는? 혹시 아빠? (사진 뒤를 보며) 엄마 여기 봐. 사랑하는 내 아들 부철용이라고 써 있는데….

**영옥**    아버님….

마음 추스린 철용이 방으로 다가온다.

**철용**    (손을 뻗으며) 뭔데? 이리 줘봐.

사진을 가만히 보던 철용.

**철용**    이건… 내 사진이잖아. (사진 뒤를 보고 눈시울이 붉어진다)

**영옥**    내색을 안 하셔서 그렇지. 본인한테 가장 소중한 사람은 어머님이랑 당신이었네. 살아생전 어머님이 그러셨어. 당신 낳고 아버님이 너무 좋아서 온 동네 자랑하기 바쁘셨다고. 옹알이부터 걷는 거까지 너무 이뻐하셨다고. 근데 언제부턴가 본인이 웃고 즐거워하는 것도 죄책감이 들더래. 자신만 살아있는 것도 죄스러웠는데 혼자 행복해하는 거 같아서.

주희    (울먹) 우리 할아버지 너무 불쌍해.


영옥이 옆에 있는 통장을 열어본다.


영옥    아이고, 아버님도 참… 유가족 보상금으로 받으신 거 고스
란히 가지고 계셨네.

철용    (사진을 보며) 아버지….


결국 오열하는 철용.


# 6장.


짧아진 옷차림으로 계절이 변한 걸 알 수 있다.

물질을 나갈 준비를 하는 영옥과 주희. 철용이 편안한 차림으로 방에
서 나온다.


철용    물질 나가냐?

주희    네. 근데 아빠 옷차림이….

철용    뭐?

주희    아니… 좀 달라보여서. 근데 어디 나가세요?

철용    (영옥을 힐끗 보며) 현구네 밭일 도와달라고 연락이 와서. 사
업하느라 바쁜 사람을 말야 귀찮게 오라 가라야. 크흠!

영옥    어이구, 사업 같은 소리하고 있네. 마을 밭일 많이 도와주

고 그 돈으로 얼른 돈 갚아야지.

**철용**  그거 우리 아버지가 나한테 남겨주신 걸로 해결했는데 누구한테 돈을 갚냐?

**영옥**  아버님한테 마음의 빚은 갚아야하지 않겠어? (강조하며) 사람이라면 말이야.

**철용**  이그! (발끈하려다 참는) 내가 일 나가야 하니까 참는다. 참아.

**영옥**  잘 다녀오시구려.

**철용**  웬일로 인사를?

**영옥**  원하던 거 아냐? 하지 말까?

**철용**  아… 아니. (뻘쭘) 근데 좀 더 다정하게 해주면 좋을 거 같은데?

**영옥**  이빨 드러내기 전에 적당히 해.

**철용**  그치. 내가 너한테 너무 큰 걸 바랬지.

**주희**  아빠, 다정한 인사는 내가 해줄게. (90도로 허리를 굽히며) 다녀오세요~

**철용**  흐음. 그래. 너도 조… 조심히 다녀와라. 당신도.


쑥스럽게 인사를 하고 철용이 집을 나선다. 주희가 웃으며 뒤돌아서자 엄마가 멍하니 평상에 앉아있다.


**주희**  엄마 괜찮아? 할머니 돌아가셨을 때보다 할아버지 돌아가시고 더 힘들어 보여.

**영옥**  할아버지 마지막 날이 자꾸 걸려서 그래. 그날 좀 참을 걸. 네 아빠랑 싸우지 말걸. 끝까지 마음에 짐을 지어드리고 보낸 것 같아서.

주희    (머뭇) 할아버지도 할머니도 바다에서 돌아가셨잖아. 오늘
따라 바다가 좀 무섭네.

영옥    우리가 지금까지 먹고 살 수 있었던 건 바다 덕분이야. 할
머니가 그런 말씀하신 적이 있어. 내가 바다에서 죽더라도
바다에 나를 내어주는 일이니 너무 안타까워하지 말라고.
할머니는 바다를 보물창고라고 여겼거든. 이렇게 넓은 바
다 안에 보물들이 천지니 말이야. 할머니 돌아가시고 나서
슬퍼도 물질하면서 울었어. 먹고 살아야 했으니까.

주희    엄만 아직도 바다가 좋아?

영옥    그럼. 현실은 시끄러운 시장통 같은데 바닷속에만 들어가
면 조용해. 아무도 없는 세상에 있는 거 같거든. (사이) 아파
도 참고 참았지. 꾹꾹 눌러왔던 그 숨을 바다 밖으로 나올
때 함께 터트렸어. 휘익-

주희    그러고 보면 엄마는 바다에 나와야 웃는 얼굴 보는 거
같아.

영옥    집엔 네 아빠가 있잖아. 웃음이 나오겠니?

주희    (피식) 엄마도 참.

영옥    에휴, 나는 이젠 바다가 제일 편해. 물질 하다보면 할머니
도 함께 있어 주는 거 같고. 근데… 너는 안 그랬으면 좋겠
었어. 나야 할 게 이거밖에 없었고 참아내는 것도 일상이
지만 넌… (주희 손을 잡는다) 싫은 건 싫다 좋은 건 좋다 다
들어내면서 당당하게 살았으면 했거든.

주희    나도 그러고 싶었지. 근데 사람에게 치이니까 주눅 들고
자존감은 떨어지고… 솔직히 이러다 내가 어떤 선택을 할

지 두렵기도 했어. 나도 많이 참고 고민하고 결정한 거니까 좀 이해해주라. 응? (엄마 팔짱을 끼며) 상군 중에 상군 해녀 옆에서 열심히 잘 배울게. 응?

**영옥**　참나… 넌 나 따라오려면 한참 멀었어.

**주희**　알지. 우리 엄마 따라 갈 사람 없다는 거. 나 근데 바다 지형은 기똥차게 잘 외운다? 엄마 따라 깊은데 못가도 수확물은 많은 거 엄마도 알지?

**영옥**　으그! 욕심 부리지 말어. 바다에서는 절대 욕심 부리는 거 아니다. 딱 네 숨만큼만 그 정도가 바다가 우리한테 주는 선물인 거야. 명심해.

**주희**　(경례를 하며) 네! 꼭 명심 하겠습니다!! 헤헤.

**영옥**　그래. 우리도 얼른 나가자.

**주희**　응. (나갈 채비를 하는데)

**영옥**　근데 다시 올라갈 맘은 조금도 없고?

**주희**　엄마아아!!!

그제야 웃어 보이는 두 사람. 시원한 바닷소리가 들린다.

막.

# 오늘, 만은

—

최고은

## 등장인물

주인사장
알바
남1
남2
남3
남4
남5

## 때

언제인지 모를 여름

## 무대

해안가에 자리한 beach bar.
BEACH BAR 〈오늘, 만은〉 간판이 보인다.
한쪽에 bar가 자리하고 있고 다른 한쪽에는 모닥불을 피울 수 있는
장작이 쌓여 있다.
무대 구석엔 접이식 테이블과 의자가 마련되어 있다.

## 조명

야외 느낌을 살려 해의 위치에 따라 낮일 수도, 해질녘일 수도, 밤일
수도 있다.

조명이 켜지면 오픈 팻말이 보이지만 일하는 사람이 보이지 않는다. 한참 뒤 남1 등장해 지나가다가 핸드폰을 보고는 BAR로 다가가 기웃거린다. 가려다가 BAR에 있는 종을 발견하고는 한참을 머뭇거리다가 종을 친다. 잠깐의 시간. 한 번 더 쳐본다. 잠깐의 시간. 돌아가려는 순간 나타나는 남2. 서로 눈을 마주친다.

남1  저….

남2  네?

남1  아… 아니에요.

남2  뭐가요?

남1  네? 아… 앉아도 되나요?

남2  아… 되지 않을까요?

남1  어디….

남2  어… 원하시는 곳에?

남1  아… 네, 그럼. (두리번거리다가 한쪽에 있는 의자를 발견하고는 우물쭈물하다가 한쪽에 자리를 잡고 앉는다)

남2는 의자를 들어 적당한 곳에 펼친다. 다시 테이블을 들고는 의자 앞으로 펼친다.

남1  저….

남2  네?

남1  메뉴판은 안 주시나요?

남2  네?

남1  뭘 시켜야 할지 몰라서요.

| 남2 | 아….|
|---|---|
| 주인 | (걸어 나오며 안쪽을 향해) 필요가 없다니까. |
| 알바 | (나오며) 왜지? 왜 필요가 없지? |

남1, 2는 걸어 나오는 이들을 바라보고 있다.

| 주인 | 왜냐고? 왜냐면 하루에 한두 명 올까 말까 한다구요, 손님이 없어요. (고개를 돌리다가 남1,2를 발견한다. 많이 놀라고 반갑다) 와우, 손님이다! 2명이나! |
|---|---|
| 알바 | (멍하니 보고 있는 주인을 가로 막으며) 두 분이신가요? (남1은 그제야 남2가 손님이란 사실을 깨닫는다. 죄송한 제스처, 괜찮다는 제스처) |
| 주인 | 하하. 이 시간에 손님이 오신 게 너무 오랜만이라, 많이 기다리셨어요? 언제부터 계셨어요? 종을 치지, 바로 나왔을 텐데. 오픈 준비하다 보니 오신 것도 몰랐네. 둘이 친구? |
| 남1 | 아닌데요. |
| 주인 | 아닌데요? 부산이가? |
| 남1 | 어? 어떻게 알았어요? 저 사투리 안 쓰는데. |

사투리를 쓰는 남1을 보며 모두 웃는다.

| 남1 | (어리둥절하며) 사투리 안 쓰는데…. |
|---|---|
| 알바 | (웃참) 전.혀 안 써요. 저는 서울 사람인 줄 알았어요. |
| 주인 | 서어우울? |
| 알바 | 빡빡하시네. 뭘 죽자고 달려들어요? |

남2      저기….

주인      아! 둘이 친구라고 했나?

남1/남2   아니요.

주인      뭐 중요해요? 이제부터 친구 하면 되지.

알바      친구가 되신 여러분, 환영합니다!

주인      글쎄, 왜 환영을 댁이 하시냐구요?

알바      누가 환영하면 어때요?

주인      어떠긴? 환영하지 마. 하지 마. 하지 마.

알바      하지 말라구요? (알바가 남자들을 보고 남자들은 주인을 본다)

주인      (남자들을 보며) 환영은 제가 한단 말이었어요. (손을 흔들며) 환영합니다. 앉으세요. (남1, 남2는 각자 자리를 잡고 앉는다)

알바      아무리 그래도 좋은 거 다 알아요. (말을 던지고 도망간다)

주인      (쫓아가며) 아니라니까. 필요가 없다고. 몇 번을 말합니까.

알바      그러니까 일단 써보고 짤라요. 돈도 안 드는데, 혼자보단 둘이 낫죠.

남2      저….

주인      잠깐만요. 나 혼자도 충분하다니까요. (지나가는 알바를 보며) 말하고 있는데 어디.

알바      네, 손님. 부르셨어요?

남2      메뉴판은 안 주시나요?

남1      저도….

알바      여기는 메뉴판이 따로 없어요.

주인      저희는 칵테일만.

알바      칵테일만 가능하신데요 메뉴판은 따로 없고 오늘의 기분을 말씀하시면 맞춤 칵테일을 만들어드려요. 그렇죠 사장님?

**주인**  아… 네네. (혼잣말) 내가 할 말을 다 하고 있….

**알바**  오늘은 어떠셨어요?

**주인**  그거 아니거든요. (격식을 차리며) 손님, 기분은 어떠세요?

**남2**  아…. (남을 바라본다)

**남1**  먼저 주문하세요.

**알바**  (펜과 종이를 남들에게 주며) 말씀 안 하셔도 돼요. 여기에 '오늘만은'이라고 쓰여 있잖아요. 뒤에 빈 칸을 채워서 주시면 됩니다. (주인에게) 맞죠?

**주인**  뭘 자꾸 물어요? (격식을 차리며) 천천히 쓰셔도 되니까 써서 테이블에 뒤집어 주시고 다 썼다고 말씀하시면 됩니다. 절대! 아무도 보여주시면 안 됩니다.

**남1**  사장님한테도요?

**주인**  당연히 저 포함 아무도.

**남2**  그럼 맞춤 칵테일을 어떻게?

**주인**  (한쪽 눈을 가리며) 관심법으로. 누구인가? 누가 기침소리를 내었는가?

남자들 어리둥절한 표정으로 주인을 쳐다본다.

**알바**  죄송합니다. 좀 아파요. 그럼 쓰세요. (주인을 데리고 BAR로 간다)

**주인**  (끌려가며 알바에게) 관심법으로 보니 네 머릿속에는 마구니가 가득 찼구나.

**알바**  몰라요.

**주인**  어허, 무엇을 모른다는 말이냐?

**알바**  (남1, 2를 가리키며) 저 친구들은 모른다구요.

**주인**  (놀라며) 궁예를 모른다고?

**알바**  딱 봐도 어려 보이잖아요. 드라마를 봤겠어요?

**주인**  그럼 4달라. 이것도 몰라? (알바는 고개를 젓는다. 그 모습을 보며 아직도 궁예) 세대차이인가?

**알바**  그러니까 제가 있어야 한다니까요.

**주인**  (아직도 궁예) 나 혼자도 충분하다. (원래대로 돌아오며) 그리고 하루에 한두 명 오는데 그거 팔아서 알바비 못….

**알바**  (본인을 가리키며) 공짜 고급인력 제공. 며칠째 말씀… 입 아프네요.

**주인**  나 그렇게 경우 없는 사람 아닙니다. 아무리 그래도….

**알바**  진짜 필요없다니까요. 공짜! 대신 칵테일 제조만 알려 주시면 돼요.

**주인**  그건, 잘 해야 가르쳐주지.

**알바**  저 진짜 일 잘해요. 놓치면 후회하실 걸요. (의자와 테이블 세팅을 한다)

**주인**  (고개를 저으며 혼잣말) 못 말리겠네.


남자들은 종이에 적기도 생각을 하기도 한다.
주인은 BAR를 세팅하고, 알바는 주변 정리를 하기도 장작을 쌓기도 한다.


**남2**  (주인에게 다가가서) 혹시 화장실은….

**주인**  (랩하듯) 저쪽으로 돌면 무지개 색 건물이 바로. 비밀번호는

7070*. 오늘의 'ㅇ'과 'ㄴ'을 써서 거꾸로 하면 7070. 오늘 오늘! 7070! 유남생?

**남2**  (이상하게 보며) 아, 네….

**주인**  (웃기를 멈추고 격식을 갖추며) 손님, 다녀오십쇼.

**남2**  아, 그럼. (가다가 다시 돌아서) 아, 저 다 썼어요. (다시 돌아서 나간다)

**알바**  (남2를 바라보는 주인에게 다가오며) 오늘오늘! 7070! 이것 좀 하지 말라니까. 2년이 지나도 어쩜 안 변해요?

**주인**  어떻게 사랑이 아니 사람이 변하니? 사람 변하면 죽습니다.

**알바**  (머리가 아프다) 됐고, 어떤 칵테일 만들 거예요?

**주인**  아! 칵테일! (진지한 표정으로 칵테일에 쓸 리큐어를 준비한다)

**알바**  (하나씩 들어보이며) 캄파리, 진, 스윗버무스, 오렌지? 뭐지?

**주인**  (알바의 입술에 손가락을 대며) 쉿! (칵테일을 만든다)

**남5**  (통화하며) 필요 없다니까.

알바 흠칫 놀라며 남5를 보고 주인은 알바에 입술에 손가락을 대고 알바는 뿌리치며 고개로 남5를 가리킨다. 남1도 남5를 쳐다본다. 주인은 다시 집중해서 칵테일을 만든다.

**남5**  (계속 통화중) 사지 멀쩡한데 여행도 내 마음대로 못 다녀? 병원에서 지내기 싫다니까. 내 맘대로 살다 죽을꺼! (전화를 끊는다) 에휴… 어차피 죽을 거 병원비가 얼만데… (시선을 느끼고는 헛기침을 하며) 흠흠… 여기 뭐하는 데요?

**알바**  아, 여기는 칵테일 바 '오늘, 만은'!

**남5**  카… 칵… 바? 그게 뭐요?

**알바**  칵테일이라고 술을 섞어서… (종이와 펜을 주며) 오늘의 기분을 말씀하시면 맞춤 칵테일을 만들어드려요. 여기에 오늘 만은 뒤에 빈 칸을….

**남5**  술? 섞어서? 그래요. 한 잔 마셔봅시다.


남5는 알바가 마련해 준 자리에 앉고 이상한 분위기가 감도는 걸 느끼며 남2가 들어온다. 주인은 만들어 놓은 칵테일을 잔에 따르고 가니쉬를 올린다. 완성한 칵테일을 들고 남2에게 간다.


**알바**  아… 못 봤네. (수첩을 들고 조용히 주인을 따라간다)

**주인**  (남2에게) 손님, 여기 있습니다. (남2가 테이블에 뒤집어 놓은 종이 위에 칵테일을 올린다.

**남2**  감사합니다. (마시려 한다)

**주인**  '네그로니'라는 칵테일이에요.

**남2**  아… 네그로니…. (다시 마시려 한다)

**주인**  식전주로 많이 쓰이구요, 입맛 없는 여름철에, 지금 같은 날이요. 시원하게 즐기기에 좋고, 입맛을 돋우는 용으로 인기가 많죠.

**남2**  아… 네…. (마시려 한다)

**주인**  클래식 칵테일에 속하는데 어느 해에는 판매 순위 세계 1등 한 적도 있는 칵테일이에요. (망부석처럼 칵테일을 들고 있는 남2를 보며) 왜? 별로?

**남2**  네? (주인이 칵테일을 권하는 제스처를 보고) 아… 네… (마신다) 어? 이거 무슨 맛인데… 먹어봤던….

**남2/주인**  감기약!

**남2**　맞아요. 그 어릴 때 먹던 시럽 약 맛.

**알바**　(적으며) 감기약? 시럽?

**주인**　이 친구로 말씀드리면 2가지 설이 있는데 네그로니 백작이라는 사람이 '아메리카노'라는 칵테일에 탄산수 대신 진을 넣어달라고 해서 바텐더에 의해 만들어졌단 얘기도 있고, 프랑스 장군 네그로니가 신부를 위해 만든 칵테일이란 얘기도 있고.

**남2**　신부를 위해… (주인을 빤히 쳐다본다) 그걸 어떻게?

**주인**　뭐, '그렇다더라'니까요. 뭐가 맞는지는. (웃는다) 그럼 손님, 오늘을 즐기세요.

**남2**　(가는 주인을 보며) 신부를 위해…. (잔을 하염없이 쳐다본다)

**알바**　(BAR에 온 주인에게) 네그로니? 이유는요?

**주인**　(어깨를 들썩이며) 글쎄요.

**알바**　네?

**주인**　나도 모르죠? (다음 칵테일을 만들 준비를 한다)

**알바**　뭐예요!

**주인**　(궁예 흉내를 내며) 내 관심법으로 보느니. (열심히 칵테일을 저으며)

**알바**　그거 하지 말랬죠.

**주인**　재미있는데.

**알바**　재미는 무슨.

**주인**　(알바 입에 손가락을 대며) 쉿!

**알바**　(뿌리치며) 그것도 하지 마요.

**주인**　'오늘, 만은'의 사장은 (노래를 부른다) 아무나 하나. 어느 누가 쉽다고 했나.

**알바**   아우 정말.

**주인**   어? 손님 왔다.

**알바**   (얄밉다는 제스처, 남3에게) 어서 오세요. 오늘, 만은입니다.

남3 덩달아 인사를 한다. 주변을 둘러본다. 남5는 어느 새 종이에 글을 써서 뒤집어 놓았다.

**알바**   편한 자리에 앉으세요.

남3은 어디에 앉을지 고민하다가 다른 손님들과 동떨어진 곳에 자리를 잡는다.

**알바**   (펜과 종이를 주며) 저희 가게는 칵테일만 가능하신데요 메뉴판은 따로 없고 오늘의 기분을 말씀하시면 사장님이 맞춤 칵테일을 만들어드려요. 여기에 빈 칸을 채워서 테이블에 뒤집어 두시고 썼다라고 말씀만 해 주시면 돼요.

**남5**   (큰 소리로) 나 썼습니다.

**주인**   (궁예 흉내) 누구인가? (알바는 남5를 가리킨다) 아, 쓰셨어요? 금방 나갑니다.

**남3**   (알바에게) 저… 소주는 없습니까?

**알바**   (주인에게 큰 소리로) 사장님! 소주는 없죠?

**남3**   (주변을 의식하며) 아닙니다. 괜찮습니다.

**주인**   (칵테일을 쟁반에 가지고 나오며) 소주는 없고 보드카나 진, 럼은 있어요. 그래도 소주를 원하시면 사다 드셔도 되는데, 편의점이 걸어서 15분 정도 가야 있어서. 제가 사다 드리고 싶지만 보시다시피 자리를 비울 수가 없어서. 하하.

**알바**　제가 사다드릴까요?

**주인**　(웃는 표정으로 알바에게 이를 악 물고) 가게 망할 일 있습니까?

**남3**　(손사래를 치며) 아닙니다. 원래 술 못 하는데 그냥 오늘은 그 래서….

**주인**　맛있게 만들어 드릴게요. (이주일 흉내) 일단 한 번 믿어보시 라니깐요.

**알바**　(주인 옆구리를 친다) 사장님이 맛있게 만들어 드릴 거예요. 거기에.

**남3**　아… 네… 적으면 되나요?

**주인**　네네. 적으시고 (귓속말 하는 듯) 아무도 못 보게 뒤집어 놓으 시면 됩니다. (노래를 부른다) 아무도 모르게 내 속에서 살고 있는.

**알바**　(웃는 얼굴로 주인 옆구리를 친다)

**주인**　헉. 흥이라고는 전혀 없는 친구구만.

**알바**　(남3에게) 죄송해요. 좀 아파요. 그럼 쓰세요.

남3은 고개를 끄덕이고 종이를 바라본다. 주인은 발길을 돌려 남5에 게 다가간다. 남1은 BAR에 가서 두리번거리다 종이를 몇 장 챙겨서 자리로 돌아온다.

**알바**　(혼잣말) 아… 또 만들었어. 아… 또 못 봤어….

**주인**　(술잔을 남5 테이블 위에 올려놓으며) 손님, 많이 기다리셨습니 다. 전용 글라스까지 있는 인기 순위 1,2위를 다투는… (장 황한 칵테일 설명. 갑자기 남5에게 귓속말 하는 듯이) 사실 제대로 만들려면 설탕이 다 녹을 때까지 저어야 하지만 (다시 원래 목소리 크기로) 시간이 지나면서 다양한 맛을 느끼시라고.

남5 그래서, 이 매력적인 아이의 이름은 뭐요?

주인 올드 패션드!

남5 올드… 면 나도 그 정도는 알아요. 나 나이 먹었다고 애도 뭐 늙은 애 준 거요?

주인 하핫. 그게 아니라 '고풍스럽다'라는 뜻이 있지요. 올.드.패.션.드.

남5 올드 패션드.

주인 그리고 만들 당시, 유행하던 '토디'라는 칵테일과 맛이나 형태가 비슷해서 지난날의 기억을 되살려 준다는 의미로 붙여졌다고도 하구요.

남5 흠….

주인 (남5의 눈치를 보며) 일단 한 모금 하시면 좋았던 지난날이 생각나실 거예요. 딱 한 잔만 드리는 거니까. 천천히, 꼭 천천히 드셔야 해요. 그럼.

남5 (주인을 바라보다가) 올드 패션드. (한 모금 마시고) 허허. (웃는다. 주인에게) 이 아이와 많이 친해질 듯하네요.

주인 아직 다양한 매력이 많은 아이니 천천히 즐기면서, 딱 한 잔만! 아셨죠?

남5 그래요, 천천히, 천천히. 허허.


주인과 남5를 번갈아 보던 알바가 슬그머니 주인에게 다가간다.


주인 (고개를 돌리다가 알바를 발견하고) 아잇, 깜짝이야. 소리 좀 내고 다녀요.

**알바** (눈을 흘기며) 저 분에게 뭐라고 귓속말 하신 거예요?

**주인** 뭐가요?

**알바** 설탕이 다 녹을 때까지 저어야 하지만! 그 다음 뭐냐구요. 적다가 끊겼잖아요. 이럴 거예요?

**주인** (웃으며) 흥도 없고 유머도 없고 성격만 급하네. 아니 그러면, 하루 만에 레시피를 알려 줄 것 같았어요? 딱 그거네.

**알바** 그거? 뭐요?

**주인** 도둑놈.

**알바** 도둑놈?

**주인** (점점 작아지는 목소리) 아니… '오늘, 만은'의 레시피를 일을 한 지 1시간도 안 돼서 알려고 하는 게 도둑… (남4가 들어오고 알바를 피해 남4에게 가며) 어서 오세요. 혼자세요?

**알바** (남4와 대화하는 주인을 바라보며) 두고 봐. 모든 레시피를 언젠간 내 손에 쥐고 말거야, 치토. (머리를 치며) 아 닮아간다. (남3이 다가온다) 아우 아부지!

**남3** 죄송합니다. 많이 놀라셨어요?

**알바** 하하. 아니에요. 다 쓰셨어요?

**남3** 네.

**알바** 잠시만 기다려 주세요. 자리로 가져다 드릴게요.

남3은 바다 쪽으로 향하고 알바는 레시피를 적은 수첩을 보며 '저어야 하지만, 하지만?' 되뇌인다. 주인은 종이와 펜을 가지러 BAR로 와서 알바를 가만히 보다가 수첩을 뺏어서 본다.

**알바**  아이고 아부지!

**주인**  엄마 아니고 아부지를 찾네요? 진짜 아부지? 아니면. (성호를 긋는다)

**알바**  아… 진짜….

**주인**  성격은 급한데 둔하네. (웃는다)

**알바**  아니거든요! 내놔요! (주인이 가지고 있는 수첩을 빼앗으며)

**주인**  (종이를 잡으며) 컥! 둔하고 과격하네.

**알바**  진짜… (남3을 가리키며) 다 쓰셨데요, 칵테일이나 만드시죠.

**주인**  어디 보자…. (마법을 부리듯 기운을 모으는 액션을 취한다)

알바는 주인 향해 고개를 가로 저으며 수첩을 꺼내고 받아 적을 준비를 한다.

**남4**  (손을 들며) 여기요!

**주인**  네! (여전히 액션을 취하며 움직이지 않는 알바를 향해) 뭐해요? 일 안 해요?

**알바**  (못 들은 척) 뭐가요?

**주인**  (성호를 그으며) 주인님이 가라사대 알바야. 일을 하거라.

**알바**  갑니다. (가다가 돌아서) 대신 먼저 만들기 없기예요. (남4에게) 부르셨어요?

**남4**  이거. (종이를 보여주며) 이렇게 쓰면 되는 건가요?

**알바**  (종이를 보지 않고 뒤집으며) 보고 싶지만! (웃으며) 저 안 보여주셔도 돼요. 이렇게 테이블에 두시면 사장님이 곧 만들어서 주실 거예요.

**남4**  아, 네. 혹시 가격은 얼마인가요?

**알바**    아, 가격! 중요한 걸 말씀 안 드렸네요. (손뼉 친다 칵테일이 잔당 얼마냐! 말씀을 안 드린 것 같아서 한 번에 말씀드릴게요. 가격은, (북 치는 흉내를 내며) 두구두구두구. 정해져 있지 않습니다.

**모두**    네?

**남1**     (슬그머니 펜을 내려놓고 일어나며) 너무 비싸면… 저는….

**알바**    (저지하며) 아, 그게 아니고. 메뉴판이 없는 것처럼 각자 드신 칵테일에도 가격이 없어요. 드시고 만족한 만큼 주시고 가시면 돼요. 난 만족 못 한다. 그럼 100원만 주셔도 돼요. (주인을 바라보며) 맞죠, 사장님?

**주인**    (웃으면서) 난 만족했다. 여기 1억! 주신다면… 사양하지 않습니다. (시선을 느끼고) 정말 만족하신 만큼만 요기 있는 냥이 친구에게 밥을 주시면 돼요. 100만 원, 1억은 주셔도 안 받으니 걱정마시구요. 절대! 그럴 일은 없겠지만, 만족 못 하셨다면 공짜는 안 되고 10원을 내셔도 됩니다. 그런데 요즘에도 10원짜리가 있나? 하하하하.

**알바**    (다시 박수) 자, 자, 공짜로 마실 수 있는 방법이 있습니다!

**주인**    (고개를 저으며 이를 악물고 들릴 듯 말 듯) 제발 그것만은… 제발.

**알바**    돌고래를 찾아라! (바다로 손짓을 한다)


모두 바다를 바라보고 다시 알바를 쳐다본다. 주인은 고개를 떨군다.


**남1**     돌고래요? (알바는 고개 끄덕인다)

**남2**     우리가 아는 그 돌고래요?

**알바**    네, 바다에 있는 돌고래요.

남4      여기 돌고래도 있어요?

알바     서쪽에서는 많이 보이지만 여기 앞에도 돌고래 친구들이 가끔 오거든요.

남3      바다에 돌고래를 찾으면 공짜?

알바     네, 저도 그래서 공짜로 마신 적이 있드랬죠. (웃는다) 맞죠, 사장님?

주인     (칵테일을 만들면서) 네, 그랬죠. 가게 다 털릴 뻔했죠.


남자들은 가게가 뭔가 의심스러운 듯 '진짜인가요?', '믿어도 되는 건가요?' 웅성웅성, 눈치를 보며 말한다.


알바     정말이니까 믿어도 돼요. 여기! 제가 산 증인입니다. 뭐, 여튼 '오늘, 만은'에 이벤트니까 속는 겸 해보세요. 운 좋으면 혹시 알아요? (BAR로 간다)

주인     (알바를 보며 비꼰다) 안내를 참 잘 한다. 시키지 않는 일까지, 우리 알바 아주 능동적인 사람이었네.

알바     (어깨를 으쓱이며) 그럼요.

주인     하아, (궁시렁대며) 분명 가게 망하게 하려고 누군가 보냈어.

알바     왜요? '오늘, 만은'만 하는 이벤트라며 홍보할 땐 언제고?

주인     그날, 내가 신메뉴라고 만들면서 맛만 안 봤어도, 안 속았습니다.

알바     아닌데, 진짜 돌고래였는데.

주인     돌고래 아니었잖아요.

알바     진짜 돌고래였는데. (칵테일을 보며) 안 가세요? (남4를 가리키며) 주문 밀렸는데!

**주인** (고개를 저으며 칵테일을 쟁반에 옮긴다) 갑니다, 가요! 누가 사장이고, 누가 알바인지 모르겠네. (남3에게 가서 테이블 위에 칵테일을 내려놓는다)

**남3** 감사합니다. (마시려 한다)

**주인** (저지하며) 어, 술 잘 못한다고 하시고서는. (웃으며) 드시더라도 이 친구 이름은 알고 드셔야 하지 않겠어요?

**남3** (내려놓는다) 아, 네. 좀 성급했네요. 이름은 뭔가요?

**주인** 하비웰뱅어? 하베이 웰뱅거? 하비웰뱅어.

**남3** 네?

**주인** 하베이 웰뱅거.

**남3** 아아, 하베이 웰.

**주인** 하비웰뱅어.

**남3** 하비… 하베이…. (들었던 걸 생각해본다)

**주인** (웃으며) 이름이 두 개예요.

**남3** 아아, 두 개구나.

**주인** 어떤 사람은 하.비.웰.뱅.어. 라고 부르는 사람도 있고, 또 어떤 사람들은 하.베.이.웰.뱅.거 라고 부르는 사람도 있고. 따지면 반반쯤?

**남3** 아….

**주인** 잘은 모르지만 아마 영어라서 그런 것 같아요.

**남3** 아… 그럴 수도 있겠네요.

**주인** 뭐가요?

**남3** 네? 영어라서….

**주인** (웃는다) 농담이에요. (칵테일을 가리키며) 이 친구는 스크류드라이버라는 칵테일에 갈리아노를 약간 섞은 아이인데,

아! 아실지 모르겠지만 스크류 드라이버는 섞을 때 드라이버로 섞어서 이름이 지어졌다네요. 러시아 광부가 그랬다고도 하고 이란 유전에서 일했던 미국인들이 그랬다고도 하고.

남3    아아….

주인    뭐, 쨌든 그래서 다시 본론으로 돌아오면 이 아이는 하비 아니면 하베이가, 아! 미국 캘리포니아에 서퍼래요. 패전의 아픔을 잊기 위해서, 또 반대로 큰 우승했을 때 마셨다고도 전해져요. 이 아일 마시고 벽을 두들기면서 가는 걸 보고 이름이 지어졌다고 하네요. 하.비.웰.뱅.어. 하.베.이.웰.뱅.거.

남3    뭔가 복잡하네요. 이름도 두 개고, 만들어진 이유도 그렇고….

주인    광부가 섞었든, 유전에서 일하던 미국인이 섞었든. 하비든, 하베이든. 져서 마셨든, 이겨서 마셨든 그게 중요한가요? 내가 맛있으면 그만이지. 어떻게 만들어졌든, 뭐라고 불리든 맛은 변하지 않잖아요.

남3    이거든 저거든.

주인    맞아요! 이거든 저거든 내가 좋으면 그만이죠. 그냥 하비 (뒤에 이름은 얼버무리며)를 즐겨보세요. 나의 기준이 생기겠죠. (윙크를 하고 뒤 돈다)

남3    (시선은 칵테일 잔에 꽂혀있다) 저기.

주인    (다시 뒤 돌며) 네?

남3    마시다 보면 그럴까요?

주인    그럼요. 그게 뭘까 생각하면서 고민만 하면 모르잖아요.

마셔보지 않으면 모르잖아요. 그러다 보면 그럴 거예요. 대신! 맛있다고, 주스 같다고 너무 많이 드시진 마세요. 그 친구가 그래 봬도 맛있어서 마시다가 혹 간다고 레이디 킬러라고 불려요. 아! 플레이 보이라고도 불리는데. (웃는다) 별명도 2개네요. (윙크하고 다시 돌아 BAR로 간다)

남3은 빤히 칵테일 쳐다보다가 빨대로 절반 정도를 쭈욱 빨아 마신다. 주인은 다음 칵테일 만들 준비를 한다.

**남5**  여기.

**알바**  (남5에게 가며) 네. 뭐 필요하세요?

**남5**  화장실이 어디예요?

**알바**  (안쪽을 가리키며) 저기 돌아가면 무지개 색 건물이 있어요. 들어가시면 바로 보여요. 비밀번호는 7070*.

**남5**  7070*. (잊지 않으려는 듯 중얼거리며 나간다)

**남1**  (지나가는 알바에게) 저기요.

**알바**  네. 뭐 필요하세요?

**남1**  물….

**알바**  물이요?

**남1**  목이 말라서요.

**알바**  (테이블 위를 쳐다보고) 아! 금방 가져다 드릴게요.

알바가 글라스에 물을 따라 남1에게 가져다주는 사이 주인은 칵테일을 완성해 남4에게 간다.

주인	(잔을 내려놓으며) 그래스호퍼!

남4	크리스토퍼? 놀란!

주인	(웃으며) 배트맨 비긴즈! 다크 나이트, 인터스텔라, 덩케르트. 아! 오펜하이머! 오펜하이머도 보고 싶었는데 아직입니다. 저도 좋아하는 감독이지만! 그 이름은 아니구요, 그.래.스.호.퍼. 라는 아이입니다. 초록초록하니 이쁘죠?

남4	그렇네요.

주인	이름도 초록초록한 색에서 따와서 메뚜기라는 의미구요. 이 아이를 소개 시켜드리자면 애프터 디너 칵테일로 잘 어울리고… (장황한 칵테일 설명) … 초록초록한 이 친구를 보려면 꼭 화이트 카카오를 넣어야 한다는 점! 메뚜기 친구와 즐거운 시간 보내세요. (거친 숨을 몰아쉬며 BAR로 가다가 다시 돌아오며) 아, 말씀 안 드린 게 있어서.

남4	(주인을 보며) 네?

주인	아까 생크림이나 코코넛 밀크, 우유. 이 세 가지 중 하나 넣으면 된다고 말씀드렸는데 저는 코코넛 밀크를 넣었거든요. 코코넛 밀크를 사용하면 (귓속말하듯) 오래 방치하면 층이 분리가 된다는 단점이 있거든요. 그럼 이 초록초록한 아이가 딱! 층이 생겨버리죠. (원래 목소리 크기로) 그럼 이 아이의 맛이 달라지고 다시 초록초록하게 만들려면 쉐이커에 다시 넣어서 열심히 흔들어야 하는 수고와 시간이 필요하답니다. 그러니 이 아이를 너무 오래 혼자 두지 마세요. 한 모금 마시고, 또 한 모금 마시고. 외롭지 않게, 함께 해주셔야 이 모습 그대로 끝까지, (손 흔들며) 안녕 할 수 있어요. 그럼 즐기세요.

남4는 주인이 가는 모습을 보고서는 고개를 떨군다.

그러다가 고개를 들고는 칵테일을 살피다가 한 모금 마신다.

남5가 화장실에서 돌아오고 남3은 화장실을 가려고 일어난다.


| | |
|---|---|
| **남5** | (바다를 보며) 어? 내가 잘못 본 건가? |
| **남3** | (남5가 보는 곳을 보다가) 어? 저기! (모두 바다를 본다) |
| **알바** | 어? 맞네! |
| **주인** | 뭐가? |
| **알바** | 저기! |
| **남1** | 저거 진짜 돌고래에요? |
| **남5** | 돌고래? 내가 잘못 본 게 아니었어? |
| **남2** | 진짜 돌고래네! |
| **남5** | 진짜? |
| **남4** | 저기! 저기 살짝 튀어 나와 있는 바위, 저 뒤로 올라왔다 없어졌다 하잖아요. |
| **알바** | 돌고래가 진짜 여기도 오네? |

돌고래를 찾던 주인은 황당한 표정으로 알바를 본다.


| | |
|---|---|
| **알바** | (주인을 보며) 뭐가요? (모두에게) 와우! 오늘은 행운의 날이네요! 돌고래가 '오늘, 만은' 여러분에게 찾아왔네요! (종을 친다) 칵테일은 모두 공! 짜! |

돌고래를 먼저 봤다는 얘기, 서로 쏘겠다는 얘기, 안주 정하는 얘기, 이벤트에 관한 얘기 등등이 환호와 섞인다. 마치 축제가 벌어진 듯

하다.

조명 변환. 퍼져 있던 테이블과 의자는 모닥불 주위로 세팅이 되어
있다.


알바     (술을 가지고 나오며) 그래서 (남1, 남3을 보며) 이리 오신 거예
        요? 술 마시러 온 게 아니라?

남3     네, 게스트 하우스인데 체크인은 BAR에서 한다니까 좀 의
        아해하면서 왔죠.

남1     요즘엔 카페나 식당이랑 같이 하는 곳은 많으니까. 가게로
        체크인 하는 숙소들이 좀 있거든요.

알바     (남자들에게) 숙박 예약이 있는지도 몰랐을 걸요.

남1     후기가 너무 없더라구요. 가격이 싸서 일단 예약은 했는데.

남3     어? 나도.

알바     유명 관광지가 아니니까 관광객도 별로 없고. 막 홍보를
        하는 것도 아니고. 지나가다가 한 잔 하는 사람 아니면 하
        룻밤 정도 지내는. 여기나 저기나 별로 손님 없어요.

주인     (모여 있는 자리로 오며) 그러니까 알바가 필요 없다니까요.

알바     얘기가 또 그리 가요? 나 오니까 손님이 많잖아요.

남4     근데 오늘만은은 (손가락으로 쉼표 표시를 하며) 이게 없잖아
        요. 근데 왜 가게 이름은 오늘 (손가락으로 쉼표 표시를 하며),
        만은 입니까?

알바     여기가 만은리잖아요. 평안읍 만은리….

모두     아….

주인     찰 滿, 은 銀. 저기 등대 보이잖아요. 저기가 만은항인데 예
        전에는 갈치배들로 가득했대요. 갈치가 너무 많이 잡혀서

은색으로 가득 찬다라고 해서 만은리가 되고 만은항으로 불려졌다고 하더라구요.

**남5** 그럴 만하지. 내가 알기로는 요즘도 이쪽이 많이 잡힐 걸. 저기 서쪽보다.

**주인** 그런데 그건 옛말이고 요즘은 일만 萬, 억지로 憖을 써서 억지로 해야 하는 만 가지의 일이 생긴다라고도 하고, 낳을 娩, 온화할 誾 써서 이야기를 낳는 동네라서 만은리다. 이름은 하나인데 뜻풀이는 자기 마음이더라구요.

**알바** (노래를 부른다) 이름은 하나인데, 별명은 서너 개.

일제히 알바를 쳐다본다.

**알바** (머쓱해하며) 갑자기 생각나서… 죄송! (이마를 치며) 닮아간다. 에휴….

**주인** 그래서 '오늘의 만은리에서는 어떤 일이 생길까?', '오늘만은 이렇고 싶다.', 중의적인 의미로 '오늘, 만은' 이라고 지었죠.

**알바** 멋있는 척하기는, 치.

**주인** 뭐가 멋있는 척이에요? 원래 멋있지.

**알바** 아, 네네.

**남5** 둘은 무슨 관계요? 부부?

**주인/알바** 네?

**알바** 절대 아니에요.

**주인** 부부는 무슨.

**남2** 그럼 연인?

주인  연인요?

알바  제가 어딜 봐서 이 분이랑 연인이에요?

주인  나도 아니거든요.

알바  제가 훨씬 아깝죠.

주인  참내, 무슨 말을 그렇게….

남1  썸….

주인  난 주인이고 넌 알바야!

알바  주인이라 좋겠네요.

남4  그렇게 투닥거리다 정분나요.

알바  정분은 무슨….

주인  2년 전에 와서 가게를 거덜내더니 며칠 전에 나타나서 하도 알바 하고 싶다고, 싶다고. 써달라고, 써달라고 해서 오늘 하루 해봐라 한 거죠. 해봐야 아~ 힘든 거구나 싶어서 안 할까 해서.

알바  하나도 안 힘든데요. 재미있는데요.

주인  하아… 정말….

남1  그럼 숙소에 계시면서 알바 하는 거예요? 요즘에 그런 사람들 많던데.

남2  숙식하면서 일 해주고 남은 시간 여행 다니고.

알바  아뇨. 공짜로 알바 해주는 거예요. 고급 인력. 사장님 완전 땡 잡았죠.

주인  참내, 칵테일 레시피 알아내려고 공짜 알바 해준다는 거잖아요. 알려주면 뭐, 옆에다가 내일, 만은 차리려구?

알바  네, 그러려구요.

남5  (둘의 사이를 말리며) 사장님, 안주 떨어졌습니다.

| 남1 | 저… 칵테일 아직 안 마셨는데요. |
|---|---|
| 주인 | (남1을 보며) 아…. |
| 알바 | 그러네. 칵테일은 사장님이 쏘기로 했잖아요. |
| 주인 | 그랬죠. |
| 알바 | (남1을 보며) 고민이 많아 보이던데, 다 쓰셨어요? |

남1은 적은 종이를 꺼낸다. 언뜻 봐도 10장은 넘어 보인다. 모두 놀란다.

| 남2 | 와, 많이 적으셨네요. |
|---|---|
| 남4 | 공짜라고 너무 많이 적으신. |
| 주인 | 이야. |
| 남3 | 그래도 쏘신다고 했으니까. |
| 남1 | 아뇨, 한 장만 못 고르겠어서… |
| 주인 | (안도하며) 아아, 못 고르신 거구나. |
| 알바 | 못 고르셨으면 다 달라고 하세요. |
| 주인 | (알바를 보며) 제가 알아서 만들어 올게요. |
| 남1 | 감사합니다. |
| 알바 | (일어나지 않는 주인을 보며) 어떻게, 고오급 알바가 칵테일은 맡아볼까요? |
| 주인 | (알바를 저지하며 움직인다) 칵테일은 저만, 만들 수 있습니다. |
| 알바 | (다시 앉으며) 아, 네네. 짜부래기 알바는 장작이나 떼고 있습죠. |

주인은 가다 말고 알바를 흘깃 본다. 남5는 주인을 손짓으로 완전히

들여보낸다.


**남5**   (주인이 다 들어간 걸 확인 후 알바를 보며) 근데 왜 공짜 알바를 하는 거요?

**남1**   집이 여기예요?

**알바**   아뇨, 육지예요. 저도 (남자들을 가리키며) 2년 전엔가 배낭 하나 짊어지고 해안 길로 걷다가 걷다가 여기를 지나게 됐죠. 바다도 예쁘고, BAR도 (BAR를 둘러보며) 외국 여행 온 것 같잖아요.

**남2**   약간 이국적인 느낌이죠.

**알바**   그래서 멈췄죠. 여행인데 뭐 어때? 낮술 한 잔 하자. 근데 종이를 주더니 '오늘만은'의 다음 빈 칸을 채우면 알아서 칵테일을 만들어 준다는 거예요.

**남5**   허허, 우리랑 같네.

**남4**   그럼 그때도 메뉴판이 없었네요.

**알바**   없었죠. 아무 생각 안 하고 싶어서 온 여행인데, 걸었는데 종이를 받으니 생각이 많아지더라구요. 오늘만은 어땠으면 좋겠지? 오늘만은 어떠고 싶을까?

**남1**   저도 생각이 많아져서 (종이들을 보여주며) 이렇게….

**알바**   (웃으며) 저는 한 장만 써야 되는 줄 알고 한참 고민하고 썼는데….

**남4**   썼는데?

**알바**   뚝딱뚝딱 하더니 아주 예쁜 보랏빛의 칵테일이 나왔어요.

**남2**   보라색 칵테일도 있어요?

**알바**   저도 처음 보는 색의 칵테일이었어요. 그래서 물어봤죠.

이름이 뭐예요? '이 친구 이름은 에비에이션입니다. 뉴욕 호텔 바텐더인 휴고 어쩌고에 의해 만들어졌고 어쩌고 저 쩌고…' 보셨잖아요. 말 많은 거.

**남4**     설명할 때 숨넘어가는 줄 알았어요. (웃는다)

다들 웃는다. 주인이 차를 들고 나온다. 다들 웃음을 멈춘다.

**주인**     (이상함을 느끼며) 여기, 차. (남5에게 주며) 카페인이 없고 자 연적으로 진정작용이 되면서 항산화 작용을 하고 면역력 강화에도 좋은 루이보스 차입니다. (모두 웃고 주인은 앉으려 한다)

**알바**     칵테일은요?

**주인**     (남을 보며) 아, 칵테일. 잠시만요. (다시 BAR로 가며 알바를 흘 긴다)

**남2**     (주인이 간 걸 보고) 그래서요?

**알바**     아, 뭐라고 뭐라고 설명을 하는데 마지막에 한 말이 딱 들 어오더라구요.

**남3**     뭐라고 했는데요?

**알바**     보라색이 희석되면서 남색을 띄게 되고 희미한 하늘색을 띄는 것에서 이름이 생겼다구요. 항공, 비행기, 여행. 이 친 구의 자유로움을 느껴보라면서….

**남2**     보라색… 예쁘겠네요.

**알바**     너무 놀랐어요.

**남2**     보라색이어서요?

**알바**     아뇨. 제 마음을 들킨 것 같아서요.

**남2**      아… 무슨 말인지 알 것 같아요. (남을 제외한 남자들은 이해하는 듯하다)

**남1**      (남자들을 둘러보며) 무슨 말인데요? 왜 저만 모르죠?

**알바**      '오늘만은 자유롭고 싶다'라고 종이에 썼거든요.

**남1**      아….

**알바**      내 삶은 없이, 뭐가 하고 싶은지도 모르고 때 돼서 학교 가고, 졸업하고, 취직하고, 어린 나이에 결혼하고, 엄마가 되고, 열심히 또 일하고, 그러다가 죽을병도 얻고. 참 많은 일이 있었거든요. 그러면서 부정적이 되고 아무것도 하고 싶지 않고. 이러면 안 되겠다 싶어서 비행기 타고 뜨자. 다시 아이처럼 자유롭고 싶다. 꿈 많고 웃음 많았던 그때처럼.

**남5**      참 많은 일이 있었네.

**알바**      (남5를 보고 웃으며) 뭐 앞에서 할 얘기는 아니지만, 그랬어요. 근데 정말 이상하게 그 칵테일 한 잔이 위로가 되더라구요. (주인을 바라본다)

**남2**      (주인을 보며) 저도, 오늘 그랬어요.

**알바**      다 안다는 듯이 내 마음을 어루만져 주듯이. (남자들을 보며) 마치, 쓴 대로 이뤄지리라. 오늘만은 자유로워지리라. (웃는다)

**남3**      그런 것 같아요.

**남5**      술 한 잔인데, 그 친구가 신기하더구만.

**알바**      그냥 그때는 위로가 필요했던 것 같아요. 잘 하고 있어. 지금도 충분해. 그러니 오늘만은 니가 하고 싶은 대로 해. 내가 받은 위로처럼 누군가에게 힘이 되어 줄 수 있다면, 긍정적인 에너지를 줄 수 있다면. 이제는 그렇게 살아보고

싶다. 처음으로 내가 뭘 하고 싶은지가 생긴 거죠. 그때는
나만 힘들다고 생각했는데 다들 힘들고, 죽을 것 같았는데
아직 살아있고. (웃는다)

**남2** 그런데 사장님은 어떻게 알았을까요?


개 짖는 소리.


**주인** (궁예 흉내) 누구인가? 누가 짖고 있는가?


다들 서로를 바라본다.


**남2** 에이.

**남3** 설마….

**남4** 아니겠죠.

**남5** 말도 안 되지.

**남1** 뭐가요?

**알바** (고개를 저으며) 아닐 거예요.


그때, 주인이 칵테일을 들고 나온다.


**주인** 자, 마지막 칵테일이 나왔습니다. 그런데 왜 나만 오면 조
용하죠?

**알바** (모두에게 윙크하며) 제가 돌고래 본 얘기 하고 있었어요.

**모두** 맞아요.

**주인** 그거 돌고래 아니었어요. 나 술 마셨다고, 그 틈을 타서 우

기나?

**알바** 돌고래 맞았다니까요.

**주인** 내가 여기서 장사를 하면서 돌고래를 본 적이 없다니까요! (따가운 시선을 느끼고) 아니, 돌고래가 와요. 오는데 손님이 있을 때 본 적이 없다 뭐 그런 거죠. 오늘은 보셨잖아요. 그럼 된 거죠 뭐. (남1에게 칵테일을 주며) 많이 기다리셨습니다. 여기, 칵테일. 이 친구로 말하자면… (장황한 칵테일 설명) … 그래서 이름이 블루 스카이. 하늘을 닮은 파란색에 떠있는 구름. 하늘을 바라보고 있는 것 같지 않나요?

남1은 칵테일을 마시려 하고 주인은 제지를 한다.

**주인** 아, 이 친구는 이렇게 마시는 거 아니에요.

주인은 남1에게 빨대를 주고 남1은 주인을 멍하니 바라보며 빨대를 받는다.

**주인** 마지막 플로팅을 오버 프루프 럼을 띄운 응용버전! 그래서!

주인은 남1이 들고 있는 칵테일에 라이터로 불을 붙인다. 모두 놀라 쳐다본다.

**주인** (남1에게) 자, 놀랠 시간이 없어요. 빨대로 꽂아서 바로 쭉 마셔야 돼요!

남1은 얼결에 빨대를 꽂아 쭉 빨아 마신다. 모두 박수를 친다.

**주인**  그냥 한 입에 털어 넣는 슈터형 친구. 이렇다 저렇다 고민할 필요가 없어요. 그리고 이렇게 불까지 붙이면 할 시간이 없죠. 아무 생각 없이 털어 넣는 게 답인 매력적인 친구죠.

**남1**  (기침을 하며 남자들과 알바를 본다) 무슨 말인지 알겠네요.

**알바**  그렇죠?

**주인**  (끄덕이는 모두를 보며) 뭐죠? 무슨 말인데요? 왜 나만 모르는 것 같지?

**알바**  그런 게 있어요.

**주인**  뭔데, 왜 나만 안 알려줘요?

남1이 가지고 있던 종이들을 모닥불에 던져 넣는다. 남1을 보다 각자 가지고 있던 종이를 던져 넣는다. 종이가 타고 날리는 재를 따라 모두 하늘을 본다.

**알바**  (손으로 하늘을 가리키며) 어! 별!

모두 알바의 손끝을 따라 하늘에서 바다로 고개가 움직인다.

**알바**  뭐해요! 다들 소원 빌어야죠!! (손을 모으고 기도한다)

그 모습을 본 남자들은 하나, 둘 손을 모으고 기도한다.
조명 암전.

BAR에 조명이 들어오면 주인이 서 있다.

주인이 소개를 하면 반대편에 종이에 적었던 글이 차례로 영상이 나온다.


**주인** 네그로니, 신부를 위해.

**영상** 오늘만은 널 이해해보고 싶다.

**남2** (조명 켜지면 통화를 하며 자신의 네 번째 손가락을 본다) 그래서. 미안했다고 얘기하고 싶었어. 결혼 준비할 때 힘들었을 텐데, 행복한 신부가 됐으면 좋았을 텐데. 들어주지 못 해서, 이해해주지 못 해서 떠나게 만든 것도 미안했다고. 이제야 널 이해해서 미안하다고. (조명 아웃)

**주인** 올드패션드, 지난날의 기억을 하며.

**영상** 오늘만은 건강하고 싶다.

**남5** (조명 켜지면 하늘을 보며) 나도 살고 싶으면서도 아이들한테 짐 될까봐. 어차피 죽을 거 돈이라도 덜 쓰게 하자 싶었는데. 그 기억이 나더라고. 아이들 어릴 때가. 방긋방긋 웃으며 날 바라보던 그 모습이. 살아보고 싶어졌어. 하자는 대로 치료도 잘 받고 아이들 마음이라도 편하게. 건강해져서 손주들 태어나는 것도 보고, 그 아이들이 또 날 보며 방긋방긋 웃어주겠지. (조명 아웃)

**주인** 하비웰뱅어, 하베이 웰뱅거, 내가 부르고 싶은 대로 모든 건 내 마음 먹기.

**영상** 오늘만은 이건지, 저건지 고민 없이 살고 싶다.

**남3** (조명 켜지면 정면을 보고) 부장님, 그동안 감사했습니다. 사람 있고 돈 있지, 돈 있고 사람 있는 거 아니지 않습니까? 아무리 돈장사라고 해도 사정 안타까운 그 사람들, 편법을 써 가면서 회사 유리한 대로. 저는 아니라고 생각합니다. 그동안 따박따박 들어오는 월급에 이게 맞는 건지, 저게 맞는 건지, 이래도 되는지, 저래도 되는지. 마음은 괴로워도 가족들 생각하며 버텼는데. 더 이상은 아이들에게 부끄러운 아빠가 되고 싶지 않습니다. 뭐라도 해서 먹고 살겠죠. 쓸데없는 고민하는 것보다 행복할 것 같습니다. 안녕히 계세요. (조명 아웃)

**주인**  그래스호퍼, 외롭지 않게 내버려 두지 않기.

**영상**  오늘만은 함께이고 싶다.

**남4**  (조명이 켜지면 편지를 쓰고 있다) 여보, 그동안 집안 살림에 아이들까지 너무 고생 많았어. 하나밖에 없는 우리 딸, 아빠랑은 말도 안 하고. 투명인간 취급하고. 서운해 하기만 했지 아빠가 노력하지 않아서 미안해. 무뚝뚝해서, 어떻게 표현할지 몰라서… 우리 가족 사랑하는 거, 고마워하는 거, 그냥 알고 있겠거니 생각했어. 이제 많이 표현하고 많이 노력할게. 지금까지 서운한 거 다 잊고 이제 남은 날, 즐겁고 행복하게 살자. 우리 가족 많이 사랑해. (조명 아웃)

**주인**  블루 스카이, 아무 생각 없이, 한 번에 한 잔.

**영상**  오늘만은 (단어들이 써지고 삭제된다) 어른이고, 초능력이 있었, 인정 받고, 쉬고 싶고, 이기고, 어른이고, 취하고, 내 편이. (마지막 문구가 써지면 지워지지 않는다) 아무 생각 없이 살고 싶다.

**남1**  (조명이 켜지면 컴퓨터를 하고 있다) 1, 내가 좋아하는 음식. 음… 음… 2, 내가 싫어하는 음식. 뭐가 있지? 음… 3, 내가 좋아하는 색깔. 색깔? 음… 색깔 … 4, 내가 잘 하는 거. 엄마 말 듣기 (지운다) 일단 넘어가고 5, 내가 감명 깊게 읽은 책… 와… (한숨을 쉰다) 후! 할 수 있어. 할 수 있다. 많이 생각 하지 말고, 한 번에 하나씩. (조명 아웃)

**주인**  마지막으로 에비에이션, 자유로운 비행.

**영상**  오늘만은 자유롭고 싶다.

**알바**  어서 오세요. 오늘, 만은입니다. 이쪽으로 앉으세요. 네, 가요, 잠시만요. (조명 아웃)

**영상**  오늘, 무슨 고민을 하고 있나요? 오늘, 어떤 소원이 있나요?

**주인**  잠시 잊을 수 있다면, 위로 받을 수 있다면 한 잔쯤은 괜찮잖아요? (레인보우 칵테일을 들고) '오늘, 만은'에서 기다리고 있겠습니다. 오늘만은 행복하세요.

주인이 칵테일을 원샷 한다.
조명 암전.

# 자의적의자

—

전혁준

**등장인물**

한별 – 극단 대표 겸 배우
석민 – 작가 겸 연출가
민수 – 극단 내 막내 배우
지선 – 음향 스태프

무대 뒤편에는 다양한 종류의 의자가 쌓여 있다. 의자 외의 대도구
는 존재하지 않는다.
한쪽 구석에 지선이 의자에 앉아 있다. 지선의 앞에 놓인 음향콘솔
도 의자 위에 놓여 있다.
무대 위의 극 상황에서의 음향은 모두 지선이 튼다.

# 1장. 석민의 의자

조명 켜지면, 한별, 민수 등을 맞대고 앉아 있다. 각각의 앞에는 빈 의자가 있다.

석민은 관객석에 앉아 있다.

**한별**  (등 뒤에 있는 민수에게) 오빠! 그게 우리가 헤어져야만 하는 이유예요?

**민수**  그래!

**한별**  근데 오빠 우리 마주 앉아서 얘기하면 안 돼?

**민수**  난 더 이상 너와는 1도 같이 앉아 있고 싶지 않아.

**한별**  아무리 그래도 그렇지.

**민수**  (말 자르며) 머릿속에서 맴 돈다고 어제의 그 분위기, 그 소리가 귀에서 떠나질 않아. 미쳐버릴 정도야.

**한별**  내가 아니라고 했잖아요. 오빠가 생각하는 그 소리가 아니라고.

**민수**  아니라고? 그럼 내 귀에 들렸던 그 소리는 뭐지? 그건 분명한 그 소리였어. 그 어떤 것도 그 소리를 흉내 낼 수 없어.

**한별**  의자에서 난 소리라고.

**민수**  내가 그거 하나도 구분 못 할 것 같아?

**한별**  지금 오빠가 하는 얘기가 말이 된다고 생각해요? 그냥 저랑 헤어지고 싶은 거 아니에요?

**민수**  오해하지 마. 내가 헤어지고 싶은 이유는 그거 하나고 그건 앞으로 내 인생에 엄청난 영향을 끼칠 트라우마야. 그건 너 때문에 생긴 트라우마고 평생 갈 거야.

**한별**　방귀소리가?

**민수**　(질색하며) 그 단어를 꺼내지 마! 그 단어만 들어도 (가슴을 움켜쥐며) 공황장애가….

**한별**　그냥 가 주세요.

**민수**　(민수 천천히 일어나 퇴장하기 전 멈춰 서서 감정적으로) 사랑했었다.


민수 퇴장한다.


**한별**　미친 놈. (관객에게 열정적으로) 들어보세요. 어제였어요. 식사를 하고 있었죠. 의자랑 테이블 사이가 너무 멀더라고요. 의자를 살짝 당겼죠. 그때였어요. 소리가 난 것은. 단순히 의자 끄는 소리였습니다. 뿌욱. 아시죠? 그 소리. 방귀소리랑 비슷하긴 하죠. 하지만 전혀 다르잖아요. 뿌웅이 아니고 뿌욱이요. 근데 그 소리를 가지고 트집을 잡더라고요.


민수 다시 들어온다.


**민수**　뭐야? 방귀 뀐 거야?

**한별**　아니야. 오빠. 무슨 소리 하는 거야? 의자에서 난 거야. (관객에게) 그거 아시죠? 정말 아닌데 내가 아니라고 얘기하면서 뭔가 목소리가 떨리는 거. 내가 하지도 않았는데 내가 한 것인 마냥 당황스럽고 목소리가 떨리는 거예요. 그런 경험 다 있으시잖아요.

**민수**  나 너무 황당하다. 식사하다가 그 소리를 하… 듣게 될 줄이야. 사귄지 하… 일주일밖에 안 하… 됐는데 하… 넌 너무 하… 경우가 없네. 하아….

**한별**  오빠 지금… 경우 없다고 한 거야? (관객에게) 경우가 없네? 뭐가 경우가 없다는 거죠? 지는 방귀 안 뀌나? 아니 제가 진짜 방귀 꼈다는 건 아니고요. 그렇잖아요. 제가 진짜 방귀를 꼈다고 하더라도 이런 얘기를 들어야 하나요? 경우가 없다? 살면서 경우 없다란 얘기를 듣는 게 몇 번이나 될까요? 경우가 없다란 말은 평생 살면서 열 번도 못 들을걸요. 열 번 넘게 들어본 적 있으신 분 있나요? 손 한 번 들어보세요.

석민 관객석에서 손을 든다.

**한별**  스스로를 다시 돌아보시고요. (의자로 돌아오다 뒤돌아서서 석민에게) 경우가 없네.

**민수**  (한숨을 크게 쉬고) 너… 아니다…. (일어나서 나가려고 한다)

**한별**  오빠 정말 왜 이래? 별 것도 아닌 거 가지고.

**민수**  별 거? 이게 별 게 아니냐? 미안한데 지금은 너랑 할 말이 없다. 내일 얘기하자.

**한별**  그게 오늘이고 하는 얘기가 헤어지자는 얘기네요. (얼굴을 감싸며) 아… 어디 가서 쪽팔려서 말도 못해 이건. (사이) 의자가 말을 할 줄 알았다면 제 결백을 얘기해줬겠죠.

민수는 의자가 된다.

**한별**　(민수 위에 앉아) 얘기해줘. 이럴 때 니가 뭐라도 한마디 얘기해줘야 하는 거 아냐?

**민수**　(입으로 소리를 낸다) 뿌웅.

**한별**　(일어서서 민수를 발로 찬다)

민수 넘어진 채로 계속 방귀소리를 낸다. 심지어 점점 방귀소리는 다양해진다.

**한별**　아니 무슨 결백? 무슨 잘못을 했다고. 저 자식은 이게 인생에 큰 영향을 끼칠 트라우마라고 하지만 이건 저한테도 트라우마로 남을 것 같네요. 의자가 낸 소리에 누명 쓴 여자. 경우 없는 여자. 밥 먹는 중에 방귀 낀 여자.

석민 기립 박수를 친다.

배우들 커튼콜인 것처럼 인사를 한다. 잠시 암전.


## 2장. 객석 의자

무대 위 민수만 남아 있다.

**민수**　공연 재미있었나요? 재밌으셨다면 주변에 홍보 좀 많이 해 주시고요. 들어오셨던 곳으로 나가시면 됩니다. 다시 한 번 감사드립니다.

석민 관객석에서 일어서며 말한다.

**석민**  표정이 그게 뭐야?

**민수**  제 표정이 뭐요?

**석민**  좀 더 부드러운 표정 안 되냐?

**민수**  (썩은 표정을 지어 보인다)


석민 관객석에서 무대로 걸어 나온다.

**석민**  됐고. 객석의자 싹 바꾸자. 불편해서 못 앉아 있겠다.

**민수**  돈 없잖아요.

**석민**  돈이 문제야? 관객이 불편하잖아. 이건 큰 문제야.

**민수**  큰 문제죠. 근데 40분짜리 공연인데 그 정도도 못 버틸 정도는 아니지 않아요?

**석민**  못 앉아 있었다니까. 엉덩이를 붙이고 오래 있질 못했다니까.

**민수**  그건 치루 때문이잖아요.

**석민**  뭐 이 새끼야. 완치됐다고 몇 번을 말해.


한별 무대 안쪽에서 걸어 나온다.

**한별**  야 이 새끼야. 니가 그러고도 연출이냐? 니가 만든 건데 니가 쳐 자.

**민수**  (석민에게) 잤어요?

**한별**  졸다가 나랑 눈 마주쳤어. 그러면서 뭐? 의자가 불편해?

**석민**　안 잤어. 의자가 너무 불편했다니까. 이런 의자는 잠도 안 오는 의자야.

**민수**　잠 오는 의자면 안 되는 거 아네요.

**석민**　안 잤다니까.

**한별**　지금 우리가 하는 이 작품 이거 괜찮은 거 맞냐?

**민수**　전 하면서도 이거 왜 하는지 모르겠어요.

**한별**　연출 이거 엎자.

**석민**　뭘 엎어. 재밌구만. 연기가 구려서 그런 거지.

**한별**　뭐?

**석민**　아니 의자가 불편하다고.

**민수**　그건 아니라니까요.

**석민**　의자 때문이라고!

**한별**　왜 계속 의자 타령이야. 암튼 됐고. 대표는 나고 내가 엎자면 엎는 거야.

**석민**　달랑 네 명밖에 없는데 대표해서 좋겠다. 내가 연출이야. 못 엎어.

**한별**　재미없는 공연은 안하는 게 나아. 엎어.

**석민**　못 엎어. 이게 왜 내 탓이야. 제작비는 하나도 안 쓰면서 무슨 질 좋은 공연을 만들겠다는 거야. 연극 예술작품이다. 재미만 추구해선 안 된다고. 작품성 예술성을 갖춰야 된다고.

**한별**　돈 쓰면 예술성이 저절로 생기냐?

**석민**　그건 아니지.

**민수**　이거 코미디 아니었어요?

**석민**　누가 그래?

| 민수 | 연출님이 그러셨잖아요. 요즘은 상업적인 거밖에 안 먹힌다. 내가 기가 막힌 코미디로 극단을 살리겠다. |
|---|---|
| 석민 | 내가 그런 말을 했다고? |
| 민수 | 예. 저번에 술 먹고. |
| 한별 | (갑자기) 야 왜 말 안했어 코미디라고. 나 완전 정극연기 했잖아. |
| 석민 | 넌 정극 연기가 더 웃겨. |
| 한별 | (달려든다) 이 자식이…. |
| 민수 | 엎어요? 말아요? |
| 석민 | (도망치면서) 이거 진짜 별로야? |

한별 민수 동시에 대답한다.

| 한별 | (동시에) 어. |
|---|---|
| 민수 | (동시에) 네. |
| 석민 | (지선에게) 이거 진짜 별로야? |
| 지선 | (과자를 먹고 있다가 껍질을 손으로 구겨 버린다) |
| 석민 | 쓰레기라고? |

지선은 자연스럽게 음향 고 버튼을 누른다. YES 라는 음성이 나온다.

| 석민 | 저게 진짜. |
|---|---|
| 한별 | 아니 그리고 요즘 왜 계속 의자 타령이야. 저번에 엎었던 것도 의자 나오지 않았냐? |
| 민수 | 네. 그 전에 엎었던 것도 의자. 그 전도 의자. 계속 의자 애 |

기만 엎었죠.

**석민** (상황을 무마 시키려는 큰 웃음과 함께 의자를 엎는 과장된 행동) 누가 들으면 내가 의자 막 엎는 그런 연출인 줄 알겠다.

**한별** (무시하며) 너 뭐 의자에 한 맺혔냐? 왜 써 오는 작품마다 죄다 의잔 건데. 안하던 객석 의자 타령을 하질 않나. 도대체 뭐가 문제야?

**석민** 흠… 그러니까… (뜸 들이다) 의자라는 게 굉장히 매력적이지 않아?

**민수** 왜요?

**석민** 의자로 할 수 있는 이야기가 아주 많잖아.

**민수** 의자 말고도 할 수 있는 건 많죠. 왜 의잔데요?

**한별** 그래 침대도 있고.

**석민** (놀라는 척) 헉! 침대? 넘나 야한 거. (실실 웃는다)

**민수** 장난치지 말고요. 왜 의자 아니면 안 되는 건데요?

**석민** 너 오늘따라 너무 집요하다.

**민수** 저 원래 집요해요. 왜 의잔 건데요?

**석민** 하이데거.

**한별** 하이데거가 뭐야?

**민수** 실존주의 철학자? 하이데거?

**석민** 오! 좀 아네.

**한별** 개랑 의자랑 뭔 상관인데?

**석민** 존재가 존재자의 존재인 한에서 존재의 진리는 존재자를 통해 구현되므로 밝음을 보존하는 장소는 존재자가 되고 존재자에 입각해 존재의 진리의 현성에 이르는 길을 발견해야 하나 오늘날 존재가 과연 존재의 진리를 간직하고 있는가. 즉….

**한별**  (말 자르며) 죽을래?

**석민**  너 어려운 얘기만 나오면 성질내더라.

**한별**  뭐 이 새끼야!!

**석민**  인간이란 존재는 의자가 있어야 존재한다는 거지.

**민수**  무슨 말인지 알겠는데요.

**한별**  무슨 말인지 알겠다고?

**민수**  (무시하며) 의자가 아니어도 되는 거잖아요? 왜 꼭 의자냐는 거죠?

**석민**  난 의자가 좋아. 오브제로 사용하기에는 이만한 게 없다고. 침대는 눕는 거밖에 안 되지만 의자는….

**민수**  앉는 거밖에 안 되죠.

**석민**  (단호하게) 아니지. 방귀소리를 낼 수 있지.

모두 석민을 가만히 쳐다본다. 각자의 느낌은 다르다.
한별은 미친놈을 보는 듯하고 민수는 무언가 알 것 같은 표정이며
지선은 무심한 표정이다.

**석민**  그거 아나? 방귀냄새와 장미향은 성분이 같다는 거? 농도의 차이로 방귀냄새가 되기도 장미향이 되기도 하는 거라고. 예술도 그래.

**한별**  그거 아나? 내 인내심이 한계에 도달했다는 거?

**석민**  아니 그럼 어쩌자고. 지금 내 머릿속에는 의자밖에 없어. 다른 건 안중에도 없다고. 엎고 싶으면 니가 쓰고 니가 연출해. 간다.

| | |
|---|---|
| **지선** | (음향을 틀고 그 음향에 맞춰 무대를 가로질러서 과자를 집어간다) |
| **석민** | 방금 자신한테 음향을 간 거야. BGM을? 내가 잘 못 본 거 아니지. |
| **민수** | 해보죠. |
| **한별** | 뭘? |
| **민수** | 의자 얘기요. |
| **한별** | 너 까지 왜 그래? |
| **민수** | 해봐요 한번. 의자. |

잠시 암전.


# 3장. 한별의 의자


한별 대본을 들고 들어와 민수, 석민, 지선에게 나눠준다.

석민은 보지도 않고 자고 있고 민수는 열심히 본다.

지선은 스텝실로 가서 음향을 찾는다.

한별은 떨어져 앉아 있다.

짧은 암전. 석민은 여전히 대본을 보지도 않은 채다.

한별 석민을 대본으로 후려쳐서 깨우고.


| | |
|---|---|
| **한별** | 고! |
| **석민** | 어디에도 앉을 곳이 없어. 내 의자를 치워버렸단 말이야. |
| **민수** | 짤렸냐? |
| **석민** | 아니. 내가 언제 짤렸다고 했어. 내가 앉을 의자를 치워버 |

렸다고 했지.

**민수**   그게 그거 아냐?

**석민**   아니지 다르지. 그건 정말 다른 얘기야.

**민수**   뭐가 다르지? 나에겐 그게 그거처럼 들리는데.

**석민**   아니지 다르지. 이건 철학적인 얘기야. 존재에 대한 이야
기지. 존재는 있는데 앉을 의자가 없으니까 존재가 희미해
진다는… 그런 얘기야.

**민수**   철학?

**석민**   그래 철학.

**민수**   대표님 이거 지문대로 진짜 해요?

**한별**   당연하지.

**석민**   그 대사 지문 있어? 내 대본엔 없는데?

**한별**   고!

**민수**   (똥 싸는 폼, 지선 타이밍 맞춰서 효과음을 튼다) 아! 똥 싸는 얘
기군.

**석민**   (당황해서 민수와 지선을 번갈아 가며 본다) 뭐?

**민수**   (똥을 주무르는 마임) 니가 말한 의자 얘기 개똥같다고.

**석민**   개똥?

**민수**   (석민 얼굴에 닦는다) 그래 개똥.

**석민**   (분위기 바뀌며 한별에게) 뭐하는 거야? 이씨. 야 이거 밑도 끝
도 없이 개똥이 왜 나와?

**한별**   철학은 개똥이다.

**석민**   니가 하고 싶은 얘기가 그거냐?

**한별**   그래. 끊지 말고 계속해.

**석민**   (다시 분위기 잡고) 개똥?

| 민수 | 그래 개똥. 니 의자 얘기는 개똥 같은 얘기야. 아니 개집 같은 얘기지. |
|---|---|
| 석민 | 계집? |
| 한별 | 발음 정확하게 해라. 계집이 아니고 개집. |
| 석민 | 끊지 말래면서 니가 끊냐? |
| 한별 | 다시. |
| 석민 | 개집 같은 얘기라고? 내 의자 얘기가 개집? 그럼 나는 개라는 소리야? |
| 민수 | 꼭 그런 얘기는 아니야. 넌 개처럼 생겼지만 개는 아니지. |
| 석민 | 야! 너 이거? |
| 한별 | 계속해. |
| 석민 | 욕이야? |
| 민수 | 아니야. 이건 철학적인 얘기야. 개집에 산다고 다 개는 아니라는 거지. 실제로 너 저번에 술 먹고 개집에서 잤잖아. 두 걸음만 더 가면 문이 있었는데 말이야. 넌 개처럼 생겼지만 개가 아니야. 그건 너도 알고 나도 알고 있어. 니 의자를 치워버렸다고 해서 널 치운 건 아니라는 거지. |
| 석민 | 이 대사 이거 뭐냐? |
| 한별 | 끊지 말라고. 계속! |
| 석민 | (어렵게) 묘하게 납득 되는데. 그럼 내 의자를 치운 건 왜지? |
| 민수 | 니가 필요 없다는 거겠지 |
| 석민 | (버럭) 그게 내가 한 얘기잖아. |
| 민수 | 아니지. 넌 철학적인 얘기를 한 거고. 난 사실을 말한 거야. |
| 석민 | 그게 다른가? |
| 민수 | 다르지. 니 얘기는 철학이 될 수 없다는 거니까. |

**석민** (종이를 집어 던지며) 안 해. (한별에게) 너 그냥 나 까고 싶은 거 아냐? (관객 보며) 나 개집에서 한번 잤다.

**한별** 왜 재밌는데.

**석민** 이게 재밌다고? 지선아. 이게 재밌어?

**지선** (똥 싸는 효과음 튼다)

**석민** 봐봐. 쓰레기라잖아.

**민수** 처음 시작은 좋은 거 같은데요. 어디에도 앉을 곳이 없어. 내 의자를 치워버렸단 말이야. 이거 좋은데요. 의자로 뭔가 얘기하려고 하는 게 아니고 의자를 없애는 걸로 얘기가 되잖아요.

**석민** 그렇다 해도 이건 재미없어. 스토리가 없잖아.

**민수** 즉흥으로 해보는 거 어때요? 시작은 그대로 가고 그 다음부터 즉흥으로 하는 거죠.

**석민** 즉흥?

**한별** 오케이 고.

**석민** 뭘 즉흥이야?

**한별** 지선아.

**지선** (음향을 튼다)

**민수** (바로 분위기 만들며) 어디에도 앉을 곳이 없어. 내 의자를 치워버렸단 말이야.

**석민** (어색하게) 니 의자를? 왜?

**민수** 나도 모르지. 근데 너 왜 반말 하냐?

**석민** 뭐?

**민수** 왜 형한테 반말 하냐고?

**석민** 이 새끼가.

**민수**    (강하게) 뭐 이 새끼? 너 죽을래?

**한별**    즉흥!

**석민**    (한숨 쉬며) 형 의자를 왜요?

**민수**    나도 모르지. 암튼 내가 앉을 곳이 없어졌다는 거야.

**석민**    (존댓말이 힘들다) 형이 필요 없어졌다는 거 아닐까… 요?

**민수**    그렇다면 그냥 그렇다고 얘기하면 돼. 내 의자를 치울 필요는 없다고.

**석민**    형이 필요 없어졌다고 얘기하는 거죠. 직접적으로.

**민수**    이게 직접적이라고? 내 눈에는 너무 번거로운 짓이라는 생각인데.

**석민**    그래 내 생각도 이건 너무 번거로운 짓이다. 이런 식으로 작품이 나올 수 없어. 나와 봤자 가짜야. 허깨비 같은 거라고.

**민수**    (석민을 후려친다. 몰입하며) 내가 가짜라고? 허깨비라고? 난 여기 존재한다고. 내 의자를 치웠다고 해서 내가 사라지는 게 아니야. 난 여기 있어. 여기 있다고.

**석민**    (화내며) 그만하라고. 이런 식으로는 아무것도 안 돼. 아무것도 없어.

**민수**    (절규한다) 난 아무것도 아니지 않아. 난 아무것도 아닌 게 아니라고. (갑자기 석민에게) 그리고 이 새끼가 아까부터 왜 계속 반말이야. 개처럼 생긴 새끼가.

**석민**    이런 씨….

**한별**    (말 자르며) OK. 거기까지.


지선 신나는 음악을 틀고 춤을 춘다.

황당하게 보고 있는 민수, 석민, 한별.


**석민**  쟤 나 싫어하냐?

**민수**  이제 아셨어요?


암전.


# 4장. 지선의 의자

조명 인.


한별, 석민, 민수 무대 위에 서 있다.


**석민**  근데 지선이 작품 뭐가 뭔지 이해되냐?

**한별**  아니.

**석민**  (민수에게) 너는?

**민수**  전혀요.

**석민**  아 그리고 난 연출 전공이야. 왜 자꾸 배우를 하라는 거야.


지선 대본을 들고 나온다.


**지선**  시작할게요.

**석민**  처음에 뭐더라?

**민수**  의자 배치하는 거 아니었어요?

**한별**    맞아.

민수, 석민, 한별 의자 배치를 하고 있다.
벨소리가 들린다.

**한별**    누구냐? 연습 시간에.

**지선**    (전화 받으며 나간다) 어. 나 지금 극단인데. 작품? 준비는 안 하고 의자로 놀고 있어. 도미노나 해볼까 하고. 대표부터 시작해서 다 정신 나갔어.

**민수**    (지선에게 작게) 누나. 전화 끊어요. 그거 대표님이 젤 싫어하는 건데. 누나. 어디 가요?

**지선**    (수화기를 떼고) 오늘 연습 여기서 끝낼게요.

**한별**    야! 연습 이제 시작했어.

**지선**    제가 연출이잖아요. 뭐 문제 있어요? (수화기에다 대고) 아! 미안. 음악 들으러 가자. 연습? 끝냈어. 내가 연출이거든.

지선 퇴장한다.

**석민**    쟤 대박이다. 누가 데려 왔냐?

**한별**    (석민 멱살을 잡고 흔들며) 너잖아. 이 자식아.

민수 뜯어 말린다.

조명 암전.

# 5장. 민수의 의자

조명 인.


피아노 연주곡 음향.

한별 피아노 의자에 앉아 있다. 피아노 없이 마임으로 피아노 치는
연기한다.

석민은 멍한 표정으로 바라보고 있다.

민수는 관객석에 앉아 있다가 석민에게 가서 연기를 지적하고

석민 한별을 보는 표정 반한 표정으로 바뀐다.

한별 연주를 끝마친다.


**석민**  (석민 천천히 다가가) 저기요. 제가 진짜 이런 거 처음인데요.
      (머뭇거리다) 아씨 나 못해.

**민수**  형!

**한별**  잘 좀 하자.

**석민**  알았어. 알았다고.

**민수**  다시 갈게요.

**석민**  저기요. 그러니까 제가 진짜 이런 거 처음인데요. 피아노
      치는 모습이 너무….

**한별**  (재촉하듯) 너무?

**석민**  아… 아….

**한별**  아?

**석민**  아파 보여요.

**한별**  이씨.

**민수**  형 대사 맘대로 바꾸지 마요. 형도 형 대본, 맘대로 대사 바꾸는 거 싫어하잖아요.

**석민**  그래 한다 해.

**민수**  다시 갈게요. 아 그리고 누나. 이 대사 끝나고 사랑에 빠지는 음향 하나 틀어주세요.

**석민**  저기요. 그러니까 제가 진짜 이런 거 처음인데요. (글 읽듯이) 피아노 치는 모습이 너무 아름답습니다. 첫눈에 반했습니다.

**지선**  (전쟁터 소리를 튼다)

**민수**  누나!!

**지선**  (엄지를 든다)

**민수**  (같이 엄지를 든다)

**석민**  미친것들 안 넘어 가냐?

**민수**  다음 장면 무서운 영화 보는 설정입니다. 누나는 상황 보면서 음향 맞춰서 틀어주시면 돼요.


한별, 석민 자리를 옮겨 앉는다. 무서운 영화 보는 설정.
한별은 계속 영화를 못 보고 석민에게 기댄다.
석민 마뜩찮은 표정을 짓고 있다.
민수 다가와 지적하고 석민은 억지로 밝은 표정을 짓는다.
영화가 끝났다.


**한별**  영화 어땠어요?

**석민**  우리 헤어져. 난 무서운 영화 볼 때 질척거리는 거 딱 질색이야.

| 민수 | 형! |
|---|---|
| 석민 | 니가 대본에 애드리브라고 적어 놨잖아. |
| 민수 | 아무리 그래도 상황에 맞게 해야죠. |
| 한별 | 제대로 좀 하자. |
| 석민 | (궁시렁 댄다) 대사를 애드리브라고 적어 놓는 작가가 어디 있냐? 작가가 왜 있는 거야? |
| 민수 | 다음 장면 갈게요. |
| 석민 | (애드리브로 계속 궁시렁 댄다) |
| 한별 | 그만 좀 궁시렁 대라. 남자새끼가 좀생이처럼. |

한별, 석민 자리를 옮겨 앉는다. 차 뒷자리에 앉는다.

| 석민 | (대본을 보며) 근데 이거 운전기사 대사 누가 해? |
|---|---|
| 민수 | (지선에게) 누나 대사 한번만 해주세요. |
| 지선 | 나 배우는 안 하는 소신이라서. |
| 민수 | 누나 진짜 한번만 부탁드릴게요. 진짜. 한번만. |
| 지선 | 싫어. |
| 민수 | 과자 사드릴게요. 그냥 그 자리에서 대사만 쳐 주셔도 돼요. |
| 지선 | 어디로 모실까요? |
| 석민 | 뭐야? 한 거야? 소신 어쩌고 하지 않았어? |
| 한별 | 쟤 이해하려고 하지 마. 그냥 해. |
| 민수 | 다시 갈게요. |
| 지선 | 어디로 모실까요? |
| 석민 | 공항이요. |

**지선**  따~악 보니까 신혼여행?

**한별**  네.

**지선**  제가 촉이 좋습니다.

**석민**  야. 대사가 너무 설명하려는 거 같지 않냐?

**지선**  닥치고 출발하겠습니다. (사이) 두 분 다 처음이세요?

**한별**  네? 뭐가요?

**지선**  두 분 다 초혼이냐고요?

**한별**  (당황하며)  네? 초혼이죠.

**석민**  아저씨 뭘 그런 걸 물어보세요?

**지선**  뭐 재혼이 흉인가요? 요즘 다들 두 번 세 번씩 하지 않습니까? 전 재혼하는 게 소원입니다.

**석민**  이혼하셨어요?

**지선**  우리 남편 집에 살림하면서 멀쩡히 있습니다. 하하하 어디로 가세요?

**한별**  몰디브요.

**지선**  오 모히또에서 몰디브 한잔?


모두 말이 없다.


**지선**  하하하 요즘 핫한 농담인데 모르시네. 몰디브는 계절이 어떻게 돼요? 봄? 여름? 가을? 겨울?

**석민**  거긴 계속 여름입니다.

**지선**  하하하. 농담크. 저 신부님. 눈 깜빡 한번 해보세요.

**한별**  네? 눈 깜빡이요?

**지선**  네. 깜빡하셨어요?

| | |
|---|---|
| **한별** | 네. |
| **지선** | 눈 깜빡할 사이에 공항 다 왔습니다. 하하하. |
| **석민** | (벌떡 일어난다) 아 진짜 못 해먹겠다. |
| **민수** | 왜요 또? |
| **석민** | 아무 내용도 없고 농담 따먹기나 하는 게 작품이라고. 이건 아니야. |
| **한별** | 왜 재밌기만 한데. |
| **민수** | 대표님이 재밌다 하시잖아요. 요즘은 상업적인 거밖에 안 먹힌다. 내가 기가 막힌 코미디로 극단을 살리겠다. 이거 형이 한 말이에요. |
| **석민** | 이게 코미디냐? 이건 꽁트도 안 돼! |
| **민수** | 일단 끝까지 해 보고 얘기해요. 다음 장면. |

자리를 이동한다. 민수 빠진다.

한별, 석민 유모차에 아이가 있다는 설정으로 연기한다.

| | |
|---|---|
| **한별** | 까꿍? |
| **석민** | 우리 애새끼 완전 예쁘네. |
| **민수** | 형! 진짜 이럴 거예요? |
| **석민** | 야. 대상이 없으니까 감정 이입이 안 되잖아. |
| **한별** | 그건 그러네. |
| **석민** | 니가 애 역할 하든지. |
| **민수** | (지선에게) 누나? |
| **지선** | 싫어. |
| **민수** | 한번만 과자 두 개 사드릴게요. |

**지선**   싫어.

**민수**   아니 왜요? 아까도 잘 하셨잖아요. 대사만 쳐 주세요.

**지선**   애 역할 싫어.

**석민**   참 나. 역할은 또 가리네. 미치겠다. 진짜.

**민수**   알았어요. 제가 할게요.


민수 유모차에 앉는다.


**석민**   (갑자기 적극적으로) 아이고 우리 민수 너무 이뻐. (민수의 볼을 마구 꼬집으며) 누구 닮아서 이렇게 예쁠까? 아이구 예뻐라.

**민수**   아! 아파요.

**석민**   여보! 우리 민수 벌써 입 터졌어.


한별도 재밌어하면서 가세한다.


**한별**   정말? 아이구 우리 민수. 엄마! 해봐 엄마!

**민수**   (마지못해) 엄마.

**석민**   아빠도 해야지. 아빠. 아빠

**민수**   아빠.

**석민**   아이구 잘한다. (민수의 머리를 쓰다듬다가 갑자기) 뭐? 우리 민수 배고파? 여보 우리 애기 젖 좀 먹여야겠는데.

**한별**   (석민 머리통을 후려친다) 이게 보자보자 하니까. (민수 머리통도 후려친다) 넌 뭐야?


민수 유모차에서 일어나며 옆으로 빠지면서.

**민수**     넘어가요. 넘어가.

한별, 석민 벤치로 이동한다. 서로 기대 있다.

**한별**     아휴. 당신 머리 좀 봐. 염색해야겠어요.

**석민**     벌써 그렇게 됐나? 당신이 해주면 되지. (한별 머리 냄새 맡으며) 당신 오늘 머리 감았어?

**한별**     뭐 이 자식아! 제대로 안 할래?

**석민**     코미디라며? 안 웃겨?

**한별**     안 웃겨.

**민수**     넘어가요.

**한별**     우리 처음 만난 날 기억해요?

**석민**     당연히 기억하지. 당신 피아노 연주 끝내줬지. 당신은 계속 음악 했었어야 했는데 나 만나서 좋아하던 음악도 못하고. 내가 많이 미안해.

**한별**     아니에요. 당신 만나서 행복하게 잘 살았어요. 우리 딸 신혼여행은 잘 하고 있으려나. 쪼그맣던 애가 언제 커서 결혼을 다 하고 시간 참 빨라요.

**석민**     (민수 쳐다보며) 딸이었어?

**민수**     아 쫌.

**석민**     그래 빠르지. 시간. (한별의 손을 잡으며) 수술 얘기는 언제 하려구?

**한별**     천천히 해요. 같이 갈 거죠?

**석민**     당연하지. 내가 당신 곁을 안 지키면 누가 지키나.

**민수**     오케이. 마지막 장면.

한별. 석민 이동하며 한별은 머리에 비니를 쓰고 담요를 덮는다.
한별 휠체어에 앉아 있고 석민 휠체어를 끌고 있다.

**한별**   여보.

**석민**   응?

**한별**   나 흉하죠?

**석민**   응.

**민수**   아 진짜. (끼어들려는 찰나)

**석민**   (비니를 고쳐주며) 잠시만. 당신만큼 예쁜 사람은 살면서 본
          적이 없어.

**한별**   거짓말.

**석민**   (휠체어를 끌며) 당신 만나서 내 삶은 완벽해졌어.

**한별**   나 죽고 다른 여자 만나도 그 말은 하지 마요.

**석민**   당신이 왜 죽어. 이렇게 살아 있는데.

**한별**   그 얘기 해줘요. 존 레논하고 오노 요코 처음 만났을 때
          얘기.

**석민**   존 레논과 오노 요코의 첫 만남은 오노 요코의 작품 전시
          회에서였어. 1966년 11월 9일 존 레논은 즉흥적으로 들
          어간 인디카 갤러리에서 한 작가의 작품에 반하게 돼. 사
          다리가 있고 천장에 돋보기가 달려 있는 작품이었지. 존
          레논은 사다리를 타고 올라가 돋보기로 천장을 보다가
          YES란 글씨를 발견해. 이 세상에서 가장 긍정적인 단어
          YES. 존 레논은 큰 감동을 받고 작가를 만나고 싶어 하지
          만 그 당시 오노 요코는 대중음악에는 관심도 없어서 존
          레논이 누군지 몰랐대. 그렇게 그 둘은 처음 만났고 세기

의 사랑을….

**한별**　(얘기를 듣다가 서서히 고개를 숙인다)


민수 박수를 친다.

한별 자는 건지 죽은 건지 알 수가 없다.


**민수**　연출님. 연기 좀 되시는데요.

**석민**　(아무 말이 없다)

**민수**　(석민 눈치를 본다) 별로예요?

**한별**　엔딩 좋은데?

**민수**　괜찮죠?

**석민**　뭐가 괜찮아? 많이 알려진 얘기 그냥 갔다 붙인 거잖아.

**한별**　방귀 얘기로 끝나는 엔딩보단 나.

**석민**　(열정적으로) 의자 얘기는 하나도 없잖아. 그냥 남녀가 만나고 살다가 늙고 여자가 죽을병 걸려서 죽고 끝이잖아. 어디에나 있음직한 얘기일 뿐이야.

**한별**　아 그놈의 의자 타령. 그만 좀 해.

**민수**　의자가 계속 등장하잖아요. 모든 장면에서 두 사람의 인생과 함께 하는 거죠. 피아노 의자, 영화관 의자, 자동차 의자, 유모차, 벤치, 휠체어 죄다 의자잖아요.

**석민**　(격양되며) 어떤 그림을 하나 봤어. 달처럼 보이는 어떤 행성에 의자 하나 놓여 있는 그림. 심지어 그 의자는 다리 하나가 부러져 있었어. 우주에서 살 수 있는 사람은 없지만 의자는 거기 있었어. 그 의자는 존재하는 거야. 마치 처음부터 있었던 것처럼. 그 그림에는 사람 따위가 나오지 않아도 감동이 있어. (가슴을 만지며) 여기에 오는 게 있다고.

**민수** (흥분해서) 의자라는 존재자가 있어야 우리가 존재한다고요? 그건 철학책에나 있는 얘기예요. 의자라는 게 아무도 앉아주지 않으면 아무 가치가 없어요. 의자야말로 사람이 있어야 존재할 수 있는 거라고요. 모르겠어요? 의자는 누군가를 떠받치기 위해 태어난 거라고요. 의자 혼자 아무것도 할 수 없어요.

**석민** 의자가 누군가를 떠받치기 위해 태어났다고?

**민수** 네.

**석민** (자신에 빠져) 의자 혼자 아무것도 할 수 없다고….

석민 침묵한다.

**한별** (사이) 의자가 그렇게 생각할까?

**민수** 의자가 무슨 생각을 해요?

**한별** 자기 존재가 누군가를 떠받치기 위해 존재한다고 생각할까?

**석민** 절대 그렇지 않지.

**한별** 그건 모르지. 니가 의자에 집착하고 있지만 의자의 생각은 알 수 없다고. 우린 알 수 없지.

**민수** 대표님까지 왜 그러세요.

**한별** 의자도 생각이나 의지가 있다고 가정하는 거지. 자의식이 있는 의자. 자의적 의자.

**민수** (비꼬듯이) 좋은데요. 자의적의자. 거꾸로 해도 자의적의자.

**한별** 좋아 이걸로 가자.

**민수**    뭘 이걸로 가요.

**한별**    자의적의자가 주인공인 연극.

**민수**    의자가 주인공인 연극이요? 연극이 뭔지 몰라서 하는 말 아니죠? 의자가 대사를 친다고요. 의자가 무슨 말을 하는 데요. 관객들 앉혀 놓고 의자들이 대사를 칠 겁니다. 잘 들어 보세요. 이러실 거예요?

**한별**    그래 그것부터 시작해보자.

**민수**    예?

**한별**    의자 소리를 한번 들어보자고. 자자 앉아봐.


모두를 데리고 객석에 가서 앉는다.


# 6장. 빈 의자


무대 위에는 빈 의자들만 있다.


**민수**    (객석에서) 들려요?

**한별**    들으려고 해봐. 무슨 얘기 하는지.

**민수**    미치겠네.


긴 사이.


**한별**    재밌네.

**민수**    네?

| 한별 | 그냥… 의자 위에 아는 사람들을 하나씩 앉혀 봤어 상상으로. 근데 웃겨서. |
|---|---|
| 민수 | 뭐가요? |
| 한별 | 서로 모를 텐데 지들끼리 얘기하네. |
| 민수 | 상상력 좋으시네요. |

긴 사이.

| 석민 | 내가 왜 의자에 집착했는지 알아? |
|---|---|
| 한별 | 왜 집착했는데. |
| 석민 | 밤새 글을 쓰다 잠이 들었어. 아침에 일어나 내가 쓴 글을 쭉 읽었어. 처음부터 끝까지. 그 다음에 내가 뭘 한지 알아? |
| 한별 | 뭘 했는데? |
| 석민 | 지웠어. 내가 쓴 글을 하나하나 del키를 한 번 두 번 세 번 반복해서 누르면서 지우는 거야. 밤새 쓴 글을. 그리고는 넥타이를 꺼내서 엮었지. 주변을 둘러봤는데 걸만한 데가 없더라고. 어찌어찌 걸어서 의자 위에 올라갔어. 그리고 의자를 치웠지. 바둥거리는데 살고 싶더라고. 누워있는 의자한테 말했어. 의자야 조금만 일어나 볼래? 그때 의자가 일어났어. |
| 민수 | 진짜요? |
| 석민 | (웃으며) 그럴 리가. 줄이 끊어졌어. 켁켁 거리는데 의자랑 눈이 딱 마주친 거야. 의자는 눈이 없지만 눈이 마주쳤다는 느낌이 들었어. 내 눈은 원망의 눈이었겠지. 의자의 눈 |

은 담담했어. 난 너의 죽음을 그저 지켜볼게. 대신 기억할게. 의자가 나한테 말하는 거 같았지. 그때부터 의자 얘기를 하고 싶었어.

암전.

# 제주,
# 그날을 위해

—

신혜은

**등장인물**

김장환
안서희
김시범
임정찬
김연배
고순환
이재형
황진식
백웅선
조천댁
남자
순사부장
순사1
순사2
그 외 백성들과 순사들

# 프롤로그

무대 위에는 검은 샤막이 걸려있으며 아무 것도 없이 텅 비어 있다.
객석과 무대의 조명이 꺼지면 긴장감이 흐르는 음악이 흘러나오며
샤막 뒤로 남자의 모습이 비춰진다. 남자는 종이 두루마리를 갖고 있
다. 남자, 독립선언서를 낭독한다.


**남자**　　(비장하게)
　　　　　우리는 이에 우리 조선이 독립한 나라임과
　　　　　조선 사람이 자주적인 민족임을 선언한다.
　　　　　이로써 세계 만국에 알리어
　　　　　인류 평등의 큰 도의를 분명히 하는 바이며,
　　　　　이로써 자손 만대에 깨우쳐 일러,
　　　　　이로써 민족의 독자적 생존의 정당한 권리를
　　　　　영원히 누려 가지게 하는 바이다.
　　　　　대한독립만세! 대한독립만세! 대한독립만세!

　　　　　남자의 만세 삼창과 함께 만세 삼창을 외치며
　　　　　백성들로 분장한 배우들 등장.
　　　　　샤막의 조명이 꺼지면서 백성, 관객과 함께 대한독립만세를 외친다.
　　　　　곧 사방에서 들리는 총소리와 함께 일본 순사들 등장.


**일본순사들**　잡아라. 한 놈도 놓치면 안 된다. 잡아!

도망가는 백성들과 뒤를 쫓는 일본군. 뒤이어 샤막 조명이 들어온다. 샤막 안쪽으로 각종 구조물들이 보인다. 샤막 안쪽에는 쫓고 쫓기는 사람들의 모습이 보여지고 무대 앞으로는 총에 맞거나 곤봉에 맞아 쓰러져 있는 사람들의 모습이 보인다. 음악은 절정으로 흐르고 커다란 굉음과 함께 사람들의 움직임이 멈춘다.

잠시 정적.

하수Top 조명 들어오면 김장환 까만 가방을 가슴에 끌어안으며 등장. 불안한 듯 두리번거린다. 반대편에서 모자를 눌러쓴 남자가 장환을 발견하고 다가온다.

**남자**　장환 동지.

**김장환**　(목소리를 낮추며) 괜찮습니까?

**남자**　아직은 괜찮지만 서둘러 이곳을 떠야 할 것 같습니다. 한양이 시작했으니 평양 및 전국에서 독립을 향한 함성이 곧 조국을 뒤덮을 것입니다. 그날을 위해 서두릅시다.

**김장환**　(비장한 목소리로) 알겠습니다. 조국이 독립하는 그날을 위해.

**남자**　훌륭합니다. (품에서 종이 두루마리를 꺼낸다) 그리고 이거.

김장환 서둘러 종이 두루마리를 받아 가방에 넣은 후 품에 안는다.

**김장환**　감사합니다. 이것으로 제주에서도 독립을 향한 불길을 일으킬 수 있겠습니다.

남자, 고개를 끄덕인 후 김장환의 어깨에 손을 올린다.

**남자**　　그럼 살아서 만날지, 죽어서 만날지 모르겠지만 독립이 되는 그날, 웃으며 봅시다.

**김장환**　대한독립만세.

**남자**　　대한독립만세.

남자 몸을 돌려 나간다.
남자가 나간 곳을 바라보던 김장환 모자를 눌러쓰고 사라진다.
음악이 다시 흐르기 시작하며 백성들이 움직이기 시작하지만
움직임이 둔하다.
백성들을 패고 있는 일본 순사들의 모습과 찢기고 맞아 바닥에 엎어진 채 몸을 들썩이는 백성들의 모습이 보인다.
암전.


# 1장. 김시범의 집


무대는 제주에 있는 김시범의 방 안이다. 정갈한 방에는 뒤로 병풍이 쳐져 있고 작은 좌탁이 있다. 좌탁 위에는 서책이 놓여있다. 그 옆으로는 서책이 꽂혀있는 책장이 보인다.
김시범과 임정찬, 김연배 좌탁을 사이에 두고 앉아 이야기를 나누고 있다.


**김시범**　얼마 전 장환이에게 서신이 도착했습니다.

**임정찬**　뭐라고 합니까?

**김시범**　한양에 큰 일이 일어날 거라고 하더군요.

자세한 사항은 와서 얘기하겠다고 합니다.

**김연배**  어제 배로 들어온 장돌뱅이 얘기로는 시위가 일어났다고 하는데 우리도 힘을 보태야 하는 거 아닙니까?

**임정찬**  어허. 이 사람아. 소리를 낮추게. 누가 들으면 어쩌려고 그래?

**김연배**  원통해서 그럽니다. 저놈들에게 나라를 빼앗긴 것도 모자라 사람 취급도 못 받는 현실이 말입니다.

**김시범**  젊은 자네 마음은 알지만… 우리들만으로는 아무 힘이 없다네. 몇 명이서 뭘 할 수 있단 말인가?

**김연배**  하지만… 마음만으로도 아무것도 할 수 없습니다. 아무리 마음이 있어도 움직이지 않으면 어떤 것도 얻을 수가 없단 말입니다.

그때 안서희 목소리가 들린다.

**안서희**  (소대에서) 어르신. 들어가도 되겠습니까?

**김시범**  들어오너라.

안서희 무대 안으로 들어온다.

**안서희**  어르신. 곧 배가 들어올 시간입니다.

**김시범**  벌써 시간이 그리되었느냐?

**안서희**  오늘도 포구에 나가볼까요?

**김시범**  그래. 혹여 장환이가 도착하면 바로 집으로 함께 오너라.

**안서희**  알겠습니다.

안서희 퇴장. 김시범, 임정찬과 김연배를 바라본다.


**김시범**   자네들 마음은 잘 알고 있네. 일단 돌아들 가서 있게. 장환
           이가 돌아오면 바로 기별할 테니.

**김연배**   하지만….

**김시범**   이 사람. 내 말하지 않았는가.

**김연배**   … 알겠습니다.

**임정찬**   그럼 저희는 이만 일어나도록 하겠습니다.
           혹 소식이 들어오면 바로 연락주시지요.

**김시범**   알았네.


임정찬과 김연배 인사를 하며 퇴장.

김시범 아무 일 없는 듯 책을 꺼내 읽는다.

암전.


# 2장. 조천포구

긴 뱃고동 소리가 울리며 파도치는 소리가 들린다.

무대 뒤 막으로 제주의 바다가 펼쳐지고 포구의 모습이 보인다.

무대 위에는 배가 한 척 서 있으며

사람들이 등짐을 진 채 배에서 내리고 있다.

전반적으로 분위기가 어둡고 가라앉아 있다.

일본 순사부장과 순사들 등장.

**순사부장**  경성에서 쥐새끼 한 마리가 숨어들었다는
　　　　　전문이 들어왔다. 샅샅이 뒤져라.

**순사들**　하이.


　　　　　순사들 흩어져서 배에서 내리는 사람들에게 다가간다.
　　　　　고순환, 이재형이 배에서 내린다.
　　　　　그 뒤로 변장한 김장환이 따라 내린다.


**고순환**　하이고. 이번 뱃길은 험해서 죽는 줄 알았고만.

**이재형**　그러게요. 형님. 이젠 흙은 못 밟을 줄 알았다니까요.

**고순환**　(주위를 둘러보며) 그런데… 오늘 분위기가 영 안 좋은데?

**이재형**　그러게요. 혹 한양에서 일어난 일 때문일까요?

**고순환**　(화들짝 놀라며) 예끼. 이 사람아. 함부로 입 놀리지 말게.
　　　　　그러다 우리 다 줄초상난다구.

**이재형**　헙. 알겠습니다요.


　　　　　그때 순사가 사람1,2를 부른다.


**순사1**　어이. 거기. 이리 와봐.


　　　　　고순환, 이재형 주위를 두리번거리다 순사를 바라본다.


**고순환**　저… 저희 말씀입니까?

**순사1**　그래. 너희 둘.

고순환, 이재형 순사 앞으로 다가간다.


**이재형**  순사 나으리 무슨 문제라도 있습니까요?

**순사1**  갖고 있는 짐. 다 풀어보거라.

**고순환**  저희는 아무 잘못한 것이 없는데요?

**순사2**  풀라면 풀지. 뭔 말이 많아.

　　　　(들고 있던 곤봉으로 두 사람을 위협한다)

**고순환/이재형**  아이고. 알겠습니다.


두 사람 서둘러 등에 메고 있는 봇짐을 푼다.


**고순환**  보십시오. 아무것도 없지 않습니까요?


두 사람의 봇짐을 확인한 순사는 고순환의 말을 무시하며 몸수색을 실시한다.


**이재형**  (화를 내며) 우리가 무슨 잘못을 했다고
　　　　다짜고짜 이러시는 겁니까?

**순사2**  뭐라? 이 천한 조센징 따위가.


순사2가 이재형을 곤봉으로 내리치자 이재형이 반항하듯 몸을 밀치려 한다.


**고순환**  (다급히 이재형을 말린다) 이 사람아 왜 이래?
　　　　(순사를 향해) 아이고. 나으리.

저희들이 무지해서 그럽니다요. 한번만 용서해 주십시오.
저희들은 진짜 아무것도 없습니다. 자 보시지요.

**순사2**    조센징 따위가 건방지게.

**순사1**    (순사2를 말리며 이재형을 향해) 다음에 또 이따위 행동을 하면
그땐 진짜 큰일 치를 줄 알아라.

**고순환**    네네. 감사합니다.


고순환, 서둘러 이재형을 챙겨 자리를 벗어난다.


**이재형**    (분한 듯) 우리가 대체 무슨 잘못을 했다고
이러는 건지 모르겠습니다.

**고순환**    쉿. 이 사람 아직 정신을 못 차린 겐가? 얼른 돌아가게.
간신히 흙을 밟았는데 죽을 수는 없지 않은가?


그때 뒤에서 순사1의 소리가 들린다.


**순사1**    (뒤를 돌아 조용히 지나가려는 김장환을 부른다)
어이. 거기. 이리 와봐.


김장환 주위를 둘러본다.


**순사1**    그래. 너 말이야. 너.


김장환 고개를 숙인 채 순사 앞으로 다가간다.

| 순사1 | 어디서 온 놈이지? 처음 보는 얼굴인데? |
|------|---------------------------------|
| 김장환 | 조천 사람이오. |
| 순사1 | 조천? 너 같은 놈을 본 적이 없는데? |
| 김장환 | 어릴 때 아버님을 따라 육지에 나갔다가<br>이번에 숙부님께서 편찮으시다는 연락을 받고<br>내려오는 길이오. |
| 순사1 | (의심의 눈초리로 쳐다본다) 그래? 갖고 있는 가방을 열어봐라. |

김장환 순순히 가방을 열었으나 아무것도 없다.

| 순사1 | 통과! |
|------|------|
| 김장환 | 고맙소. |

김장환 순사1을 지나친다.

| 순사1 | 잠깐. (김장환 멈춘다)<br>품속에 숨긴 것은 없는지 살펴봐야겠다. |
|------|------|

김장환 모자를 내리누르며 천천히 양복 안쪽으로 손을 집어넣는다.
순사1 뒤에서 김장환을 향해 다가올 때 안서희 등장.

| 안서희 | 오라버니. |
|------|------|

안서희의 목소리에 김장환 품속으로 넣었던 손을 거둔다.

**김장환**　서희?

**안서희**　네. 오라버니. 오랜만이어요.

**김장환**　(고개를 끄덕이며) 그렇구나. 정말 많이 컸는걸.

**안서희**　오라버니도 몰라보게 변하셨습니다.

　　　　　하마터면 못 알아볼 뻔했는걸요.

**김장환**　어쨌거나 고맙구나.

**순사1**　(헛기침) 서희 아가씨 아니십니까?

**안서희**　이게 누구신가?

**순사1**　예전에 아가씨 댁에서 신세졌던 이혁수입니다.

**안서희**　그래. 한동안 안 보인다 싶었더니 순사가 된 겐가?

**순사1**　먹고 살아야 하니까요. 그런데…

　　　　　(김장환을 바라본다) 이 분은?

**안서희**　내 사촌 오라버니라네. 아버님이 몸이 편찮으셔서

　　　　　잠시 내려온 길인데 무슨 문제라도 있는가?

**순사1**　(순사2를 곁눈질로 슬쩍 본 후) 아닙니다. 어서 가시지요.

**안서희**　고맙네.


순사1 살짝 고개를 숙인 후 순사2에게 다가간다.

순사1,2 퇴장.

순사들이 퇴장한 것을 확인한 김장환과 안서희 안도한다.


**안서희**　오느라 고생하셨습니다. 어르신께서 기다리고 계세요.

**김장환**　그래. 어서 가자. 할 얘기가 많다.


김장환, 안서희 퇴장.

암전.

# 3장. 김시범의 집

방 안에는 김시범이 서탁 위의 책을 읽고 있으나 집중되지 않는다.
그때 안서희 목소리가 들린다.


**안서희**   (목소리) 어르신. 다녀왔습니다.

**김시범**   (읽던 책을 덮는다) 그래. 소식은 있었느냐?

**안서희**   장환 오라버니와 함께 돌아왔습니다.

**김시범**   (자리에서 벌떡 일어나며) 그럼 얼른 들어와야지.
　　　　　 뭐하고 있는 게야?


김장환. 안서희 등장.


**김장환**   숙부님. 그간 강녕하셨습니까?

**김시범**   그래. 얼굴이 많이 상했구나. 내려오느라 고생이 많았어.

**김장환**   아닙니다.

**김시범**   (서희를 향해) 가서 장환이가 왔다고 일러라.

**안서희**   네. 어르신.


안서희 퇴장. 김시범과 김장환 자리에 앉는다.


**김시범**   한양에선 난리가 났다고 들었다.

김장환    네. 숙부님. 고종 황제께서 돌아가시고
        사람들의 독립에 대한 함성이 한양을 덮었습니다.

김시범    (한숨을 내쉬며) 우리도 힘이 되어야 할 텐데…
        이러고 있으니.


        김장환 밖을 살펴본 후 아무도 없음을 확인하고 다시 자리에 앉은
        후 품속에서 작은 두루마리 종이를 꺼내 김시범에게 내어놓는다.


김시범    이게 무엇이냐?

김장환    독립선언문입니다.

김시범    독립선언문?


        김시범 서둘러 두루마리를 펼친다.
        두루마리를 읽은 김시범. 놀란 얼굴로 김장환을 바라본다.
        김장환 굳은 얼굴로 품 속에 숨겨둔 단검을 꺼내
        서탁 위에 올려 놓는다.


김시범    장환아?

김장환    이제는 제주에서도 독립의 불길을 피워야 할 때입니다.
        이미 평양과 광주, 부산에서도
        독립의 불길을 피우고 있습니다.
        이때 우리 제주가 함께하지 않는다면
        훗날 어떤 얼굴로
        우리 후세들을 대할 수 있단 말입니까. 숙부님?
        저는 죽을 결심을 했습니다.

우리 후세들이 일제의 만행에 당하지 않고
자유롭게 살게 될 그날을 위해 싸울 것입니다.

김시범 고개를 끄덕인다. 그때 안서희 목소리.

**안서희**   어르신. 임 어르신 드셨습니다.

김시범 독립선언문을 서탁 아래 숨긴다.

**김시범**   알겠다.

임정찬과 김연배 안으로 들어온다.
김연배 김장환을 보고 반갑게 인사한다.

**김연배**   (김장환을 향해) 형님. 오랜만입니다.
**김장환**   그래. 오랜만이구나. 그동안 잘 지냈느냐?
**김연배**   그럴 리가 있겠습니까? 왜놈들이 저리 설치고 다니는데.
        싹 다 쓸어버리고 싶은 걸 간신히 참고 있습니다.
**김시범**   어허. 입조심하라고 그리 일렀거늘.
**김연배**   뭐 어떻습니까? 우리끼리 있는데 말입니다.
**임정찬**   새로운 소식이 있습니까?
**김시범**   (안서희를 향해) 지금부터 주위에 아무도 들이지 말거라.

김시범의 말에 안서희 알겠다는 듯 밖으로 나간다.

**임정찬**   서희에게 밖을 맡길 정도로 은밀한 이야기인가요?

김시범 말없이 서탁 아래에서 독립선언문을 꺼낸다.
의아한 얼굴의 임정찬과 김연배.

**임정찬**   … 그게 무엇입니까?
**김장환**   한양에서 독립을 위한 시위가 일어났습니다.
이 두루마리는 독립을 선포한 독립선언문이구요.
전국에서 들불처럼 대한독립을 위한 시위가
번지고 있는 상황입니다.

임정찬 서탁 위에 있는 독립선언문을 읽는다.

**임정찬**   오오. 드디어 시작이 되었군요. 이 독립 선언문을 읽으니
차갑던 가슴이 불처럼 달아오르는 것이 느껴집니다.
나라의 독립을 위한 일이라면 이 한몸 죽더라도
밑알이 되어야지요.
**김연배**   드디어 설욕을 풀 시간이 되었습니다.
**김시범**   흥분할 일이 아닙니다.
일본군의 감시와 탄압이 더 심해지고 있어요.
이 일은 은밀하게, 신속하게 해야 할 일입니다.
**김연배**   일단 함께 할 청년들을 모으겠습니다.
**김장환**   일제의 끄나풀들이 있을지 모르니 조심하거라.
**김연배**   걱정하지 마시지요.
**임정찬**   그럼 거사일을 언제로 정하는 것이 좋을지요?

한양에서 이미 시위가 일어났다면
우리도 빨리 하는 것이 좋지 않겠습니까?

**김시범**  맞습니다. 모든 것은 때가 있듯 지금 독립의 물결이 일고
있을 때 합류하지 못한다면 기회를 잃을 수도 있으니까요.

**김연배**  다음 주에 곧 있으면 조천 오일장이 열립니다.
그날을 거사일로 잡으면 어떻겠습니까?

**김시범**  다음 주면 너무 이른 듯한데….

**임정찬**  아닙니다. 시간이 길어지면 노출될 수도 있으니
빨리 하는 것도 좋을 거 같습니다.

**김시범**  좋습니다. 거사일은 다음 주에 열리는
조천 오일장으로 하지요.

**임정찬**  그럼 각자가 해야 할 일을 정하고
다음에 다시 모이도록 합시다.

네 사람 서로의 역할을 의논하기 시작한다. 암전.


# 4장. 김시범의 집 마당

무대 막으로 커다란 나무와 담장이 보이고
둥근 달이 밝게 비치고 있다.
김장환 툇마루에 앉아 달빛을 바라보고 있다.
풀벌레 소리가 들리고 주위가 조용하다.
안서희 등장. 툇마루에 앉아있는 김장환을 발견한다.

**안서희**　피곤하실 텐데 주무시지 않구요.

**김장환**　잠이 오질 않아.

**안서희**　(김장환의 옆에 나란히 앉는다)

　　　　어르신께 얘기는 들었어요.

　　　　어찌 그리 위험한 일을 하셨습니까?

**김장환**　누군가는 해야 할 일이었다. 그보다 너는 괜찮은 것이냐?

**안서희**　(쓴웃음을 지으며) … 이제는 괜찮습니다. 다 지나간 일인 걸
　　　　요. 부모님께서 비명횡사하신 후 오갈 데 없어진 저를 어
　　　　르신께서 자식으로 거둬주셔서 다행히 잘 지내고 있지요.

**김장환**　네가 고생이 많았겠구나.

**안서희**　(고개를 저으며) 아닙니다. 이 시대를 살아가는 자라면
　　　　누구나 겪을 수 있는 일이지요.

　　　　그보다… 거사가 꼭 성공했으면 좋겠습니다.

**김장환**　모르겠다. 사실 나라의 독립을 위해 보탬이 돼야 한다고
　　　　생각하지만 두려운 것은 어쩔 수가 없구나.

**안서희**　오라버니는 잘 해낼 것입니다. 어렸을 때부터 불의에 대해
　　　　잘 참지 못하시지 않았습니까?

**김장환**　(웃음) 겁쟁이가 되었나보다. 이곳에 내려올 때까지만 해도
　　　　두려운 게 없었는데… 나고 자란 고향에 돌아오니 소중한
　　　　것들이 너무 많구나. 지켜야 할 것들이 보여 자꾸만 마음
　　　　이 작아지니….

**안서희**　그러기에 더욱 거사를 성공해야지요.

　　　　소중한 이들을 지키기 위해 그들의 고통을 외면하면

　　　　안 된다고 생각해요. 아프고 절망스러워도

　　　　내일을 위해 지금 할 수 있는 걸 해야 합니다.

**김장환**  (고개를 돌려 서희를 바라본다)

내가 알던 서희가 맞는 게야?

맨날 울고 내 바짓자락에 매달리던

꼬맹이 아가씨가 언제 이렇게 큰 거지?

**안서희**  놀리지 마시어요.

부모님이 일본놈들의 총칼에 돌아가셨을 때 다짐했죠.

언젠가 때가 오면 저도 부모님과 같은 길을 걸을 것이라구요.

그래서 미력하나마 도움이 되려고 해요.

**김장환**  (안서희의 손을 잡는다) 장하구나. 힘들었을 텐데… 너를 보니

나도 더 힘을 내야겠구나. 고맙다.


김장환, 안서희 나란히 앉은 채로 달을 바라본다.

풀벌레 소리가 점점 커지며 조명이 어두워진다.

무대 위에는 달만 남아있다.

암전.


# 5장. 시위를 준비하다


귤 밭에 있는 감귤 창고 안이다.

한쪽에는 귤이 쌓여있고 각종 농기구들이 벽에 놓여있다.

흙바닥에 천을 깔아놓고 김연배, 김장환. 마을 청년들과 부녀자들이

모여 태극기를 그리고 있다.


**황진식**  이거 이렇게 그리는 거 맞나?

**백응선**　에헤이. 그렇게 그리는 거 아니라니까.

　　　　건곤감리 몰라? 건곤감리.

**황진식**　건… 뭐시기?

**백응선**　아이고. 이렇게 무식할 수가. 태극기 주변에 있는

　　　　검정 짝대기 말이여. 그게 건곤감리란 거여.

**김연배**　(웃음) 그럼 그 뜻은 아는가?

**백응선**　(순간 당황하며) 어? 그… 그건.

**김연배**　건곤감리란 것은 하늘과 땅, 물, 불을 가리키는 괘로써

　　　　하늘과 땅을 상징하는 우리나라의 태극을 호위하고 있지.

**백응선**　들었지? 그러니까 잘 그리란 말이여. (황진식의 태극기를 가르

　　　　치며) 이게 뭐여. 짝대기가 한쪽만 길잖여.


그때 조천댁이 백응선의 등짝을 치며.


**조천댁**　이놈아. 너나 잘 그려.

　　　　이건 태극이 아니라 땟국물이 흐르겄구만.

**백응선**　(맞은 곳을 만지며 억울한 듯) 엄니는 나만 갖고 그려유.


사람들 웃음소리.


**김연배**　쉿! 놈들에게 들킬 수 있으니 어서 작업을 마무리 짓도록

　　　　하죠.

**황진식**　맞아요. 서둘러 마무리합시다.

**조천댁**　(백응선을 향해) 놀지 말고 어여 하라고.

　　　　내가 저 놈들에게 본 때를 보여줄 것이여.

**백응선**　엄니는 나만 갖고 그려.

사람들 서둘러 작업을 마치고 태극기를 정리하려고 한다.
그때 밖에서 강아지들 짖는 소리가 시끄럽게 들린다.

**백응선**　뭐… 뭐여? 일본 놈들인감?
**황진식**　빨리 숨겨요. 빨리.
**조천댁**　아이고 이걸 어쩌지?

김장환과 김연배 만들다만 태극기를 통 속에 숨긴 후
볕 짚으로 덮는다.
나머지 사람들 창고에서 귤을 꺼내 썩은 귤을 골라내는 척한다.
그때 순사부장과 순사1,2 등장.

**순사부장**　(창고 안을 둘러보며) 왜 다들 모여 있는 거지?
**조천댁**　(시치미를 떼며) 보면 모르십니까?
　　　　지금 썩은 귤을 골라내고 있습니다.
**황진식**　날씨가 아직도 추운데 올해는 귤이 잘 썩는단 말입니다.
**순사부장**　(순사1,2를 향해) 뒤져라.
**순사1,2**　하이.

순사1, 2 창고 안을 뒤지기 시작한다.
순사 부장 주위를 둘러보며 태극기를 숨겨놓은 통 쪽으로 다가간다.

**조천댁**　(큰소리로) 아이고 나으리. 이 귤 좀 드시겠어요?

아주 맛나다니까요.

조천댁, 귤을 순사부장의 손에 쥐어주려 한다.

**순사부장** 이게 무슨 짓이야?

거칠게 조천댁을 밀친다. 넘어지는 조천댁. 옆에 있던 임철민 놀라
조천댁을 부축한다.

**순사부장** 더럽게 어딜 잡으려고 하는 거야?
**백응선** 당신이야말로 이게 무슨 짓입니까? 저희 엄니가 무신 흑
심이 있는 것도 아니고. 귤 하나 드리려 했을 뿐 아닙니까?
**순사부장** 뭐라? 이 더러운 조센징 따위가.

순사부장 손에 들고 있는 곤봉으로 백응선을 내리친다.

**백응선** (비명소리) 아악.
**조천댁** (백응선을 감싸며) 아이고 응선아. 순사 나으리.
제가 잘못했구만요.

김장환과 김연배, 황진식이 항의하듯 달려들자
순사부장 총을 꺼내 위협한다.

**순사부장** 까불지 마라. (순사1,2를 향해) 패라.

순사1, 2 다가와 안에 있던 사람들을 패기 시작한다.

그때 밖에서 총소리가 들린다.


**순사부장** 무슨 소리지?

**순사1** 수상한 놈이 있는 듯합니다.

**순사부장** 가보자. (퇴장)


순사1,2 퇴장. 순사 무리가 나가자 엎어져 있던 김연배. 자리에서 일어나 순사 무리가 갔는지 확인한 후 조천댁과 백응선을 일으킨다.


**김연배** 이제 괜찮은 거 같습니다. 아주머니.

**김장환** 정말 고맙습니다.

아주머니 아니었으면 꼼짝없이 들킬 뻔했어요.

**조천댁** (치마를 탈탈 털며) 아니여. 그래도 태극기는 지켰으니게.

**백응선** 아따 환장하긋네. 엄니 누구 죽는 꼴 보고 싶어서 그라요? 그런 상황에서 왜 엄니가 나선단 말이요?

**조천댁** (임철민의 머리를 쥐어박으며) 이놈아. 그래도 여편네가 해야 저 순사놈이 경계를 덜 할 거 아니냐.

**백응선** 암튼… 엄니 한번만 더 그러믄 내가 가만히 있지 않을 것이여.

**황진식** 자자. 동생도 그만혀. 빨리 나머지 작업을 끝내야지.

**조천댁** 맞네. 저놈들이 다시 돌아오진 않겄지. 얼른 끝내도록 하게.


백응선 투덜대며 숨겨둔 태극기와 그림 도구들을 다시 꺼낸다.

태극기를 그리는 사람들.

암전.

# 6장. 결의

텅 빈 무대 뒤의 샤막 뒤로 조명이 들어오면 김장환을 비롯한 14인의
독립운동가들이 객석을 향해 서 있다. 조명은 어두우며 사람들의 실
루엣만 보일 정도이다. 샤막 앞 희미한 TOP 조명 안에 김필원이 태
극기를 앞에 두고 앉아있다.


**김필원**  (태극기 위에 혈서를 쓰며) 대한독립만세.

무대 뒤 스크린에 태극기가 떠오르며 김필원의 혈서로 쓴 대한독립
만세 글씨가 새겨지며 제주 독립운동가들의 이름이 태극기 위에 새
겨진다.


**김시범**  나 김시범을 포함한 독립운동 동지들은
우리 조선의 독립을 위해  이 한몸 바칠 것을 선언한다.

**다같이**  우리는 이에 우리 조선이 독립한 나라임과
조선 사람이 자주적인 민족임을 선언한다.
이로써 세계 만국에 알리어
인류 평등의 큰 도의를 분명히 하는 바이며,
이로써 자손만대에 깨우쳐 일러
이로써 민족의 독자적 생존의 정당한 권리를
영원히 누려 가지게 하는 바이다.

대한독립만세! 대한독립만세! 대한독립만세!

샤막 조명이 꺼지며 무대를 가득 채운 태극기 위로
독립운동가들의 이름이 새겨져있다.
암전.


# 7장. 조천 오일장

무대에 조명이 들어오면 오일장은 물건을 파는 사람들과
사는 사람들로 분주하다.
객석에서 김장환, 김연배, 황진식, 임정찬 등장.
사람들에게 몰래 태극기를 나눠준다.
그때 무대 위로 김시범, 백응선, 조천댁 등이 나온다.
태극기를 다 나눠준 네 사람이 무대로 올라가면
김시범 비장한 얼굴로 무대 중앙으로 나온다.
평소와 다른 분위기에 물건을 팔던 사람들 김시범을 향해 집중한다.
김시범 주위를 둘러보며 품 안쪽에서 두루마리를 꺼내 펼친다.


**김시범**   우리는 이에 우리 조선이 독립한 나라임과
        조선 사람이 자주적인 민족임을 선언한다.

**이재형**   뭐시여? 시방 여기도 독립만세인 거여.

**고순환**   그런가 보다.

**이재형**   그럼 우리도 만세를 불러야지.
        왜놈들한테 당하고 산 게 얼만데. 대한독립 만세.

김시범의 선언과 함께 무대 위에 있던 사람들

태극기를 흔들며 대한독립 만세를 외친다.

그때 호루라기 소리가 들리며 일본 순사들 등장.


**순사부장** 놈들을 잡아라.


순사들 사람들을 패기 시작하자 사람들이 도망치기 시작한다.

쫓고 쫓기는 추격전.

무대 조명은 점점 붉은 색으로 바뀌고

태극기를 움켜쥔 채 쓰러지는 사람들.


**순사부장** 한 놈도 남김없이 다 찾아내라.

**순사들** 하이.


# 8장. 추격


안서희의 방. 김시범의 방과 마찬가지로 단아하고 정갈한 방이다.

방 뒤로 병풍이 있고 탁자 위에는 작은 화병이 놓여있다.

안서희 초조한 듯 서성거린다. 그때 방문을 두드리는 소리가 들린다.

안서희 서둘러 방문을 열자 상처투성이인 김장환이 서 있다.

놀란 안서희. 김장환을 방 안으로 들이고

밖에 사람이 없는지 살핀 후 방문을 닫는다.


**안서희** 오라버니. 괜찮으세요?

**김장환**   (고개를 끄덕인다)

**안서희**   얼굴이 많이 상했습니다.

　　　　어르신과 다른 분들은 어떻게 되셨는지요?

**김장환**   숙부님은 잡혀서 감옥으로 끌려가셨다.

**안서희**   (놀라 입을 막는다)

**김장환**   네가 무사한 것을 보니 마음이 놓이는구나.

　　　　얼굴을 봤으니 이만 가야겠다.


안서희 나가려는 김장환을 잡는다.


**안서희**   저도 함께 가겠습니다.

**김장환**   안 된다. 너무 위험해.

**안서희**   지난번 말씀드리지 않았습니까?

　　　　저도 조국의 독립을 위해 일하겠다구요.

**김장환**   지금 나가는 것은 너무 위험해.

　　　　너는 네가 해야 할 일이 있어.

**안서희**   그게 무슨?


그때 밖에서 소란스러운 소리가 들린다. 안서희 문 밖을 살펴본다.


**안서희**   일본 놈들이 온 모양입니다.

**김장환**   이만 가 봐야겠다.


김장환 나가려 한다.

**안서희**　지금 나가시면 반드시 잡히게 될 겁니다.

안서희 만류하며 방 뒤쪽에 있는 병풍에 김장환을 숨긴다.
순사부장과 순사들 등장.

**순사부장**　이 곳으로 수상한 놈이 들어오는 것을 보았다.
**안서희**　여긴 여인 혼자 기거하는 방입니다.
　　　　수상한 자가 들어올 리가 없지 않습니까?
**순사부장**　알 수 없는 일이지. (순사들을 향해) 뒤져라.

방 안을 뒤지던 순사1. 병풍 뒤에 있는 핏자국을 발견한다.
순사1 고개를 들어 안서희를 바라보자 안서희 애타는 눈빛으로 작게
고개를 젓는다. 순사1. 발로 핏자국을 문질러 뭉개버린다.

**순사1**　아무것도 없습니다.
**순사2**　이쪽도 없습니다.
**순사부장**　혹시라도 수상한 자가 보이면 꼭 신고하도록 하시오.
**안서희**　알겠습니다.
**순사부장**　가자.

순사부장 퇴장하고 순사2 따라나간다.
순사1 나가려다 안서희를 바라본다.
안서희 고마움을 담아 고개를 끄덕이자
순사1 몸을 돌려 모자를 눌러쓰고 나간다.
잠시 후 병풍 뒤에서 김장환이 나온다.

**안서희**   오라버니.

**김장환**   네게 부탁이 하나 있다.

나를, 숙부님을, 독립을 외친 이들을 기억해다오.

**안서희**   ….

**김장환**   나는 늘 꿈을 꾸었단다. 왜놈들이 없는 자유 대한에서.

우리의 아이들이 자유롭게 웃으며 뛰어다니는 꿈.

가감없이 옳다 그르다를 소리높여 외치는 꿈.

푸르른 강산에 아이들의 웃음소리가 퍼졌으면 좋겠다.

서희야. 그날을 위해 너는 살아남아라.

그리고… 기억해 주렴. 그날이 왔을 때

이름 없이 사라져 간 우리들을….

**안서희**   … 네.

**김장환**   (희미하게 웃으며) 고맙구나.


김장환 밖으로 나간다. 연이어 들리는 총소리와 고함소리.

암전.


# 9장. 취조


스산한 음악과 함께 희미한 조명이 들어온다.

취조실에 잡혀 있는 김장환.

테이블을 사이에 두고 순사부장과 손이 뒤로 묶인 김장환.

마주보고 앉아있다.

김장환 고문을 당해 피투성이에 엉망이 되어있다.

**순사부장**  주동자가 누구냐?

**김장환**  몇 번이나 물어보는 거지? 나라니까.

**순사부장**  네 놈 말고 너와 같이 한 놈들은 다 어디로 갔는지 불라니까?

**김장환**  몇 번을 물어도 내 대답은 같다. 날 죽이는 게 빠를 거야.

**순사부장**  이… 빠가야로.


순사부장 일어나 김장환이 앉아있는 의자를 거칠게 걷어찬다.
옆으로 넘어지는 김장환.


**순사부장**  (분이 덜 풀린 듯한 목소리로 소대를 향해) 끌고 가.


순사1,2 들어와 김장환을 끌고 나간다.
소대에서 김장환의 비명 소리가 들린다.
암전.


## 10장. 감옥


감옥에 갇혀있는 김장환. 쓰러진 채로 일어나질 못한다.
순사1 안으로 들어와 김장환을 살펴본 후 안서희를 부른다.


**순사1**  아가씨.


안서희 등장.

**안서희**　고맙네. 이 은혜는 잊지 않음세.

**순사1**　아닙니다. 저야말로 아가씨를 도울 수 있어 다행입니다.


안서희, 순사1에게 돈을 쥐어주려 한다.


**순사1**　아닙니다.

비록 제가 일본놈들 밑에서 순사 노릇을 하지만…

이건 받을 수 없습니다. 이건 제 최소한의 양심입니다.

**안서희**　하지만 보답을 해야 내 마음이 편하네.

**순사1**　이번에 시위가 일어나기 전까지는 몰랐습니다.

그러나 나라를 위해 분연히 일어난 분들을 보자

제 마음 속에도 무언가 울컥 올라오는 것이 있었어요.

그게 무엇인지 저도 잘 모르지만… 나도 나라를 위해

제가 제 자리에서 할 수 있는 일이 있지 않을까 하는

생각이 들었습니다.

**안서희**　….

**순사1**　시간이 별로 없습니다. 얼른 얘기하시고 나오셔야 합니다.


안서희 고개를 끄덕인다. 순사1 퇴장.

안서희 감옥 창살 쪽으로 천천히 걸어간다.


**안서희**　오라버니?

**김장환**　… 누… 누구?

**안서희**　저 서희입니다.

**김장환**　여긴 어떻게? 어떻게 왔느냐?

그보다 다른 분들은 괜찮으신지…?

**안서희**  어르신은 얼마 전 풀려나셨습니다.

**김장환**  (안도의 한숨) 아아… 그래. 다행이구나.

**안서희**  그보다 몸은 어떠신가요? 괜찮으신가요?

**김장환**  난… 생각보다 괜찮다. 너무 걱정하지 말거라.

**안서희**  일본놈들의 분위기가 심상치 않습니다.
　　　　곧 패망할 거라는 소문이 돌고 있어요.

**김장환**  그래? 그거 참 다행이구나.

**안서희**  그러니… 희망을 잃지 마시고 조금만 더 힘을 내시어요.

**김장환**  고맙구나.


순사1 들어온다.


**순사1**  아가씨. 빨리 나오셔야 합니다.

**안서희**  다음에 또 들리겠습니다.

**순사1**  빨리요.

**안서희**  그때까지 무사하셔야 합니다.


안서희, 순사1과 함께 퇴장. 홀로 남은 김장환.


**김장환**  나라 잃은 백성이 무얼 더 원하리. 안타깝구나. 내 소원은
　　　　내 나라, 내 조국에서 평범한 삶을 영위하는 것이거늘.
　　　　아쉽구나. 여기서 내 여정을 마감하는 것이….


김장환 쓰러진다.

암전.

# 11장. 그날을 위해

상수 Top 조명이 들어오면 머리가 하얗게 센 안서희
의자에 멍하니 앉아있다.
한 손에는 태극기를 들고 있다.

**안서희**  대… 한 독립… 만세.


이미주 등장.


**이미주**  엄마 뭐하세요?

**안서희**  (멍한 얼굴로 고개를 돌리며) 으… 응? 이거. 대… 한 독립…
만세.

**이미주**  또 독립만세 외치고 계신 거예요?


안서희 고개를 끄덕인다.


**이미주**  에구… 벌써 몇 십 년이 지났는데 아직도 그 시간에
갇혀 계신 거예요? 우리 엄마 언제면
그 곱던 모습으로 돌아오시려나.

**안서희**  잊으면 안 돼. 오라버니랑 약속했어.
우리 애들에게 좋은 세상 올 때까지 기억하기로.

**이미주**  엄마, 지금이 그 좋은 세상이에요. 참, 이번 3.1절에 조천 읍사무소에서 만세동산까지 만세삼창을 하면서 걸었대요. 한번 보실래요?

이미주 TV를 켠다. 제주 뉴스에 만세삼창을 하며 만세동산까지 걷는 행사가 뉴스로 나온다. 아이들이 웃으며 만세삼창을 하는 기분에 대해 인터뷰한다. 인터뷰하는 아이 뒤로 장난치는 아이들의 모습이 나온다. 아이들의 웃음소리가 TV를 통해 가득 퍼진다.

**안서희**  … 아이들이 웃어.
**이미주**  그럼. 아이들이니까 웃지. 그러니까 이제 엄마도 웃어요.
**안서희**  … 나?
**이미주**  (고개를 끄덕이며) 응. 나도 좋은 시절에 살고 있고 우리 애들 괴롭힐 사람도 없어요. 그러니 이제는 마음 놔요. 내 정신 좀 봐. 엄마 약 갖고 올게요.

이미주 퇴장.

안서희 물끄러미 허공을 바라보며 한 손을 들어 허우적댄다.
하수 Top에 불이 들어오고 김장환 웃으며 서 있다.

**안서희**  오라버니… 왜 이리 늦게 왔어요?
서희가 얼마나 기다렸는데.

김장환 무대 뒤로 김시범, 김연배, 임정찬 및 독립 운동가들 등장.

함께 웃으며 손짓한다.

**안서희**  어르신들도 모두들…
이제 저도 당신들 따라 가도 되는 거죠? 기다렸어요.

서서히 내려오는 손. 안서희 천천히 눈을 감는다.
암전.
끝.

# 집과 집 사이

—

홍서해

**등장인물**

준
도연
미미

밴드와 스탠드 마이크가 있는 라이브 바 무대.

**사회자**  어두운 밤. 여러분의 밤을 밝게 비춰줄 한 줄기 빛 같은 목
소리. 저희 라이브 바의 얼굴! 미미를 소개합니다.

무대의상을 입은 미미가 나온다. 반주가 시작된다.
(어느 날 갑자기 – 가수 장덕 노래)
미미를 바라보는 사람들의 눈이 많고, 미미는 그를 의식한다.
공연이 끝난다.

**미미**  감사합니다.

미미는 의상이 담긴 캐리어를 끌고 나간다.
새벽
세 채의 건물이 있고 각 건물에는 발코니가 있다.
준의 발코니에는 화분이 가득 차 있고, 도연의 발코니는 다른 발코니
보다 높고 철창 안으로 쓰레기 봉지들이 보인다.
미미의 발코니에는 술병이 늘어져 있고 의자가 하나 놓여있다.
미미가 동네에 들어선다. 손에는 휴대용 술병을 들고 있다.
비틀대는 미미.
앞에 보이는 화분을 발로 찬다. 흩어진 흙과 식물을 발로 밟는다.

**미미**  씨발. 씨발. 니가 뭔데. 니가. 뭔데.

도연 등장하며 그 모습을 본다.

**미미**   (도연을 발견하고) 뭘 봐?

도연 시선을 돌려 가려는데 미미가 도연을 붙잡는다.

**미미**   자기야. 뭘 보냐구?

**도연**   네?

**미미**   니가 뭔데 그런 눈으로 날 보냐고. 이씨.

**도연**   아. 아니 저는 그냥 지나가는 길이었는데요.

**미미**   그럼 그냥 지나가. 왜 쳐다보고 지랄이야.

**도연**   네, 네. 죄송합니다. 근데 그 화분 그린빌 아저씨가 아끼는
         화분이에요.

**미미**   뭔 상관? 그럼 여기에 놓지 말았어야지.

**도연**   사, 사과하시는 게 좋을 거예요. 아마도.

**미미**   (손을 올리며) 이게 확 씨. 니가 뭔데 이래라 저래라야. (갑자기
         웃으며) 쫄았어? 말대꾸 하면 콱 물어버린다.

**도연**   후회하실 텐데.

**미미**   니 갈 길이나 가세요.

도연 집으로 들어간다.
미미 트렁크를 끌고 집에 들어간다.
다음날 아침. 엎어진 화분을 보고 절규하는 준.

**준**    민지!!!!!

흩어진 화분과 식물을 줍다가 길에 찍힌 발자국을 발견한다.

짓밟힌 화분과 식물을 들고 미미의 집 앞에 도착한다. 미미 발코니로
나온다.


미미    (놀라며) 왁 시발. 뭐야! 이거.

준     (흙이 잔뜩 묻은 신발을 손가락으로 가리킨다)

미미    남의 집 앞에서 뭐해요? 심장 떨어지는 줄 알았잖아요. 자
       연인이야 뭐야. 훠이. 훠이.

준     (미미의 신발과 자신이 들고 있는 것을 번갈아 가리킨다)

미미    뭐. 뭐. 왜! 뭐?

준     (미미를 죽일 듯이 노려본다)

미미    아, 화분 주인?

준     (끄덕거리며 으르렁 거리는 소리를 낸다) 아.

미미    되게 화났나봐.

준     (끄덕) 아.

미미    뭐 어쩌라고? 그걸 거기 놓지 말았어야지.

준     (자신의 집을 가리킨다) 아.

미미    아, 본인 집 앞이라고?

준     (끄덕) 아.

미미    집 앞이면 뭐? 그럼 나도 내 물건들 다 집 앞에 펼쳐둘까
       봐. 저기가 자기네 땅이야 뭐야.

준     (끄덕) 아.

미미    (당황하며) 본인 땅이야?

준     (끄덕) 아.

미미    시발. 부자여서 좋겠다 그래. 그럼 좀 넘어가자. 돈도 많으
       면서 그깟 화분 하나 가지고 사람 놀래게. 이씨. 존나 깜짝

놀랐잖아!

**준**     그, 깟?

**미미**   그래. 그깟. 저 건물도 본인 거야?

**준**     (끄덕) 아.

**미미**   이것 봐. 암튼 있는 것들이 더해. 건물에 땅에 다 갖고 있
         으면서 요만한 화분 하나로 되게 호들갑 떠네.

**준**     (발을 쿵쿵거리며 포효한다) 아아.

**미미**   뭐야. 뭐야. 왜이래. 시발. 뭐. 왜!

**준**     으아아–


미미 급하게 담배를 꺼내 문다. 불을 붙인다.


**미미**   어머. 진짜 산에서 왔나봐. (웃음) 이보세요. 말로 해. 나참
         살아서 이런 걸 다 보네. (주머니에서 돈을 꺼낸다) 자. 자. 이거
         면 됐지? (돈을 던진다)

**준**     (돈을 갈기갈기 찢는다) 끄아아악–

**미미**   야이 씨발새끼야!


둘의 포효.
도연 발코니에 있는 쓰레기 더미 사이에서 고개를 내민다.


**도연**   조, 조용히 좀 해주세요.


미미, 준 멈추지 않는다.

| | |
|---|---|
| **도연** | 공, 공부하는데 방해되니까 조용히 좀 해주세요! |

미미와 준 둘 다 멈추고 도연을 본다.

| | |
|---|---|
| **미미** | 넌 뭐야? 빠져. |
| **도연** | 어제 제가 말씀드렸잖아요. 후회하실 거라고. |
| **미미** | 뭐라는 거야. 어? 너? 잘됐다. 자기야. 좀 나와봐. 이 사람 좀 어떻게 해 봐. |
| **도연** | 제가 왜요? |
| **미미** | 이 사람 뭐야? 사람이야 짐승이야? 짐승처럼 이상한 소리만 내고 내가 화분 값 주니까 다 찢어버렸다니까? 건물 갖고 있으면 이런 푼돈은 우습다 이거야? 안 그래도 기분 엿같았는데 너 오늘 잘 걸렸어. 딱 기다려. |

미미 집 밖으로 나온다.
미미 준이 들고 있는 식물을 잡아채고 갈기갈기 찢는다.

| | |
|---|---|
| **미미** | 기분이 어때? 어? |

준 소리를 지르며 흥분해서 사방팔방 뛰어다닌다.

| | |
|---|---|
| **도연** | 그, 그만! 아저씨! 진정하세요. 진정. 진정. |
| **준** | (작게 으르렁 거린다) |
| **미미** | 동물 사육하니? 사육사야? 야 이씨 조련하는 것 같다야. |
| **도연** | 그린빌 아저씨는 사과 받고 싶어 하시는 것 같은데 루비 |

하우스님도 잘못한 게 있으니까 사과를 하시는 게 어떨까요?

**미미**    사과? 사과 하나 때문에 짐승처럼 저러는 거야?

**준**    민지, 아니 식물을 저 지경으로 무자비하게 짓밟은 짐승 같은 당신한테 눈높이 좀 맞췄습니다. 됐습니까?

**미미**    짐승? 이보세요. 거울이나 보고 말하세요. 난 그쪽 보자마자 정글에서 막 탈출한 줄 알았거든요?

**준**    사과하십시오.

**미미**    못해. 안 해. 난 분명 화분 값 줬어. (침을 뱉는다) 재수가 없으려니까 정말 별 같지도 않은 게 다 지랄이네.

미미 뒤돌아서 집에 가려고 하자 준이 미미의 앞을 막아선다.
미미의 샤워가운 가슴팍에 묻은 핏자국을 보고 넋을 놓는다.
미미 시선을 알아챈다.

**미미**    미친 새끼. 어딜 봐? 어딜. 어딜! (준을 때린다) 나 건들지 마. 씨발. 신고할 거야 변태새끼.

**도연**    거기 피….

**미미**    어?

**도연**    가운에 피 묻었어요.

**미미**    에이 씨발. 뭔 상관이야. 다 꺼져. 뭔데 지랄들이야. 나 건들지 마. 신고할 거야.

사이렌 소리가 울리며 경찰이 왔다 간다.
미미 집으로 들어간다.

**준**　　오늘 일은 죄송합니다.

**도연**　아니에요. 아저씨 탓도 아닌데요 뭐. 그나저나 아끼던 화분인데 그렇게 돼서 속상하시겠어요.

**준**　　좋은 곳으로 보내줘야죠. 앞으로 저 사람이랑은 안 부딪히는 게 좋을 것 같습니다.

**도연**　동감이에요.

**준**　　전 가보겠습니다.


준이 집 안으로 들어간다.

과거 회상.

도연이 집 앞을 서성이며 전화통화를 하고 있다.


**도연**　어. 엄마. 짧게 말할게. 이번 시험 떨어졌어. (사이) 제가 일부러 떨어지고 싶어서 이러는 줄 알아? 나도 붙고 싶어. 붙어서 이렇게 지긋지긋한 생활 좀 끝내고 싶어! (사이) 아니, 그게 아니고… 화내서 죄송해요. (한숨) 돈 얘기는 그만하면 안 돼? 오빠 3년 동안 공부할 때는 뒷바라지 다 해줬잖아. 집세, 핸드폰 값, 생활비 내가 언제 엄마한테 손 벌린 적 있어? 더 이상 뭘 어떻게 할까? 아니에요. 미안. 조금만 기다려줘. 엄마. 엄마? 듣고 있어? (사이) 아 진짜 죽고 싶다.

**준**　　거기선 안 됩니다.

**도연**　깜짝이야. 뭐예요?

**준**　　그 자리는 우리 애들 잠자는 자리라서. (사이) 죽을 거면 다른 데 가서 죽으십시오.

**도연**　(작게) 죽고 싶다고만 했지 죽을 생각은 없었는데 죽게 된다면 꼭 여기서 죽고 싶네요.

준　　뭐라고 하셨습니까?

도연　아니에요. 죽으면 슬퍼할 사람도 없는데 억울해서 안 죽을 거예요.

준　　있을 겁니다.

도연　네?

준　　그쪽이 죽으면 슬퍼할 사람 분명 있을 겁니다.

도연　그럴까요?

준　　네. 제가 그랬으니까요. 죽었으면 좋겠다고 생각했던 사람 이 죽었을 때 슬펐거든요. 그나저나 저기 영빌라 사시죠? 1층에 누가 사는지 아십니까? (도연의 발코니를 가리킨다)

도연　그건 왜요?

준　　쓰레기를 저렇게 쌓아두면 어떡합니까?

도연　그럴만한 이유가 있겠죠.

준　　쓰레기를 안 버리는 데에 무슨 이유가 필요합니까?

도연　아니 왜 화를 내고 그러세요.

준　　화를 내는 게 아니라 도저히 이해가 안 가서 그럽니다.

도연　제, 제가 한 번 말해볼게요.

준　　감사합니다.


도연 집으로 들어간다.

며칠 후 새벽.

준 방호복을 입고, 헤드랜턴을 쓰고 나와서 도연의 집으로 향한다.

쓰레기들을 옮기려고 한다. 도연이 집 밖으로 나오다가 그 모습을 본다.

**도연**   누, 누구세요?

**준**   아. 저는 그러니까. 저기 옆에 그린빌에 살고 있는 사람입니다.

**도연**   여기서 뭐하시는 거예요?

**준**   어? 그때 그. 아. 그쪽이 살고 계셨군요.

**도연**   아. 그, 그게. (한숨) 네. 근데 지금 뭐하시는 거예요?

**준**   다름이 아니라 며칠이 지났는데 처리가 안 되어 있어서 제가 대신 해드리려고요.

**도연**   아저씨. 대체 왜 그러세요. 이거 범죄예요. 범죄.

**준**   죄송합니다. 냄새를 도저히 못 참겠어서요.

**도연**   어련히, 제가 어련히 알아서 처리하겠죠. 제 쓰레기잖아요.

**준**   그럼 지금 저랑 같이 버리시겠습니까? 제가 도와드리겠습니다.

**도연**   아저씨. 제 쓰레기는 그냥 저한테 맡겨주시면 안 될까요?

**준**   전에도 말씀드렸지만 이 쓰레기가 이곳에 방치된 채로 이 주의 시간이 흘러가고 있습니다. 맡긴다고 되겠습니까?

**도연**   제가 알아서 한다구요.

**준**   냄새가 너무 심합니다. 저희 애들한테도 안 좋고 그쪽한테도 안 좋지 않습니까?

**도연**   (한숨) 제가 좋게 좋게 말하니까 다들 이러는 거죠? 제가 만만하니까 그러는 거죠?

**준**   그런 것이 아닙니다. 이렇게 집이랑 집 사이가 좁은 곳에서는 기본적인 건 지켜야 한다고 봅니다. 그게 안 된다면 돕는 것도 하나의 방법이지 않겠습니까?

**도연**   도움은 누가 청할 때 하는 게 맞지 않나요? 제가 아저씨한테 도와달라고 했어요?

**준**  누군가한테 도와달라고 말해본 적 있으십니까?

**도연**  아니요. 별로.

**준**  도와달라고 말하는 것도 연습이 필요한 겁니다. 어려운 거예요. 누구나 다 할 수 있는 것이 아닙니다. 쓰레기 버리기 귀찮으시죠? 누군가가 버려줬으면 좋겠다고 생각하셨죠?

**도연**  뭐, 네. 그건 그렇지만.

**준**  제가 도와드리겠습니다. 도움을 청해보십시오.

**도연**  (사이) 그럼 이번 한 번만 도와….

**준**  알겠습니다. 빨리 시작합시다.

준과 도연이 쓰레기를 치운다.

**준**  대체 왜 이렇게 쌓아두시는 겁니까?

**도연**  귀찮잖아요. 사실 집에 들어오면 저런 쓰레기들 볼 틈도 없어요. 오전 알바 갔다가 오후부터 공부 시작해서 밤에 편의점 알바까지 저런 건 눈에 보이지도 않아요, 머릿속에도 쓰레기투성인데요 뭐.

**준**  저것부터 처리해보십시오.

**도연**  시간이 없어요. 시간이.

책과 공책이 여러 권이 섞여서 묶어진 꾸러미를 도연이 보고 멈춘다. 준 책 꾸러미를 드는데 가볍다. 가져가려는데 도연이 책 꾸러미를 잡는다.

**준**      아끼던 겁니까?

**도연**    아낀 건가? 잘 모르겠어요.

**준**      그냥 집에 둘까요?

**도연**    둬도 될까요?

**준**      그걸 왜 저한테 물어보십니까? 본인이 결정하십시오.

**도연**    결정을 못하겠어요. 그냥 운명에 맡긴다는 셈 치고 결정해
          주시면 안될까요?

**준**      제가 그쪽 운명을 바꿔도 되는 겁니까?

**도연**    이제껏 그래왔는데요 뭘. 이젠 아무렇지도 않아요.

**준**      그럼 버리겠습니다.

**도연**    잠깐만요.

**준**      똥 닦은 휴지 어떻게 하십니까?

**도연**    네?

**준**      화장실에서 똥 닦고 나서 그 휴지 어떻게 하시냐고요.

**도연**    쓰레기통에 버리죠.

**준**      그럼 이건요?

**도연**    이건 다르죠. 어떻게 똥 닦은 휴지랑 비교할 수 있어요? 이
          건 제가 고등학생 때부터 쭉 써온 글이에요. 저 말고는 아
          무도 읽어본 적 없고 아무도 모르지만 밤까지 새가면서 쓴
          글이라구요. 퇴고하고 또 퇴고하고 갈아엎으면서 쓴 글이
          라구요.

**준**      저는 몰랐으니까요. 이게 뭔지, 그쪽이 뭘 했는지 아무것
          도 몰랐습니다. 그러니까 저한테는 똥 닦은 휴지랑 별 다
          를 바 없습니다. 그런데 그쪽은 이걸 버릴지 말지 저한테
          결정을 맡기시지 않았습니까?

**도연**    이게 어떤 의미인지 예전에는 알았는데 지금은 모르겠어
요. 맘대로 해주세요.

**준**    알겠습니다.


준이 책 꾸러미를 내 놓는다.
다시 현재.
미미 발코니에 앉아 노래를 흥얼거린다.
휴대용 술병으로 술을 한 모금 마시고 담배를 문다.


**미미**    혈관을 타고 쭈욱 들어와라. 망가져라. 끝은 어딘가. 미련.
사랑은 개뿔. 숨. 콩닥콩닥. 조그만 게 잘도 움직이네. (웃음)
더 망가져라. 끝까지. 나도 너도 모르게. 취한다. 잠은 시도
때도 없이 오고, 오지 않고. (손을 날린다) 에이 씨발 이거나
먹어라.


준 분무기로 화분에 물을 뿌리러 나왔다.
미미 준을 지켜보고 있다가


**미미**    여유롭네. 인생 편해?

**준**    (못 들은 척)

**미미**    아저씨 하루 일과가 그거 하나야?

**준**    (못 들은 척)

**미미**    사람이 말을 하면 좀 듣자. 여기서 거기까지가 얼마나 된
다고 못 듣는 척이야.

**준**    말 섞고 싶지 않습니다.

**미미** 뭘 섞어? 몸을? (웃는다)

**준** 사람이 뭐가 그렇게 꼬였습니까?

**미미** (입에 지퍼를 닫는다)

**준** (한숨) 제가 요즘 산뜻하다는 말에 꽂혀있습니다. 사전을 찾아보니까 기분이나 느낌이 깨끗하고 시원하다는 뭐 그런 뜻이더라고요. 이 애들을 보십시오. (화분을 가리킨다) 산뜻하지 않습니까? 그러다 문득 그런 생각이 들었습니다. 살면서 내가 산뜻한 적이 있었나? 한번쯤은, 한 순간 만큼은 산뜻하게 살아보고 싶어서 삽니다. 그쪽은 산뜻한 적 있었습니까?

**미미** (휴대용 술병을 흔들며) 산뜻하잖아. 깔끔하고. 매우 산뜻해. 근데 아저씨 되게 설명충, 진지충이다. 말을 그렇게 길게 하는 것부터가 산뜻하지 않아. 오글거려. 어우 나 이거 닭살 돋은 것 좀 봐. 으.

**준** 그게 뭡니까?

**미미** 벌레라고 벌레. 설명하려고 하고 매사에 진지해서 주변사람들 답답하게 하는 벌레. 듣는 사람은 괴로워. 정신 건강에 해롭다고.

**준** 그건 그쪽도 마찬가지입니다. 제 정신 건강에 해로우니까요.

**미미** 저 미친놈이.

**준** 욕 좀 그만하십시오.

**미미** 내가 해로워?

**준** 그쪽이 먼저 시작했습니다.

**미미** 씨발. 그래 너 잘났다. 지만 잘났지. 암튼 있는 것들이 더

해. 그런 게 갑질이야. 갑질.

**준**　맥락도 없고, 생각도 없고 그쪽은 뭐에 그렇게 화가 나있습니까?

**미미**　너. 너. 너 이 새끼야.

**준**　(분무기를 미미에게 뿌린다) 정신 좀 차리십시오.

**미미**　씨발. 니가 뭔데!

준은 다시 화분에 물을 뿌리고 미미는 집에서 나와 준에게 달려든다. 미미가 다가오려 할 때마다 준은 미미에게 물을 뿌린다.

**미미**　이, 이 씨, 씨발.

**준**　(물 뿌리며) 산뜻하게.

**미미**　너 너 이 새끼.

**준**　기분이나. 느낌이. 깨끗하고. 시원하게. 조화에 물 줘봤자 소용있겠냐만은 이거나 받으십시오. (물을 뿌린다)

**미미**　짜증나! 씨발!

준 집으로 들어간다.

**미미**　너 이 새끼 가만 안 둬! (악에 받쳐 소리 지른다) 너 당장 안 나와?

도연 집에서 나온다. 미미와 준 모든 동작을 멈춘다.

**도연**　날카롭고, 따끔거려요. 귀가 찢어질 것 같고 살을 바늘로

콕콕 찌르는 것 같아요. 소음이요. 내가 뭘 하려고만 하면 소리가 나를 방해해요. 벨소리, 시계소리, 벽과 천장을 뚫고 들어오는 소음. 핑계대지 말아야지 하면서 자꾸 그쪽으로 마음이 기우는데 나는 그게 너무 싫어요. (미미의 술병을 빼앗아 술을 마신다) 약해지고 약해져서 나를 탓하고 나를 둘러싼 모든 환경을 탓하게 돼요. 나는 왜 시험을 봐야 하나, 왜 공부를 해야 하나, 왜 집 밖으로 나왔을까, 왜 이 좁아터진 원룸에 살고 있나, 왜, 왜, 왜 태어났을까.

준과 도연, 미미가 학교에서 쓰는 테이블과 의자를 갖고 온다.
준, 도연, 미미 순으로 왼쪽을 바라보고 앉는다.
시험지를 계속 뒤로 넘긴다. 바닥에 떨어지는 시험지들.
셋이 정면을 보고 앉는다. 차례대로 테이블 위에 올려진 종이를 든다.
엑스 표시가 그려져 있는 종이. 도연이 술을 한 번 더 마신다.

**도연**  더 이상 떨어질 곳도 없는 것 같은데 계속 떨어지니까 이제는 세상이 저를 거부한다는 느낌이 들어요. 궁지로 몰리는 거죠. 간신히 경계선에 발끝을 올려놓고 테두리를 뱅뱅 도는 거예요. 아슬아슬하게. 시간이 가는 게 무섭고 앞으로 나에게 올 날들이 두려워요. 하루하루가 나를 짓누르는 무게를 얼마나 더 버틸 수 있을지 모르겠어요.

도연 떨어진 시험지 쪽으로 간다.

**도연**  이만큼 쌓여가는 불안들, 생각들을 풀어놓을 곳이 없어졌

어. 제 안에 쌓여서 저를 갉아먹는 벌레들이 꿈틀대는 게
느껴져요.

미미와 준이 도연의 양쪽에 서서 팔을 잡고 당긴다.

**도연** 내가 뭘 하고 있는지, 뭘 하고 싶은지, 내가 누군지 모르겠
어요. 이대로 벌레가 되어 가는 걸지도 몰라요.

멈춤이 풀린다.
도연은 술에 취해 주저 앉아있고 준은 발코니에 미미는 준의 집 앞
에 있다.

**미미** 자기야. 이 무례한 행동은 뭐야? 혼자 뭐라고 중얼거리는
거야? 술은 왜 뺏어먹니? 마시고 싶으면 직접 돈 주고 사
마셔.

**준** 괜찮으십니까?

**도연** 진짜 시끄러워. 씨이이이발.

**미미** 어머어머 얘 말하는 것 좀 봐. 얘. 너 돌았니?

**도연** 넌 좀 닥쳐. 그 입 좀 닫으라구.

**미미** 이 미친년이? (손을 든다)

**도연** 미친년? 너 미친년한테 물려볼래? 콱 물어버린다.

**준** 두 분 다 그만하십시오. 많이 흥분하셨습니다.

**미미/도연** 넌 빠져.

준 고개를 저으며 들어간다.

**미미**  너 제정신이야? (손을 든다) 이게 어디서 확.

**도연**  그러는 너는 뭐가 그렇게 잘나서 나한테 지랄인데? 내가 만만하냐?

**미미**  어. 너 만만해. 지한테 욕해도 찍소리도 못하고 말도 어버버, 함부로 대하기 딱 좋은 쉬운 상대야. 몰랐니?

**도연**  알아. 너무 잘 알지. 그리고 너 같은 사람도 잘 알아. 입고 다니는 옷이랑 출근 시간, 술 냄새, 담배냄새, 향수냄새, 캐리어. 그렇게 살아서 얼마 벌어? 쉽게 쉽게 버니까 돈도 우습고 사람도 우습냐? 창피한 줄 알아.

**미미**  입 안 다물어?

**도연**  내가 왜 다물어? 너나 다물어. 적어도 난 너보다 떳떳하게 살아.

**미미**  (뺨을 때리려는 듯 손을 올렸다가 내린다) 씨발. 니가 뭘 알아. 내가 무슨 일 하는데? 니가 봤어? 봤냐고.

**도연**  안 봐도 훤해. 내가 생각하는 일을 안 한다고 해도 너무 싸보여. 내가 밑바닥까지 간다고 해도 너처럼 안 살아.

**미미**  이년이 술 먹더니 눈에 뵈는 게 없나. 야. 밑바닥까지 가는 건 쉬운 줄 아니? 너 같은 애들은 용기가 없어서 밑바닥까지 가지도 못해. 그리고 거기까지 갔다 쳐. 나처럼 살 수 있긴 하겠니? 웃기지 마.

**도연**  잘됐네. 차라리 죽는 게 낫겠다.

**미미**  꼭 너같이 죽을 용기도 없는 것들이 죽는다는 소리 쉽게 하더라. 밑바닥까지 갈 것도 없고 그냥 내 손에 죽자.

**도연**  죽을 거면 너나 죽어! 그렇게 사는 거 부끄럽지도 않냐? 뭐가 그렇게 즐거워서 웃고 술 마시고 노래 부르는 건데?

난 너처럼 인생 쉽게 사는 애들이 제일 싫어. 가증스럽고 보기 역겨워.

미미가 도연의 머리채를 잡고 도연도 미미의 머리채를 잡는다.

**미미** 놔라.

**도연** 먼저 놔라.

**미미** 니가 먼저 놔 이년아.

**도연** 이년 저년 하지 마 이, 이년아.

**미미** 씨발. 이거 놓으라고!

준 둘에게 양동이로 물을 뿌린다.
물을 뒤집어 쓴 미미와 도연 바닥에 앉아있다.

**준** 저는 평화를 깨뜨리는 게 제일 싫습니다. 따로 또 같이. 적정 거리를 유지하면서. 제발 좀. 당신이 화분을 깨뜨린 그 순간부터 제 일상에도 균열이 생겼습니다. 제가 어떻게 쌓아온 건데… 당신은 식물에 붙어서 잎을 갉아먹는 해충 같은 사람입니다. 식물에 해충이 생겼을 때 어떻게 하는 줄 아십니까? 병든 잎을 잘라내고 다른 식물들과 격리시킵니다. 좀 떨어지십시오.

**미미** (웃는다) 너네 둘이 편 먹었니? 이야 잘 어울린다야. 짝짝꿍 짝짝꿍 천년 만년 백년해로해라. (사이) 근데 씨발 내가 니네한테 뭘 그렇게 잘못했니? (손을 올린다) 이거나 먹어. 이 씨발.

미미의 읊조리는 듯한 노래 소리가 들린다. 웃음소리도 섞여 들린다. 미미의 집을 돌려서 집 안이 보인다. 미미 자해를 한다.

**미미**   (몽롱한 상태에서) 나를 보는 눈이 너무 많아. 그 눈들 중에 어느 것도 날 사랑한다 말하지 않아. 거울 속에 내 눈조차. 니들은 보고 싶은 대로만 보잖아. 나를 아무렇게나 재단하고 판단하잖아. 그래도 나는 쟤보단 나으니까. 위안을 얻는 거야. 그 눈들이 나를 더 부추기는 거야. 더 망가져라. 더 망가져라.

미미가 의자에서 내려온다. 자해로 그은 손목에서 피가 너무 많이 나온다.

**미미**   밑바닥? 밑바닥은 없어. 밑으로 내려가면 온통 진흙이야. 아래로 더 아래로 끌어당기지. 모든 구멍으로 진흙이 들어와서 숨통을 조여와. 지푸라기는 보이지도 존재하지도 않아. 머리만 간신히 내밀고 눈은 깜빡깜빡 입은 뻐끔뻐끔.

미미 집 밖으로 나온다.

**미미**   (웃는다) 어쩌면 진흙 속에서 나를 끌어내리고 있는 건 나일지도 몰라.

미미 노래를 흥얼거린다. 그러다 울상이 된다.

**미미**   나 좀 봐줘. 나 좀 꺼내줘. 내 말 좀 들어줘. 응? 제발. 제발. 나 좀 사랑해줘. 제발!

준이 발코니로 나온다. 미미와 눈이 마주친다.

**준**   뭡니까?

**미미**   (웃는다) 아저씨. 사는 게 고통인데 그걸 견뎌야 살 수 있다는 게, 그게 너무 화가 나.

**준**   괜찮으십니까?

준이 집 밖으로 나온다.
미미에게 다가가는데 미미의 팔목의 피를 보고 뒷걸음질을 친다.
미미가 준에게 한 걸음 다가가려고 한다.

**준**   오지 마십시오.

**미미**   방금 알았는데 화가 나면서도 조금은 살고 싶었나봐. 웃기지?

미미는 말을 하며 준에게 다가간다.

**준**   오지 마.

**미미**   무서워. 사는 것도 죽는 것도. 그냥 자고 일어나면 아무것도 없었으면 좋겠어.

**준**   오지 말라고!

**미미**   내 눈도, 입도, 귀도, 코도 몸도 전부.

미미의 피가 준에게로 스며든다. 패닉이 된 준이 머리를 쥐어뜯는다.

**준**    저 혼자 살아남았습니다. 엄마 아빠의 몸이 온통 피로 덮여있었고 제 발은 묶인 것처럼 움직이지 않았습니다. 그들이 죽기를 누구보다 바랐는데 막상 눈으로 보니까 스스로가 끔찍해지더군요. 마치 제가 죽인 것처럼. 제가 바라고 바라서 죽어버린 것만 같았습니다. 웃음과 눈물이 동시에 나오더라고요. 무서워서 그랬던 걸까요? 슬퍼서 그랬던 걸까요? 태어나지 말았어야 할 제가 태어났고 그들은 서로를 파괴시키다가 그 모든 화살이 저에게로 돌아왔습니다.

준 집으로 가서 집을 돌린다. 준의 집 안이 보인다.
나무의 뿌리처럼 보이는 실 뭉치가 쌓여있고 그 안으로 들어간다.

**준**    썩은 뿌리를 타고 썩어가고 있는 와중에 잘려나갔습니다.

미미 주저앉는다. 도연은 가방을 메고 집 밖으로 나오다가 이 상황을 보게 된다.

**미미**    피를 보면 편안해지거든. 지금 내 마음이 그래. 흘리는 피에 다 맡겨버리는 거야.

**준**    한참을 피를 보고 집 안을 보는데 온통 다 초록색이었습니다. 울창한 숲 같았어요. 저를 잡아먹을 듯이 압도적이었습니다. 쿵쿵 뛰던 심장이 안정되더라구요. 사람들은 저를 부모 죽인 놈이라고 불렀습니다. 맞는 말일지도 모른다는 생각이 들 때마다 식물을 하나씩 데리고 왔습니다. 그러다 보니 엄마 아빠가 죽은 집 안을 식물로 가득 채웠어요.

**미미**  이제까지 나에게 있어서 희망은 절망만 남기고 가버렸어.

**준**  이게 내 전부입니다. 나아질 수는 있었지만 이곳을 떠날 수는 없었어요. 그 당시에 저는 아무것도 몰랐고 다 버리고 떠날 만큼 용감하지는 않았거든요. 혼자가 되어서 혼자 살아남기까지 비참했습니다.

**미미**  근데 또 생기더라구. 희망이. 그래서 긋는 거야. 끊어버리려고. 정신 좀 차리라고.

**준**  다 무너진 곳에서 하나씩 쌓아올린 평화.

**미미**  지긋지긋해.

**도연**  (전화를 들고) 119죠? 여기, 여기 빨리 좀 와주셔야 할 것 같아요.


노래가 흘러나온다. (자우림-안녕, 미미)

시간이 지나

준이 화분을 들고 나오고 도연도 집에서 나와서 마주친다.


**준**  아. 안녕하십니까.

**도연**  네. 안녕하세요.

**준**  네. 그럼.

**도연**  저… 좀 괜찮으세요?

**준**  네. 상당히 괜찮습니다.

**도연**  다행이네요.

도연이 가려고 하는데

**준**    그날 이후로 아무 일도 없었다는 듯이 행동하는 제 자신이 너무 무섭습니다.

**도연**    저도요. 제가 그 일에 아무런 영향이 없었다고는 말 못하겠어요.

**준**    누구의 탓이라고 할 수는 없죠.

**도연**    그렇다고 자꾸 마음에 걸리는 건 어쩔 수가 없네요.


준과 도연이 미미의 발코니를 바라본다. 미미 비닐봉지를 들고 등장한다.


**미미**    저기요들. 누가 죽었니? 씨발 왜 멀쩡히 살아있는 사람을 죽이고 그래.

**도연**    깜짝이야.

**준**    건강해 보이십니다.

**미미**    그래야지. 그래야 이것도 마시지. (비닐봉지를 들어 보인다)

**도연**    다행이에요.

**미미**    너 솔직히 말해봐. 내가 죽길 바랐지?

**도연**    그럴 리가요!

**미미**    내가 가증스럽고 보기 역겹다며.

**도연**    그때 일은 죄송해요. 술을 마시니까 제가 무슨 말을 하고 있는지도 모르게 입이 저절로 움직였어요.

**미미**    니가 나를 보면서 쭉 생각해왔던 거겠지.

**도연**    그 정도까지는 아니었어요.

**미미** 씨발. 평소에 생각했으니까 술 먹고 본심이 나온 거 아냐!

**준** 그만하십시오.

**미미** 넌 레옹이야 뭐야. 좀 빠져.

**준** 치료는 받고 있는 겁니까?

**미미** 뭔 상관?

**준** 그린빌에 총 다섯 세대가 살고 있는데 그 중에서 매일 보던 사람만 보이더라구요. 한 번 마주치면 또 마주치게 되고 그런 식으로 안 보이는 사람은 1년이 지나도록 안 보인 적도 있어요. 여기 세 명 필요 이상으로 많이 마주치고 있다는 생각 안 하십니까?

**미미** 으. 또 말 길게 하는 것 좀 봐. 그냥 딱 말해. 뭐. 무슨 말이 하고 싶은 건데?

**준** 앞으로도 마주칠 일이 많을 것 같단 말입니다. 그럼 서로 좀 조심하자구요.

**도연** 저, 저도 동의합니다.

**미미** 참나. 언제는 좀 떨어지라며.

**준** 지나간 건 이제 좀 보내주고 스며드는 건 받아들입시다. 산뜻하게.

**도연** 처음이에요.

**미미** 뭐가?

**도연** 이웃이랑 이렇게 많이 부딪히고 대화하는 건.

**준** 저도 그렇습니다.

**미미** 그건 뭐. 나도 그렇네. 아주 짜증나 죽겠어.

**도연** 사람이랑 길게 얘기 하는 것도 오랜만이에요. 혼자 살기도 하고 하루를 빡빡하게 살다보니까 사람이랑 대화하는 게 힘들더라구요.

미미　너 친구 없지?

도연　네.

미미　아 진짜 없어? 어쩐지. 친구들이랑 술을 안 마셔 본 티가 나더라고. 그러지 말고 이렇게 된 김에 우리 같이 술 마실까? 아님 말고.

준　술 마셔도 됩니까?

미미　그린빌. 마시면 안 될 때는 없어. 어디서 마실까?

준　상처는 괜찮은 겁니까?

미미　그린빌. 조용히 좀 해. 당신은 이게 문제야. 지가 의사 선생님이야 뭐야. 내 상처는 내가 알아서 해.

도연　저기 들어있는 술 저희가 같이 나눠 마셔주면 루비하우스님이 마실 술 줄어드는 거잖아요.

준　상당히 논리적이십니다. 알겠습니다. 거기 들어있는 것만 마시죠 뭐. 저희 집 앞은 어떻습니까?

도연　주민신고 들어오면 어떡해요?

준　안에서 마시기에는 날이 너무 좋습니다.

미미　그러게. 날이 좋네 쓸데없이.

도연　그럼 피해 안 가게 조용히 마셔야겠어요.

준　필요한 것 좀 가지고 오겠습니다.


준이 집으로 들어간다. 미미는 준의 발코니에 몸을 기댄다.


미미　영 빌라. 너 이름이 뭐니?

도연　민도연이요.

| 미미 | 이름도 밋밋하네. 민둥산이야 뭐야. (웃는다) 웃겼지? 아 너무 웃겨서 눈물 나올라 그래. |
|---|---|
| 도연 | 루비하우스님은요? |
| 미미 | 내 이름? 미미. |
| 도연 | 미미요? 본명이에요? |
| 미미 | 그럼 얼마나 좋니? 미미. 예쁘잖아. 왜 어릴 때 갖고 놀던 인형이 있었는데 걔가 너무 예쁜 거야. 이름도 예쁘고, 얼굴도 예쁘고, 몸매도 죽이고. 사랑도 듬뿍 받고. 그래서 일 시작할 때 내가 지은 거야. 본명은 김수연. |
| 도연 | 김수연. |

준이 예쁜 돗자리를 가지고 나온다. 집 앞에 돗자리를 깔고 둘에게 손짓한다.
셋이 돗자리 위에 앉아서 봉지 안에 들어있는 술과 안주들을 꺼낸다.

| 미미 | 안 어울리게 되게 아기자기하네. 취향 뭐야. |
|---|---|
| 준 | 산뜻하지 않습니까? |
| 미미 | 그래 세상 모든 산뜻 너 다 해라. 맨날 말끝마다 산뜻, 산뜻. 너처럼 돈 많으면 뒤로 넘어져서 코가 깨져도 산뜻하겠구만. |
| 준 | 날도 좋은데 기분 좋게 술 마십시다. |
| 미미 | 나 지금 되게 기분 좋은데? 내가 노래 불러 줄까? |
| 도연 | 신고 들어올 것 같은데…. |
| 미미 | 야. 매번 느끼는 거지만 너는 뭘 그렇게 걱정을 사서 하니? 내가 지금 노래 불렀어? 신고 당했어? 아니잖아. 어떻게 |

되지 모르는 거잖아. 나는 너처럼 살 바에 그냥 신나게 노래 부르고 신고 당할란다.

**준**  짠! 먼저 하시죠.

**미미**  그래. 노래도 술 마시고 부르는 게 훨씬 좋지. (도연에게) 너 또 술 먹고 지랄하면 진짜 깨물어버린다.

**도연**  짠?

**미미/준**  짠!


준, 미미, 도연 술에 취했다.


**미미**  그러니까 시발. (하늘을 가리키며) 저런 달 같은 거. 저녁에 이렇게 막 하늘이 막 분홍빛으로 샤르르 하는 거. 그 자체로 아름다운 것들을 아름답다고 느끼는 거. 그게 살아있는 거잖아. 난 그게 안 된다고. 살아있어도 죽어있으면! 그런 게 눈에 안 들어온다고….

**준**  지금 말하지 않았습니까? 봤으니까 말할 수 있는 겁니다.

**도연**  맞아요. 맞아요. 씨이이이발. 존나 아름다워!

**미미**  얘는 술만 마시면 이러더라. 너 술 누구한테 배웠니?

**도연**  가르쳐 줄 사람이 없었다. 왜!

**미미**  너는 꼭 이렇게 사람 무안하게 하더라. (사이) 나한테 다시 배워. 가르쳐줄게. 아주 제대로.

**도연**  열심히 배우겠습니다! 수연언니!

**미미**  오랜만에 듣네. 내 이름.

**도연**  열심히 불러드리겠습니다! 수연언니!

**미미**  그래요. 민도연 씨. 고오맙습니다. 아. 그린빌. 이름이 뭐야?

| | |
|---|---|
| **준** | (고개를 숙이고 있다가 들면서 팔도 함께 든다) 기준! |
| **미미** | 악 깜짝이야. 시발 심장 떨어지는 줄 알았잖아. |
| **준** | 쉿. 욕 좀 그만. |
| **도연** | 이름이 기준이에요? (준을 따라하며) 기준! 아 졸라 웃겨. |
| **미미** | 꼭 지 같은 이름이네. |
| **준** | 이름이라도 웃겨서 다행입니다. |

며칠 후
미미의 집 안이 보이고 미미가 또 팔목을 긋고
의자에 맥없이 앉아있는데 도연이 발견한다.


| | |
|---|---|
| **도연** | 언니! 수연 언니! |

도연이 준의 집으로 뛰어간다.


| | |
|---|---|
| **도연** | 준 아저씨! 준 아저씨! 빨리! 빨리! |
| **준** | 무슨 일입니까? |
| **도연** | 수연 언니가. 또. |

준과 도연이 미미의 집으로 간다. 준이 미미를 들쳐 업고 도연과 함
께 뛰어 나간다.

며칠 후
미미가 앞장서서 나오면서 노래를 부르며 춤을 추고
뒤에서 준과 도연이 웃으며 따라 나온다.

며칠 후

각자의 발코니에서 준은 화분을 관리하고 도연은 창밖을 바라보고 미미는 의자에 앉아 담배를 피운다.

며칠 후

준이 초대장을 들고 나와 집 앞을 서성인다.
도연과 미미의 발코니에 초대장을 끼워 넣고 집으로 들어간다.
도연이 집으로 들어가려다 초대장을 발견하고 집어서 집으로 들어간다.
미미는 일을 마친 듯 무대의상을 입고 캐리어를 끌고 오다가 초대장을 발견하고 그 자리에서 읽은 후 준의 집을 바라보고 들어간다.

며칠 후.

**미미**  아저씨! 우리 들어간다!
**준**  네. 들어오십시오.

준, 미미, 도연 의자에 앉는다.

**준**  다들 어떻게 지내셨습니까?
**미미**  뭘 어떻게 지내. 일하고 마시고 자고 반복이었지. 지금도 일 끝나고 막 온 거야.
**도연**  저도 뭐 똑같았어요.
**준**  싱그러운 계절이 와서 그런지 우리 애들을 바라보고 있으니까 마음이 맑아지는 걸 느꼈습니다. 그러다 문득 두 분 생각이 났어요. 잘 지내고 계신지. 이런 생각이 든 제가 신기했습니다. 누구의 안부를 궁금해 한 게 언제였는지 기억나지 않을 정도로 까마득했거든요.

**도연**  저도 집 앞에 지나가면서 궁금하긴 했어요. 요 며칠 통 못 마주쳤잖아요.

**미미**  난 하도 정신없이 살아서 뭐. 생각이 났던가 모르겠네.

**준**  저번에 도연 씨 집 앞에서 얼쩡거리는 거 다 봤습니다.

**미미**  씨발 내가 언제?

**준**  비닐봉지 들고 흔들면서 노래 부르셨잖습니까.

**미미**  뭐야. 그걸 왜 다 지켜보고 있어? 소름 돋네.

**준**  말 걸면 시비 붙을까봐 잠자코 있었습니다.

**미미**  보기보다 현명하네?

**준**  이제껏 쭉 보시던 대로 현명한 겁니다.

**미미**  하여튼 한 마디를 안 져.

**도연**  부르시지 그러셨어요.

**미미**  아니 뭐. 딱히 만나려고 했던 건 아니고. 뭐 이래저래 지나가는 김에 그냥 집 앞에 서본 거지 그 이상도 이하도 아니야. 착각하지 마.

**도연**  (미소 지으며) 네네. 착각 안 할게요.

**준**  같이 밥 먹으면 좋을 것 같아서 초대했습니다. 셋 다 혼자 먹는 게 익숙하지만 같이 먹으면 더 맛있잖습니까.

**도연**  그건 그래요. 초대해주셔서 감사합니다. 제 이름으로 이렇게 초대장까지 만들어주시고 이런 경험 처음이에요.

**미미**  나도 본명으로 날아오는 건 청구서밖에 없었는데 이거 보니까 좀 유니크하긴 하더라. 저거 와인이야?

준  네. 따라드리겠습니다.

준이 와인을 따른다.

도연  짠?

**미미/준**  짠!

미미  하긴 우리 셋 다 좀 짠! 하긴 해. (웃는다) 아 웃겨. 라임 봤
어?

도연  하나도 안 웃긴데요.

미미  너 요즘 맹랑해졌다?

도연  언니를 보고 배우는 게 알게 모르게 있었나 봐요.

미미  그래? 맞아. 넌 좀 배워야 돼. 공부는 잘 되니?

도연  네, 뭐.

미미  되게 열심히 하는 줄 알았는데 아니었구나?

도연  머리에 들어오는 건 없는데 해야 하니까 하는 거죠 뭐.

미미  좀 멈춰. 이 언니가 가수잖아. 알지? 노래에도 간주 부분이
있다? 거기서 숨도 돌리고 2절 부르기 전에 감정을 다시
잡는 거야. 아직 클라이막스가 남았으니까.

도연  그럼 만약에 간주 지나고 나서 2절에 다른 노래를 부르고
싶으면요?

미미  그건 니 맘이지. 뭔 상관? 그 노래에서 클라이막스를 딱 치
면 되는 거지. 사람들 뿅 가게.

준  (도연에게) 저 드릴 게 있습니다.

준이 안에서 전에 도연이 버렸던 책 묶음을 가지고 나온다.

**도연**   어? 이거. 안 버리셨어요?

**준**   읽어보니까 상당히 소질이 있으시더라구요.

**도연**   이거 읽으셨어요? 왜요? 아 창피하게.

**준**   어차피 버려질 운명인 글들 제가 구출해냈습니다. 버려질 운명이 아니었던 거죠.

**도연**   며칠 전에 바다에 다녀왔어요. 가만히 앉아서 바라보는데 허무하더라구요. 제가 하고 싶은 걸 포기하고 부모님이 원하는 삶을 택한 게 사실 도망치기 위한 핑계였다는 걸 알았거든요. 하고 싶은 걸 하다가 다 망쳐 버릴까봐. 그래서 인정받지 못하고 손가락질 받을까봐. 차라리 부모님이 원하는 걸 하면서 나를 억누르는 게 남들이 보기에 훨씬 좋으니까 제가 스스로 제 자신을 속이면서 살아온 거예요.

**준**   구출하길 잘 한 것 같습니다.

**도연**   제 시간을 제가 갉아먹으면서 살아와서 시간이 없었던 거였어요.

**준**   아직 시간은 많습니다.

**도연**   버리려던 건 그냥 눈앞에서 없애기 위한 거였어요. 거기에 쓴 내용 머릿속에 다 남아있거든요. 그래도 감사해요. (책 묶음을 쓰다듬는다)

**준**   해피엔딩이더군요.

**도연**   다들 해피엔딩을 바라니까요.

**미미**   해피엔딩이 있을까? 글 속에서나 그렇지. 난 그냥 살 거야. 해피까지 바라지도 않아. 다들 해피를 바라니까 우리 인생은 어쩔 수 없이 새드 엔딩인 거야.

**준**   매 순간 행복해야만 해피엔딩입니까? 행복은 요소입니다.

살다가 가끔 한 번씩 좁은 틈에 끼워 넣는 작은 성분일 뿐입니다. 물론 사람마다 다르겠지만요.

미미   아후 알았어요. 그냥 넘어가 좀! 좀! 아주 듣기 싫어 죽겠어.

도연   가끔 유익할 때도 있어요.

미미   나한테는 백해무익이야.

준   그런 말도 아십니까?

미미   너 나 무시하니? 이게 진짜 보자보자 하니까 확.

도연   자자. 진정하세요. 아. 언니 요즘은 괜찮아요?

미미   그때 죽었어야 했는데 못 죽어서 살고 있지 뭐.

도연   네?

미미   장난이야. 처음엔 충동이었거든? 근데 그게 습관이 되더라. 습관이 되니까 끊을 수가 없더라고. 요즘은 죽을힘을 다해 참고 있어. 그러니까 너 우리집 문 좀 그만 두드려. 잊을만하면 두드려서 귀찮아 죽겠어 진짜.

도연   걱정되잖아요. 혹시나 해서.

미미   병원도 다녀. 의사가 그러는데 전보다 많이 안정됐다고 하더라고. 난 그거 순 뻥이라고 생각해. 저번 주에도 똑같은 말 했거든. 나는 그냥 시발 돈벌이 수단인 거지.

준   처음 봤을 때보다 많이 산뜻해지셨습니다.

미미   뭐야? 그런 말도 해주고.

준   저번에 조화라고 한 거 죄송했습니다. 사람을 만날 일이 별로 없어서 못 느꼈던 건데 꽃으로 따지면 사람은 전부 생화더군요. 꽃마다 특징이 다르듯이 우리도 다 다른 겁니다. 다 다르기 때문에 상대적으로 느껴지는 고유한 아름다움이 있는 거예요. 사람도 다른 사람이 있기 때문에 본인 만의 고유한 무언가를 가질 수 있는 겁니다.

**미미**    야야. 누가 애 칠판 좀 갖다 줘라.

**도연**    맞아요. 저랑은 너무 다른 두 분을 만나고 나니까 속 안에서 꿈틀꿈틀 대던 게 팔딱팔딱 뛰더라구요.

도연이 일어나서 자신의 집을 돌린다.
집 안 천장에서부터 내려오는 마리오네트 인형의 줄에 걸려있는 도연의 옷이 보인다.
도연이 그 줄을 가위로 하나씩 끊는다.

**도연**    충동이랄까. 바다에 갔다 오고 나서 요 앞에 문화센터에서 하는 글쓰기 수업 신청해버렸어요. 이제 스스로한테 비겁 해지지 않을 거예요. 이제 속 안에서 뛰어다니는 거랑 마주하고 조금씩 받아들이려구요.

도연이 자리로 돌아온다.

**도연**    언니가 말했던 대로 저는 지금 간주 부분인 거죠. 2절에는 다른 노래 부를 거예요. 사람들이 뿅 가든 말든.

**미미**    너 이제야 좀 맘에 든다. 근데 너 하고 싶은 거 하는 거 좋 은데 나처럼은 되지 마. 뮤지컬 배우 하려고 설쳤다가 이 미테이션 가수 될 줄 누군 알았겠니? 넌 설치지 마. 그냥 천천히 걸어. 했다가 안 되면 그냥 인정하고 순응하면서 살아. 의심하지 말고 탓하지 말고. 현실은 아주 지독하다니까? 아주 못돼 처먹은 놈이야. 아오 내가 묵사발을 내줬어야 했는데. 나가떨어졌지 뭐.

**도연** 언니도 아직 늦지 않았다고 생각해요.

**미미** 얘가 뭘 모르네. 이보세요. 정신 차리세요. 이미 나가떨어졌다니까? 씨발 너 나 놀리니?

**도연** 아니, 그게 아니라, 언니도 간주 부분이 올 수도 있으니까.

**미미** 얘야. 나는 노래방 가서도 간주 점프 누르는 사람이야. 내인생에 간주? 이거나 먹으라 그래. 인터넷에 기사나 한 줄 뜨게 무대 위에서 노래 부르다 그냥 콱 죽었으면 좋겠다.

**준** 전 두 분 다 응원하겠습니다.

**미미** 뭘 응원해. 나 무대 위에서 죽으라고? 쟤 말하는 것 좀 봐. 하여튼 정이 안 가.

**준** 산뜻해졌다는 말 취소하겠습니다.

**미미** 그러든지 말든지. 와인이나 줘.


준 마지못해 따라준다.


**도연** 언니. 아저씨. 감사해요. 지금 이 순간이 선물 같아요.

**미미** 멘트 뭐야? 쟤한테 배웠니? (와인을 한 모금 마신다) 의사가 요즘 만나는 사람 있냐고 물어보더라고. 그래서 가끔 대면하는 애들 있다고 했는데 친구냐고 물어보길래 일일이 설명하기도 귀찮아서 그냥 그렇다고 했어. 괜찮지?

**도연** 괜찮은 정도인가요? 우리 사이 정도면 친구죠. 그것도 구하기 어렵다는 동. 네. 친. 구.

**준** 뭐, 세 명의 집과 집 사이 거리 정도만큼은 가까워졌다고 할 수 있겠죠.

**미미**　쫌! 쫌! 저놈의 주둥아리를 그냥. 괜찮다고 하면 어디가 덧나나.

**준**　덧날 수도 있다고 봅니다.

**미미**　너 이 새끼 진짜.

**도연**　진정하세요. 아저씨도 그만 좀 하시구요. 그러지 말고 우리 짠해요. 짠!

**미미**　아, 술이 들어가서 그런가 기분 좋은데 내가 노래 불러줄까?


준, 도연 각자의 동의 표시를 한다.

미미가 테이블 앞으로 걸어 나오면서 간주가 시작된다.

미미의 등 뒤로 커튼이 닫히고 틈으로 스탠드 마이크가 나온다.

미미가 노래를 부른다. (예정된 시간을 위하여 – 가수 장덕 노래)

노래가 끝나자 준은 화분을 들고 도연은 꽃을 들고 나와서 미미에게 건넨다.

미미는 터져 나오는 웃음을 참다가 결국 환하게 웃는다.